우리 선현들의 명시 명문장

금강산 가는 길

全圭鎬 編

明文堂

차례

3

6

박근혜 정권에서 서로 대립관계에 있던 남북관계가 문재인 정부 들어선 요즘(2018)은 남북이 정상회담을 3차례 하였고, 그리고 상호 간에 왕래가 몇 차례 있었으며, 앞으로 개성공단을 재가동하고 금강산 관광을 재개한다고 한다.

그리고 남북 정상 간의 합의로 판문점의 경비를 상호간에 무기를 휴대하지 않기로 합의하였고, 휴전선에 있는 DMZ를 평화구역으로 만들기 위해서 남북에 있는 GP를 철거하였다고 하며, 남과 북 사이에 흐르는 임진강의 수로를 남북이 공동으로 관리한다고 한다. 또한 남북의 철도를 연결하여 부산에서 북한을 경유하여 러시아의 시베리아와 모스크바를 지나 유럽까지 갈 수 있도록 한다고 한다. 그렇다면 남북관계는 상당히 우호적인 관계로 진전하지 않았나 하고 생각한다.

필자는 일찍이 금강산에 대한 글을 써서 금강산을 관광하는 사람들이 열차 안에서나 버스 안에서 무료한 시간에 이 책을 읽으면서 금강산에 대한 지식을 쌓는다면 여행에 많은 도움이 될 뿐만 아니라 또한 우리 선현들은 어떤 생각을 하였고, 어떻게 생활하였는가! 그리고 그들의 사상과 사유는 무엇인가를 알 것이다.

13

오늘날 남한 사람이 금강산을 유람한다는 것은 상당히 어려운 여행이라 생각한다. 천재일우의 기회를 잡았다고 해도 과언은 아닐 것이니, 이런 중요한 여행에는 반드시 예비지식이 필요할 것으로 사료된다. 이 책은 이러한 금강산에 대한 예비지식을 충분히 채워주게 될 것으로 확신한다.

특히 이 책의 기행문은 동양위 신익성 선생·백호 윤휴 선생·목재 홍여하 선생의 순으로 순서를 잡았고, 시는 율곡선생의 장시(長詩)를 위시하여 많은 선현들의 시를 기록하였는데, 백파(白坡) 신헌구(申獻求)[1]선생이 구한말에 금강산을 유람한 여정(旅程)의 순서에 따라 체제의 근간으로 삼았으며, 시는 고려의 김부식 선생을 시작으로 조선의 이퇴계 선생 등 유명한 시인들이 금강산을 유람하며 읊은 시 다수를 수록하였다. 또한 시와 기문에 작자의 이름이 있는 작품은 물론 그 사람의 작품이 되고, 그리고 이름이 쓰이지 않은 작품은 모두 백파 신헌구 선생의 작품으로 봐야한다.

---

1 신헌구(申獻求): 1823(순조 23)~? 조선 말기의 문신. 본관은 고령(高靈). 자는 계문(季文). 신응모(申應模)의 아들이다. 1862년(철종 13)에 정시 병과에 합격, 출사(出仕)한 뒤 1864년(고종 원년) 사헌부 지평(持平)을 거쳐 1867년 집의(執議), 1869년에는 승정원 동부승지(同副承旨), 1883년 이조참의(吏曹參議)로 승진되었고, 1884년 12월 성균관 대사성(大司成)에 올랐다. 1885년에는 독판(督辦) 김윤식(金允植), 협판(協辦) 서상우(徐相雨)와 더불어 '중조전선조약(中朝電線條約)'에 조선 측 대표로 조인하였다. 그 뒤 1887년 이조참판, 1892년 1월에 형조판서가 되었고, 같은 해 8월에는 다시 한성부 판윤(判尹)에 임명된 뒤 1894년 7월 예조판서를 거쳐 다음 달에는 경기관찰사로 체직되었다. 그 뒤 1898년에 중추원(中樞院) 일등의관(一等議官), 1902년 4월에는 최익현(崔益鉉), 장석룡(張錫龍) 등과 함께 궁내부(宮內府) 특진관(特進官)에 임명되었다.

이 책에 수록된 작품은 모두 순한문으로 된 것인데, 필자가 요즘 독자들이 읽기에 편리하도록 번역하였다. 원래 한시의 해석은 보는 사람의 감흥하는 감정에 따라 약간의 차이가 나기도 하고 많은 차이가 나기도 한다. 그러나 본문의 번역은 원작자의 의(意)를 떠나지 않으려고 노력하였고 의역도 넣었음을 말하고자 한다. 번역도 사람이 하는 것이니 혹 부족한 번역이 있지 않을까 하고 걱정한다.

모쪼록 앞으로 금강산 관광이 열리고 이어서 백두산과 묘향산 등의 관광이 열리고 더 나가서 남북이 화합되어서 상호 자유롭게 왕래하는 날이 오기만을 고대해 본다. 이런 것이 통일이 아니겠는가!

2019년 5월 순성재에서
홍산(鴻山) 전규호(全圭鎬)는 기록한다.

우리 선현들의 명시 명문장

금강산 가는 길

백파白坡 신헌구 선생의
금강산 여행 여정표

인제 합강정-미시령-양양 낙산사-강릉 경포대-고성 청간정-건
봉사-총석정-삼일포-금강산-신계사-오선암-앙지대-옥룡관-옥류
동-건봉폭포-구룡연-칠보대-보현동-유점사-반야암-효운동-은선
대-안문령-묘길상-불지암-마하연-만회암-백운대-가섭동-중향성
-보덕암-구담-세두분-만폭동-청호연-표훈사-정양사-헐성루-천
일대-백화암-지장암-옥경대-장안사-묵포령-회양 보리판(고개)-
창도역-양구-철원 북관정-김화-피금정-문소각-봉래각-청허루-
영월 보덕사-금몽암-장릉-자규루-계방산 벽파령-정선 백봉령-평
해 월송정-망양정-삼척 죽서루-대관령-오대산 월정사-금강연-다
시 금강산 신계사-유마암-보현암-총석정-추지령-회양 표훈사-장
안사-단발령-철원 성주암

백호白湖 윤휴 선생의
금강산 여행 여정표

부천-양주-철원 북관정-김화-금성-창도역-야음불천-보리진-단발령-회정-신원 철이현-장안사-정양사-만폭동 입구-백화암-표훈사-천일대-능호봉-영랑봉-비로봉-중향성-혈망봉-망고봉-백마봉-장경봉-시왕봉-관음봉-미륵봉-문수봉-만폭동-청구담-선담-화룡담-벽하담-비각(飛閣)-보현굴-금강대-백운대-만회동-묘길상-마하연-유점사-내수재-만경대-대적암-산영루-절운대-은선대-운취당-명월교-백운교-월운교-구현(狗峴)-백천교-추지령-포구산-범석산-칠성석-삼일포-해산정-감호(鑑湖)-명사십리-간성 선유담-청간정-양양 낙산사-노포(蘆蒲)-이화정-일빈료-설악산 신흥사-천후산-계조굴-계조암-남교역-한계산-부찬역-청평산-소양정-봉의루-춘천-가평 초연대

금강산金剛山의 유래

《택리지(擇里志)》에 이르기를,

"강원도는 함경도와 경상도 사이에 있다. 산맥의 등성이가 철령으로부터 남쪽으로 내려와 태백산에 이르면서 마치 하늘에 맞닿은 구름처럼 뻗쳐 있다.

고개 동쪽에는 아홉 고을이 있으니, 북쪽으로 함경도의 안변부가 있고, 강원도의 흡곡, 통천, 고성, 간성, 양양, 그리고 옛 예맥의 도읍지였던 강릉, 삼척, 울진, 평해인데, 이 지역에는 이름난 호수와 기괴한 바위가 많다. 높은 곳에 오르면 바다가 멀리 보이고 골짜기는 물과 돌이 아름다워서 우리나라 안에서 제일로 경치가 좋은 곳이고, 누각과 정자의 훌륭한 경치도 많아 사람들이 '관동팔경'이라 부른다.

철령은 북쪽으로 통하는 큰길이고, 그 아래는 추지령(楸池嶺)과 금강산이다. 고성의 삼일포(三日浦)는 맑고 오묘하며 화려하고 그윽하고 고요한 중에 밝아서 마치 곱게 단장한 여인 같으므로, 사람들은 이를 사랑하게 되고 우러르게 된다.

강릉의 경포대는 마치 한고조(漢高祖)의 기상처럼 활달한 중에 웅장하고 아늑한 중에 고요하여 그 형상은 말로 형언할 수 없다. 간성의 화담(花潭)은 달이 맑은 샘에 빠져 있는 것과 같고, 영랑호는 구슬이 큰 연못에 갈무리된 것과 같다.

양양의 청초호(靑草湖)는 거울 앞의 화장대와 같고, 삼일포는 호수 복판에 사선정(四仙亭)이 있으니, 곧 네 신선이라 칭하는 신라의 영랑(永郎)·술랑(述郎)·남석행(南石行)·안상(安詳)이 놀던 곳이다. 호수의 남쪽 석벽에 있는 붉은 글씨는 곧 네 신선이 자신의 이름을 쓴 것인데, 붉은 글씨가 벽에 스며들어서 바람과 비에도 지워지지 않았다.

읍 소재지의 객관(客館) 동쪽에는 해산정이 있다. 정자에 앉아서 서쪽으로 머리를 돌리면 금강산 일천 봉우리가 겹쳐 있고, 동쪽으로 바라보면 푸른 바다가 탁 트여 있으며, 남쪽을 굽어보면 한 줄기 긴 강이 넓고 웅장한 데다 크고 작은 골짜기와 평야의 경치를 겸하고 있다. 남강(南江) 상류에는 발연사(鉢淵寺)가 있고, 그 옆에는 감호(鑑湖)가 있으니, 옛날 양사언(楊士彦)이 호숫가에다 정자를 짓고 손수 '비래정(飛來亭)'이라고 큰 글자로 써서 벽에 걸어 두었다. 그 후 어느 날 벽에 걸어둔 '비(飛)' 자가 갑자기 바람에 날려서 하늘로 올라갔는데, 간 곳을 알 수 없었다. '비(飛)' 자가 날아간 날짜와 시각을 알아보니, 바로 양사언 선생이 세상을 떠난 그날 그 시간이었다고 한다.

경포대는, 작은 산기슭 하나가 동쪽을 향하여 우뚝 솟았으니, 누대는 그 산기슭 위에 있다. 앞에 있는 호수는 주위가 20리이며, 물의 깊이는 사람의 배에 닿을 정도여서 작은 배가 다닐 수 있다. 동쪽에는 강문교(江門橋)가 있고, 다리 너머에는 하얀 모래 둑이 겹겹으로 둘러

막혀 있다. 호수는 바다와 통하고, 둑 너머에는 푸른 바다가 하늘에 연하여 있다. 옛날 최전(崔澱)[2]이 약관의 나이로 경포대에 올라가서 쓰기를,

봉호(蓬壺)[3]에 한 번 들어가니 삼천 년인데,
은빛 바다 아득하고 물은 맑다네.
오늘 홀로 피리 불며 날아왔으나
붉은 복사꽃 아래에 보이는 사람 없다네.

蓬壺一入三千年 봉호일입삼천년
銀海茫茫水淸淺 은해망망수청천
鸞笙今日獨飛來 난생금일독비래
碧桃花下無人見 벽도화하무인견

하였는데, 이 시는 드디어 고금에 없는 절창(絶唱)이 되었고 그를 계승할 사람이 없었다. 시에는 조금도 속인(俗人)의 기상이 없으니, 이 것은 바로 신선의 말이다.

총석정은 금강산의 한 기슭이 뻗어서 곧장 바다에 들어가서 섬같이 된 곳이다. 기슭 북쪽 바다 가운데에는 높이가 백 길쯤 되는 큰 돌

2 최전(崔澱): 조선조 명종~선조 연간의 문인(文人). 율곡(栗谷)의 문인으로, 시·서·화 (詩書畵)에 모두 능했으며 저서로 《양포유고(楊浦遺稿)》가 있음.

3 봉호(蓬壺): 신선들이 사는 산인 봉래산(蓬萊山)을 말한다. 《습유기(拾遺記)》〈고신(高 辛)〉에 "발해에는 방호(方壺)·봉호·영호(瀛壺)가 있는데, 방호는 방장산(方丈山), 봉 호는 봉래산, 영호는 영주산(瀛洲山)을 말한다. 이 산들은 모두 모양이 마치 술병과 같 이 생겼다."라고 하였다.

기둥이 있다. 무릇 돌 봉우리는 위는 뾰족하고 밑은 풍만한 법인데, 이 경우는 위와 아래가 똑같으니 이것은 기둥이지 봉우리가 아니다. 기둥은 몸이 둥글고 둥근 중에도 깎은 흔적이 있으니, 밑에서 위에까지 마치 목수가 대패로 다듬어 놓은 것과 같다. 그리고 기둥 위에는 더러 오래 묵은 소나무가 이따금씩 붙어 있다. 기둥 밑, 바다 가운데에는 수없이 많은 작은 돌기둥들이 혹은 서 있거나, 혹은 거꾸러진 채 파도에 부딪히고 침식되어 마치 사람이 만든 것과 같으니, 조물주가 물건을 만든 것이 지극히 교묘하고 지극히 기이하다. 이것은 천하에 기이한 경관이요, 또 반드시 천하에 둘도 없는 경관이다.

죽서루는 오십천(五十川)을 차지하여 훌륭한 경치를 이룬다. 절벽 아래에는 컴컴한 구멍이 있는데, 물이 그 위에 차면 흘러나와 낙숫물이 흐르는 것 같고, 남은 물은 죽서루 앞 석벽을 따라 옆으로 흘러서 읍내 마을을 지나간다. 옛적에 뱃놀이하던 사람이 잘못하여 구멍 속에 들어갔는데, 어디로 갔는지 알지 못하였다. 사람들은 '읍의 터가 공망혈(空亡穴)에 위치하였으므로 인재가 나지 않는다.'고 한다.

그 밖에 양양의 낙산사, 간성의 청간정, 그리고 울진의 망양정(望洋亭), 평해의 월송정은 모두 바닷가에 지었다. 바닷물은 남색처럼 푸르러서 하늘과 하나가 된 듯하며, 앞에는 가리는 것이 없다. 해안(海岸)에는 강변이나 시냇가와 같이 작은 돌과 기이한 바위가 언덕 위에 섞여 서 있는데, 마치 푸른 물결 사이에 보일 듯 말듯이 보인다.

해변은 모두 반짝반짝 빛나는 눈빛 모래여서 밟으면 사각사각하는 소리가 마치 구슬 위를 걷는 것과 같다. 모래 위에는 무더기를 이룬 해당화가 활짝 피었고, 가끔 우거진 솔숲이 하늘 높이 솟아 있다. 그 안에 들어가면 사람의 생각이 홀연히 변하여, 인간 세상이 어떤 것인지 자신의 형체가 어떤 것인지 모를 정도로 황홀해져서 공중에 오르고 하늘을 나는 듯한 느낌을 갖게 된다. 이 지역을 한 번 거치면 그 사람은 저절로 딴사람이 되니, 이곳을 지나간 자는 비록 10년 후에라도 얼굴에 오히려 자연의 기상이 있다."

고 하였다. 또 이르기를,

"금강산 1만 2천봉은 모두 바위로 된 봉우리, 바위로 된 골짜기, 바위에 흐르는 시내이다. 봉우리, 멧부리, 골짜기, 샘, 연못, 폭포가 모두 하얀 바위에 맺혀서 된 것이다. 그러므로 일명 '개골산(皆骨山)'이라고도 하는데, 산에 한 치의 흙도 없음을 말한 것이다. 만 길 산꼭대기와 백 길 못까지도 온통 한 개의 바위이니, 이것은 천하에 둘도 없는 것이다.

산 정중앙에 정양사(正陽寺)가 있고, 절 안에 헐성루(歇惺樓)가 있는데, 가장 요긴한 곳에 위치하여 그 위에 오르면 많은 산의 참모습과 참 기상을 볼 수 있다. 마치 구슬 굴속에 앉은 듯 청아한 기운이 상쾌하여 사람들로 하여금 자신도 모르는 사이에 마음속의 먼지를 씻어버리게 한다. 정양사 서쪽에 표훈사와 장안사가 있으니, 이 절에는 고려 때의 옛 자취가 많고, 또 궁중에서 하사한 값진 보물이 많다. 정양사에서 북쪽으로 들어가면 바로 만폭동이니, 연못이 아홉 곳이나 있어 경치가 황홀하다.

골짜기 벽면에는 양사언(楊士彦)이 쓴 '봉래풍악 원화동천(蓬萊楓嶽元化洞天)'이라는 여덟 자의 큰 글자가 있는데, 글자의 획이 마치 살아 있는 용과 범처럼 생동감이 넘치며, 날개가 돋쳐서 너울너울 날아오르는 것 같은 느낌이 든다. 안쪽에는 마하연과 보덕굴이 허공에 매달려 있으니, 그 건축한 솜씨는 귀신이 지은 것 같아 거의 사람의 생각으로는 미칠 바가 아니다. 제일 위에 있는 중향성(衆香城)은 만 길 봉우리 꼭대기에 위치하였다. 바닥은 모두 흰 돌이며, 층계가 마치 탁자를 벌여 놓은 것 같다. 그 위에 하나의 선돌이 놓여 있으니, 불상(佛像) 같으면서 눈썹과 눈은 없는데, 이것은 천연적으로 만들어진 것이다. 좌우 석상(石床) 위에도 작은 석상(石像)들이 두 줄로 벌여 서 있으나 눈썹과 눈은 없다. 전해 오는 말에 '담무갈(曇無竭)이 여기에 머물러 있었다.' 한다.

그 앞은 만 길 골짜기이고, 오직 서북쪽에 있는 가느다란 길을 따라 들어가게 되는데, 일만 봉우리가 하얗고, 물과 바위, 연못과 골짜기가 굽이굽이 기이하여 다 기록할 수 없다. 이름난 암자와 작은 요사(寮舍)가 그 위에 섞여 있어, 거의 칠금산(七金山)과 인조산(人鳥山)의 제석궁전(帝釋宮殿) 같아서 인간 세상에 있는 것 같지 않다.

제일 꼭대기는 비로봉(毘盧峯)이다. 거센 바람이 바로 치솟아서 봉우리에 오르면 비록 여름이라 해도 오히려 추워서 솜옷을 입어야 한다. 산 서북쪽에 영원동(靈源洞)이 있으니, 따로 한 경계를 이루었다. 동쪽은 내수참(內水站)인데, 곧 산령(山嶺)의 등성이인 산맥이며, 등성이를 넘으면 곧 유점사(楡岾寺)이다. 유점사의 동북쪽에는 구룡동이니, 큰 폭포가 있다. 높은 봉우리에서 물줄기가 쏟아져 내리므로 구멍이 패여 커다란 돌 웅덩이를 이룬 것이 아홉 층인데, 층마다 웅덩이가 있고 웅덩이마다 용(龍)이 있어 지킨다고 한다. 산의 벽과 물길이 모두 빛나고 자연적으로 이루어진 흰 돌이다. 다만 위태롭고 험하여 발을 붙일 수 없을 뿐 아니라 삼엄하고 숙연하여 가까이 갈 수 없다.

유점사에는 고적(古蹟)이 가장 많다. 승려의 말에, '불상(佛像) 53구(軀)가 천축국에서 바다를 건너오므로, 태수인 노춘(盧椿)이 절을 세워서 안치했다.' 하는데, 황당한 일이어서 말할 것이 못 된다. 그러나 지난 세대에 불탑과 불당을 숭상하여 받들던 정성은 웅장함과 화려함을 다하였던 것이다.

유점사의 서쪽을 내산(內山), 동쪽을 외산(外山)이라 한다. 물은 흘러서 동해로 들어간다. 내산과 외산은 예로부터 뱀과 범이 없어 밤길을 거리낌 없이 다닐 수 있으니, 이것은 천하에 기이한 일인바, 당연히 우리나라 안에서 제일가는 명산이 된 것이다. 그러니 '고려에 태어나기를 원한다.' 는 말이 어찌 헛말이겠는가. 불가(佛家)의 《화엄경》은 주(周)나라 소왕(昭王) 후기에 처음 만들어진 것이다. 이때는 서역(西域)의 천축국(天竺國)이 중국과 통하지 않았던 때이니, 하물며 중국 밖에 있는 동이(東夷)의 경우이겠는가. 그런데 '동북쪽 바다 복판에 금강산이 있다.' 는 말이 이미 경문(經文)에 기재되어 있으니, 부처의 눈이 멀리 내다보고 기록한 것이 아닐까. 세간에서는 금강산을 봉래산(蓬萊山), 지리산을 방장산(方丈山), 한라산을 영주산(瀛洲山)이라 하는데, 이른바 삼신산(三神山)인 것이다."

하였다.

내외금강산 유람기[4] 신익성申翊聖[5]

단발령은 내산의 출입구이다. 단발령 위에는 노송나무 두 그루가
있는데 그 아래에서 쉬면 산의 전체를 볼 수 있으니, 여러 봉우리의
빛깔이 모두 담백하여 마치 하얀 눈에 덮이거나 싸락눈이 내린 듯하
니, 보는 사람들은 상쾌하여 세상 밖으로 벗어나온 듯한 기분이 든다.

4 내외금강산 유람기 : 신익성이 1631년(인조9) 가을에 휴가를 얻어 고성(高城) 탕천(湯
泉)에서 목욕을 한 뒤 금강산 일대를 유람한 기록이다.

5 신익성 : 본관은 평산. 자는 군석, 호는 낙전당·동회거사. 아버지는 영의정 흠(欽)이
다. 선조의 딸 정숙옹주와 혼인해 동양위에 봉해졌고, 1606년 오위도총부부총관이 되
었다. 광해군 때 폐모론이 일어나자 이를 반대하다가 벼슬이 박탈되었다. 1623년 인
조반정 후 재등용되어 이괄(李适)의 난을 평정하는 데 공을 세웠다. 1627년 정묘호란
때는 세자를 따라 전주로 피란했고, 1638년 병자호란 때는 남한산성에서 끝까지 싸울
것을 주장했다. 화의 성립 후 1637년 오위도총부도총관·삼전도비사자관에 임명되
었으나 사퇴했다. 1642년 이계(李烓)의 모략으로 청에 붙잡혀갔으나 조금도 굴하지
않았다. 소현세자(昭顯世子)의 주선으로 풀려나 귀국했다. 글씨로 회양의 청허당휴정
대사비와 파주의 율곡이이비(栗谷李珥碑), 광주의 영창대군의비(永昌大君碑) 등이 있
고, 저서로 〈낙전당집〉·〈낙전당귀전록(樂全堂歸田錄)〉·〈청백당일기(青白堂日記)〉 등
이 있다. 시호는 문충이다.

구전(舊傳)하는 말에 따르면, 신라의 왕자가 이 고개에 올라 금강산을 바라보고는 마침내 머리를 깎고 승려가 되었으므로 '머리를 깎은' 단발령이라는 이름이 생겼다고 한다.

단발령에서 조금 내려와 동쪽으로 십 리쯤 가면 큰 시내가 있는데 시내 주변이 곧 신원(新院)이니, 지금은 폐치된 회양(淮陽)의 경계이다.

철이령(鐵耳嶺)을 넘어 수십 리를 가면 평야도 있고 좁은 계곡도 있는데, 무려 다섯 번의 시내를 건너 장인사(長仁寺) 옛터에 도착하였다. 이 사찰은 불에 타버리고 탑만 남아 있었다. 다시 시냇물을 따라 6, 7리를 가면 울창한 숲이 빽빽하였으니, 모두 삼나무, 소나무, 노송나무, 단풍나무 등이다. 그 사이로 작은 길이 나 있다. 또 시내 두 개를 건너면 어지럽게 널린 바위에 부딪히는 물소리가 매우 웅장하였다.

시내를 건너면 열 걸음도 못 가서 장안사가 있다. 옛날에는 대웅전이 있었는데 화재를 겪어 방금 중건(重建)하고 있었고, 단지 기둥 두 개만 세웠다. 사성전(四聖殿)과 많은 요사채들만 남아 있다. 사성전은 이층의 전각으로 안에는 금불상 한 구와 열여섯의 나한상 및 무진등(無盡燈)이 있고, 향로와 바리때를 비롯한 여러 가지 기물이 매우 많은데 모두 고풍스럽고 우아하다. 무진등은 곧 원(元)나라 순제(順帝)의 황후가 복을 빌기 위해 바친 것인데, 만든 솜씨가 정교하다.

외문의 좌우에는 사천왕의 소상(塑像)을 안치하였는데 모습이 기괴하다. 장안사는 내금강에서 가장 큰 사찰로, 사찰의 진산(鎭山)은 바로 절재[拜岾]이다. 절재의 뒤에는 무주점(無住岾), 방광대(放光臺), 개심대(開心臺), 웅호봉(熊虎峯), 영랑점(永郎岾), 비로봉(毗盧峯)이 있다.

절재에서 거의 40리 50리쯤 가면 비로봉이니, 실로 내산과 외산의 조종의 산이 된다. 비로봉 아래에서 발원한 물은 서남쪽으로 흘러 여러 지류들과 합류하여 만폭동(萬瀑洞)이 되고, 또 영원동(靈源洞)에서 흘러나온 물과 합류하여 서쪽으로 장안사 앞으로 흐르다가 산을 벗어나 서해로 들어간다. 비로봉의 지맥이 구정봉(九井峯), 일출봉(日出峯), 월출봉(月出峯), 안문점(雁門岾), 내수점(內水岾), 천등봉(天登峯), 미륵봉(彌勒峯), 백마봉(白馬峯), 시왕봉(十王峯), 지장봉(地藏峯)이 된다. 비로봉의 높이는 몇천 척이나 되는지 알 수 없다.

애초에 길이 없는 데다 산의 암석이 무너져 여러 층으로 쌓였으니, 사람들이 암석 사이의 틈을 통하여 정상으로 올라간다. 서남쪽은 석면(石面)이 성벽과 같다. 서쪽은 바위가 험하고 잡목이 없으며 측백나무와 해송은 모두 키가 작고 땅 위에 납작 엎드려 있다. 동쪽은 가파르고 험준해서 밑을 내려다볼 수가 없다. 그 지세가 이 산에서 최고일 뿐만 아니라 우리나라의 척추가 된다. 사방을 둘러보아도 이를 대적할 만한 것이 없고, 여러 봉우리가 마치 작은 언덕처럼 보이니, 가히 천하의 장관이라고 할 만하다. 그 안쪽 면의 골짜기도 몹시 빼어나니, 중향성(衆香城) 등 여러 봉우리의 기상이 모두 여기에 모였는데, 세상 사람들은 백옥으로 이루어진 연꽃이라고 부른다. 그 남쪽에 비로암(毗盧庵)이 있고, 협곡을 따라 십여 리쯤 내려가면 원적암(圓寂庵)이 있으니, 승려가 없는 황폐한 암자이다. 또 십여 리를 내려가면 묘길상(妙吉祥)이 있으니, 이곳 또한 승려는 없고, 시내와 돌이 맑고 시원하게 펼쳐져 있다. 그 서쪽에 절벽이 있으니, 큰 미륵불상이 조각되어 이곳을 미륵대(彌勒臺)라고 부른다.

비로봉 가운데로 뻗은 줄기가 중향성이다. 주위를 둘러싼 바위의 형세는 마치 성곽의 치첩(雉堞)[6]을 만난 것 같고 그 빛깔은 백금 같아서 사람들이 함부로 넘볼 수 없다. 그 아래는 중백운암(中白雲菴)이니, 지세가 매우 높고 험해서 덩굴을 붙잡고 올라갔다. 누대 아래에는 긴 폭포가 있으니, 금식하며 수도하는 승려가 살고 있다. 그 아래에는 불지암(佛智菴)이고, 불지암의 아래에는 계빈굴(罽賓窟)이 있으며, 계빈굴에서 조금 북쪽으로 올라가면 하백운암(下白雲菴)이 있고, 작은 고개 하나를 사이에 두고 만회암(萬灰庵)이 있다. 가는 방향을 틀어서 북쪽으로 돌아가면 가섭동(迦葉洞)이니, 시냇물이 맑고 곱다. 또 고개 하나를 넘어 서남쪽으로 가면 도솔암(兜率菴)이 있으니, 그 아래로 5리쯤 가면 마하연(摩訶衍)이 있는데, 마하연은 중국 사람들 말로 대승(大乘)이라고 한다.

도솔암의 남쪽이 바로 혈망봉이고, 봉우리 옆에 바위가 하나 있으니, 근엄하기가 승려가 좌선하는 모습과 똑같아 '석담무갈'[7]이라고 한다. 고려시대 승려 나옹화상(懶翁和尙)이 이 암자에 살면서 항상 참배하였는데, 지금까지도 승려들이 함부로 그 땅을 밟지 못한다. 바위를 쌓아서 대(臺)를 만들었는데, 거기에서 풀이 나자 승려들이 명당초암(明堂草菴)이라고 하였다. 오른쪽에는 주위를 둘러싼 작은 바위 일곱 개가 있는데, '연주(聯珠)'라고도 하고 또는 '천축대(天築臺)'라고도 한다. 잎이 삼나무 같은 한 그루의 나무가 있는데 '계수(桂樹)'라고 한다. 천축대에서 수십 보를 가면 큰길이 나온다. 길가에는 석불

6 치첩(雉堞) : 몸을 숨겨 적을 공격할 수 있도록 성 위에 낮게 덧쌓은 담.

7 석담무갈 : '돌 담무갈'이라는 뜻으로, 담무갈은 달마울가타(達摩鬱伽陀)의 약칭이다. 담마울가타는 한역(漢譯)으로 법기보살(法起菩薩)이라 하는데, 이 보살은 중향성(衆香城)에 상주하면서 항상 설법한다고 한다. 그래서 금강산을 법기보살이 상주하는 곳이라 한다.

이 있는데 '파륜(波淪)'이라고 한다. 그 앞에 작은 솥을 놓아두었는데 지나가는 사람들이 반드시 쌀을 조금씩 시주한다. 가섭동 남쪽은 여러 봉우리가 모여 대향로봉(大香爐峯)과 소향로봉(小香爐峯)이 된다. 그 남쪽에 사자암(獅子庵)이 있는데 사자암 옆에 돌사자가 있고, 그 아래는 물에 잠긴 바위가 매우 기이하니, 이곳에 화룡담(火龍潭), 선담(船潭), 귀담(龜潭), 진주담(眞珠潭), 벽하담(碧霞潭)이 있다.

영랑점(永郎岾)의 서남쪽에는 수미대(須彌臺)가 있고, 남쪽으로 고개 하나를 넘으면 선암(船巖)이 있으며, 그 아래에 석굴이 있으니, 승려들이 모암(茅菴)을 지어 그곳에서 살고 있다. 석굴 아래는 3층 폭포가 있고, 웅호봉(熊虎峯) 아래에는 진불암(眞佛庵)이 있으며, 진불암 동쪽에는 서 있는 부처 모양의 바위가 있어서 이것 때문에 이름을 얻었다고 하는데, 조선조 세조(世祖)의 원찰(願刹)이다.

그 아래에는 청량대(淸涼臺)가 있으니 매우 가파른 승경이다. 여기에서 4, 5리를 가서 시내 두 곳을 건너 서쪽으로 돌아가면 능인암(能仁菴)이 있고, 능인암 남쪽에는 작은 누대가 있으며, 그 앞에는 내원통(內圓通)이 있고, 뒤에 있는 작은 전각에 담무갈(曇無竭)의 소상(塑像)을 안치하였다.

개심대(開心臺) 동쪽 산기슭에는 천덕암이 있고, 뜰 앞에는 5층 석탑이 서 있는데 청련자(靑蓮子) 자휴(自休)가 중건한 것이다. 뒤에는 나한전(羅漢殿)이 있다. 중향성, 혈망봉, 망고대, 향로봉, 일출봉, 월출봉 등 여러 봉우리가 그림처럼 두 손을 마주 잡고 읍(揖)하는 것이 마치 그림과 같다. 이곳에는 승려 언기(彦機)가 살고 있는데, 언기도 역시 유명한 승려라고 한다.

천덕암 서남쪽은 보현점(普賢岾)이고, 꺾어 돌아서 남쪽으로 가면 방광대(放光臺)가 있으며, 방광대 아래가 정양사(正陽寺)이다. 절 안에는 육각으로 된 무량각(無梁閣)이 있으니, 앞과 뒤로 창호가 있고, 좌우 네 벽에는 여러 부처와 천왕법신 40위(位)가 그려져 있는데 원나라 때 화사(畵師)가 오도자(吳道子)의 필법을 모사하여 전한 것이라 하는데, 붓놀림과 채색 솜씨가 오묘할 뿐 아니라 인물들의 배열도 마치 실제처럼 입체적이다. 무량각 안에 석불을 안치했는데 약사여래상이라고 한다. 무량각 앞에는 석탑과 장명등(長明燈)을 세웠고, 법당은 널찍하다.

뒤에 전각 한 채를 지어서 나옹화상의 진영(眞影)을 보관하였고, 북쪽 계단 위에는 나옹화상의 부도(浮屠)가 있다. 사문 밖 진헐대(眞歇臺) 가에 계수나무 한 그루가 있고, 왼쪽에는 헐석루(歇錫樓)가 있으며, 1만 2천 봉우리가 질서정연하게 둘러싸고 있으니, 송강(松江) 정철(鄭澈)이 "중국에 있는 여산(廬山)의 진면목이 모두 여기에 있다."라고 한 말은 빈말이 아니다. 이 산에서 제일가는 경관이다.

정양사의 남쪽에는 천일대(天一臺)가 있으니, 정양사에 비해 더 높고 널찍하다. 동쪽으로 조금 가면 삼장암(三藏菴)이 있으니, 지세가 청아하고 그윽하며 구조가 정치하고 아름답다. 승려 의영(義瑩)이 이곳에 살고 있다. 의영은 서산대사의 수제자로서 금년 85세인데 광대뼈가 나오고 말이 없는 것이 도를 깨우친 사람 같다.

그 아래로 수십 보를 가면 기기암(奇奇菴)이 있으니, 이곳도 정토(淨土)이다. 기기암에서 2리쯤 가면 표훈사가 있으니, 큰 사찰이다. 법당을 반야전(般若殿)이라고 하며 채색 구름 속에 서 있는 금불상이 있으니, 담무갈의 상이라고 한다. 반야전 뒤에 당(堂)이 하나 있고 길이가 한 장 정도 되는 불상이 서 있으니, 세조 때 만들어진 것이다. 동쪽에는 옥으로 깎은 나한상이 있고, 서쪽에는 돌로 깎은 나한상이 각각 16구씩 있으니, 모두 정교하다. 동쪽의 상실(上室)은 '요월(邀月)', 서쪽의 상실은 '세심(洗心)', 동쪽의 승당은 '적조(寂照)', 서쪽의 승당은 '정려(靜廬)'라고 하며, 남쪽에는 작은 누대가 있으니, 커다란 종을 걸어놓았다.

표훈사에는 나옹화상의 사리를 보관하고 있다. 작은 수정 그릇에 담아 금합에 넣고 이를 다시 은으로 된 감실에 넣은 다음 동(銅)으로 된 주발을 관으로 삼고 채색 보자기로 여러 겹을 쌌다. 가사 세 벌이 있으니, 하나는 비단이고 둘은 생사 같았다. 그 끝에는 '몽산화상가사(蒙山和尙袈裟)'라는 글자가 있다. 폭이 넉넉하여 보통 사람이 입을 수 있는 것이 아니다. 구리로 된 파라(叵羅)[8]는 대여섯 되가 들어갈 만하니, 들어보니 아주 가볍다. 어느 지방 물건인지는 알 수 없다. 먼지 떨이는 붉은 마노와 유리로 자루를 만들었으니, 또한 진귀하였다. 비단 바탕에 금으로 그린 탱화 족자가 있으니, 그 아래의 소인(小引)[9]은 바로 덕흥대원군 부인이 대원군의 명복을 빌고 아울러 왕손들의 번성을 기원하기 위해 선조의 어렸을 때의 어휘(御諱)를 쓴 것이라고 한다.

표훈사에서 서남쪽으로 몇 리를 가면 신림사(神琳寺)가 있다. 절 앞에는 9층 청석탑(靑石塔)이 있으니, 황통(皇統) 4년(1144, 고려 인종 22) 회정선사(懷正禪師)가 지은 기문에는 화엄조사(華嚴祖師)가 머문 곳이라고 하였다. 신림사 오른쪽 기슭에 서산대사(西山大師)의 전법

---

8 파라(叵羅): 서역어의 음역으로 땅에 놓는 일종의 술그릇인데 입구가 넓고 바닥이 낮다. 술잔을 가리키는 말로 쓰이기도 한다.

9 소인(小引): 책의 내용을 간략히 소개한 짧은 머리말.

비(傳法碑)를 세우려고 큰 돌 하나를 옮겨놓았는데 아직 글자를 새기지는 않았다. 승려 언기(彦機)와 쌍흘(雙仡)이 이 일을 주관하고 있다. 1리쯤 떨어진 곳에 청련암(靑蓮菴)이 있으니, 앞에는 은행나무가 있는데 경치는 정양사(正陽寺)에 버금간다.

이곳에는 혈망봉(穴望峯)이 솟았다 엎드렸다 하며 서남쪽으로 치달아 궁사봉(宮舍峯)이 된다. 궁사봉 아래에는 새처럼 생긴 돌이 있는데 이름은 '석응(石鷹)'이다. 서쪽으로 4, 5리를 가면 석굴이 있는데 이름은 '보덕(普德)'이다. 안에는 도자기로 만든 불상 한 구와 나한상이 있다. 깎아지른 절벽에 기대어 3층 누각을 세우고 구리 기둥으로 지탱했으니, 길이가 몇십 장이나 된다. 쇠사슬로 암석 사이에 얽어매어 바람이 불면 누각도 흔들린다. 그 아래는 만폭동의 상류이다. 물이 모여 헤아릴 수 없이 깊은 연못을 이루었으니, 내려다보면 두려움이 몰려와서 혼이 달아날 정도다.

누각 위에는 절의 지기(誌記)가 있으니, 자획은 이미 이지러졌다. 고려 상주국 강양백(上柱國江陽伯)인 이승로(李承老)의 성명과 덕녕궁주(德寧宮主) 왕씨 등의 글자만 남아 있다. 또 벽 사이에는 목판에 고구려 안원왕(安原王) 시대 보덕화상(普德和尙)이 머문 곳이라고 새겨져 있다. 뒤편 누각에는 옥으로 만든 불상 3구가 있고, 계단 위에는 담복향(薝蔔香)을 심어놓아 진한 향기가 코를 찔렀다. 구리 기둥 아래는 급류이니, 우레처럼 우르릉 쿵쾅 소리를 내며 흐르고 있는데 연못을 이룬 것이 흑룡연(黑龍淵)이다. 그 아래 반석에는 절구같이 파여서 마치 동이와 같으니, 세상에 전하기로는 석가모니가 손을 씻었던 곳이라고 하며, 이름은 '세건천(洗巾泉)'이라고 한다. 돌이 미끄러워 발을 붙여 걷기가 매우 어려워서 바위 사이를 뚫고 매달린 덩굴을 붙잡고 갔다.

그 아래는 청룡연과 만폭동이다. 바위 위에 '봉래풍악 원화동천(蓬萊楓岳元化洞天)'이라는 여덟 글자가 커다랗게 새겨져 있으니, 봉래 양사언(楊士彦)의 글씨이다. 그 위에는 금강대(金剛臺)가 있고, 그리고 학의 둥지가 있으나 학이 찾아오지 않은 지가 여러 해라고 한다. 바위산은 빼어난 모습을 다투고, 동천(洞天)은 깨끗하고 아름다워 사람이 사는 세상이 아닌 것 같았다. 바위 위에 새겨진 이름은 이루 다 헤아릴 수 없을 정도로 많다.

시내를 따라 몇 리를 내려가서 시냇물을 건너면 거대한 바위가 있으니, 한쪽 면에 세 구의 불상을 새겼는데 몹시 거대하다. 나옹화상이 조각한 것이라고 한다. 다른 한쪽 면에는 53구의 불상이 있으니, 고려 사람 김동(金同)이 시주하여 바위에 새긴 것이다. 그 아래의 명연(鳴淵)은 곧 만폭동의 하류이니, 물의 흐름이 더욱 빠르고 소리가 매우 맹렬하였다.

혈망봉의 한 지맥이 망고대(望高臺)이다. 가파르고 경사져서 쇠줄을 세 군데에 드리웠는데 앞 면(面)의 형세가 그다지 넓게 트이지는 않았다. 그 남쪽에 상운암(上雲菴)이 있었는데, 지금은 없어졌고 그 서북쪽에는 대송라암(大松蘿菴)과 소송라암(小松蘿菴)이 있으니, 모두 절이다. 남쪽으로 고개 하나를 넘으면 현불암(顯佛菴)이 있다. 암자 서쪽에 누대가 있으니, 망고대에 버금간다. 그 아래에 운지암(雲趾菴), 삼일암(三日菴), 안양암(安養菴) 등의 암자가 있으니, 모두 그윽하고 빼어나다. 천등봉(天矗峯) 아래에는 백탑동(百塔洞)이 있으니, 석굴 앞 바위의 형세가 층층으로 솟아 마치 탑을 꿰맨 듯하다.

백탑에서 구불구불 내려가면 지장봉(地藏峯)이다. 그 아래에 영원암(靈源菴)이 있으니, 산세가 매우 높고 골짜기는 깊고 후미지다. 그 앞에는 시왕봉(十王峯), 사자봉(使者峯)이 마주 보고 있으니, 기괴하고 특이한 모양이다. 백탑동(百塔洞)의 물과 백마봉(白馬峯)의 물이 합류하여 시왕백천동(十王百川洞)이 되니, 기암절벽으로 이루어져 있다. 시내를 따라 아래로 내려가면 이따금씩 폭포가 되고 연못이 된다.

영원암에서 5리쯤 되는 곳에 궁전의 옛터가 남아 있으니, 신라의 태자가 은둔했던 곳이다. 그 아래에는 성(城)이 있고 돌로 문을 삼았는데, 옛사람들이 이름을 새겨놓은 것이 많다. 그 옆에는 병풍처럼 벌린 바위가 있고, 바위 아래에는 연못이 있으며, 연못가에는 누대가 있으니 승려들은 선바위를 명경대(明鏡臺)라 부르고 성문을 지옥문(地獄門), 연못을 황천강(黃泉江), 누대를 업경대(業鏡臺)라고 하면서 저승의 말을 써서 중생을 현혹한다.

묘길상(妙吉祥)에서 시내를 따라 동쪽으로 몇 리를 가서 작은 다리를 건넜으니, 다리 주변 반석에는 허리대(許李臺)라는 세 글자를 새겨놓았다. 여기서부터 시내를 따라 20리를 올라가면 수점(水岾)이니, 수점(水岾)은 바로 외산(外山)으로 고성(高城)과의 경계이다.

외산 역시 비로봉(毗盧峯)을 조종으로 삼는다. 대체로 여섯 골의 골짜기가 있으니, 이는 수점(水岾), 미륵봉(彌勒峯), 만경대(萬景臺), 일출봉(日出峯), 월출봉(月出峯), 구정봉(九井峯), 구룡연(九龍淵)이다. 수점 바깥쪽은 모두 토산(土山)이며 나무가 많고 길도 평평하다. 북쪽으로 십여 리를 가면 은신암(隱身菴)이 있는데 자못 정갈하고 쓸쓸하다. 암자 앞에 은신대(隱身臺)가 있으니, 우뚝 솟아서 구정봉보다 높다. 동쪽으로는 넓은 바다에 맞닿아 있고, 서북쪽으로는 십이폭포가 보이니, 매우 기이한 절경이다. 북쪽에는 율사(栗寺)와 외도솔암(外兜率菴)이 있다. 은신암에서 동남쪽으로 십여 리를 가면 상견성암(上見性菴), 하견성암(下見性菴) 등의 암자가 있다. 또 몇 리를 가면 지세가 자못 넓어지는데, 부도(浮屠) 세 기(基)를 안치하였으니, 서산대사와 청련당 자휴, 보운화상 등의 사리를 보관하였다.

몇 백 걸음 못 가서 유점사(楡岾寺)가 있다. 유점사는 외산의 큰 사찰이니, 세간에서 전하는 말에 의하면, 신라 때에 쉰셋의 부처가 해상에 이르자, 고성(高城) 태수 노춘(盧椿)이 이곳에 절을 세워 안치했다고 하며, 고려 때 민지(閔漬)의 기록도 이와 같다. 본조에 들어와 세조 때 창건했는데 매우 웅장하다. 대종기(大鐘記)는 정인지(鄭麟趾)가 짓고 정난종(鄭蘭宗)이 썼으며, 효령대군 이보(李補)와 의정 등의 관원들이 그 일을 주관하였다. 그 뒤에 자주 화재로 훼손되어 승려 성준(聖俊)과 응상(應祥)이 다시 지었다고 한다. 전각이 화려하고 거대하기가 산중에서 제일이다. 법당은 '능인보전(能仁寶殿)'이라고 하니, 명(明)나라의 호과급사중(戶科給事中) 상주조(商周祚)의 글씨이다.

뜰 앞에는 청석탑(青石塔)이 있으니, 위에 황금빛으로 뾰족하게 설치하였다. 전각 안에는 나무를 깎아 산 모양을 만들었으니, 산에는 골짜기와 동굴이 많고 골짜기마다 불상을 안치하였으니, 모두 쉰셋이다. 왼쪽에 응진전(應眞殿)이 있으니, 나한상을 안치하였고, 오른쪽에 해장전(海藏殿)이 있으니, 여러 불경과 대비(大妃)의 어서(御書) 및 정명공주(貞明公主)가 손수 베낀 불경을 매우 많이 보관하고 있다. 승당(僧堂)은 연묵(宴嘿)이라 하고, 선당(禪堂)은 적조(寂照)라고 한다. 응진전 왼쪽의 어실(御室)에는 선조(宣祖)의 위패를 안치였다. 그 아래는 명부전(冥府殿)이 있으니 시왕(十王)을 안치하였다. 그 아래는 대덕당

(大德堂)이니, 북쪽에 노춘(盧偆)의 초상이 있다. 해장전 아래에 골승당(骨僧堂)이 있으니, 달마(達摩)의 상이 그 안에 있다. 그 아래는 금당(金堂)으로 담무갈을 안치하였다. 그 아래 좌우에는 여럿의 요사채가 있다.

능인보전의 앞문은 '진여(眞如)'라 하고, 다음은 범종루, 다음은 회전문이다. 좌우에 각각 천왕상 두 구(軀)를 안치하였는데, 제작한 모습이 지극히 괴이하다. 다음은 해탈문이니, 편액에 '대수성보덕사(大壽聖報德寺)'라는 여섯 글자가 적혀 있고, 앞으로 문수(文殊), 보현(普賢) 두 보살의 상을 안치할 것이라고 한다. 문밖의 산영루(山影樓)는 큰 시내를 걸터앉은 커다란 구조로 맑고 탁 트여 쉬어갈 만하다.

능인보전의 동쪽에는 오탁정(烏啄井)이 있으니, 유전(流傳)하는 말에, 이곳에는 샘이 없어서 공양간에서 매일 쓸 물을 길어오기가 어려웠는데, 어느 날 갑자기 까마귀 떼가 절 동북쪽 모퉁이에 모여들어 지저귀면서 땅을 쪼아 대니, 맑은 샘물이 솟아올랐으므로 이렇게 명명했다고 한다. 절 왼쪽에는 흥서암(興瑞菴)이 있다.

남쪽으로 시내를 건너 1리쯤 가면 백련암이 있으니, 도승 법견(法堅)이 살고 있다. 그 옆에 종련암(種蓮菴)이 있다. 유점(楡岾)에서 북쪽으로 가다가 시내를 건너면 조계암(曹溪菴)이 있으며, 조계암 남쪽에는 볼 만한 수석이 있다. 물이 모여 연못이 된 곳을 '선담(船潭)'이라고 하는데, 내산의 화룡담(火龍潭)과 비슷하다. 물가를 따라 십 리쯤 가서 복령(複嶺)에 오르면 만경대가 있으니, 시야가 매우 넓어서 은신대(隱身臺)보다 더 웅장하다. 고성 읍내가 곧장 내려다보이고 푸른 바다가 끝없이 펼쳐져 있었다. 그 아래 남쪽 골짜기에는 상내원(上內院), 중내원(中內院), 하내원(下內院)이 있고, 동쪽에는 영은암(靈隱菴)

이 있으니, 일명 자월암(紫月菴)이라고 한다. 영은암에서 오른쪽으로 수백 보를 걸어가면 운수암(雲水菴)이 있으니, 승려 응상(應祥)이 살고 있다. 응상의 이름은 납(衲)이다.

조전(祖殿)에는 달마(達摩), 서산(西山), 청련(靑蓮), 송운(松雲), 부수(浮水)의 영정이 걸려 있는데 비단으로 감싸 놓았다. 상령대(上靈臺), 중령대, 하령대는 모두 없어졌다. 상령대 위쪽에 축수굴, 구룡혈이 있다.

수점에서 남쪽으로 십 리쯤 가면 대장암(大藏菴)이니, 옛날에는 학의 둥지가 있었다고 한다. 북쪽으로 구정봉(九井峯)에 오르니, 봉우리 위에는 우물처럼 생긴 아홉 개의 돌확이 있는데 항상 물이 가득 차 있어 이를 따서 봉우리 이름을 지었다. 구정봉은 웅건하고 가파르기가 비로봉에 버금간다. 구정봉에서 서쪽으로 개심대(開心臺) 쪽으로 내려가면 십이폭포가 있으니, 은신대에 올라서 본 것이 이것이다. 그 동쪽 산기슭은 백전암(柏巓菴)이니, 역시 유명한 사찰이다. 그 아래쪽은 적멸남암, 운서굴 등의 많은 암자가 있다. 그 아래는 환희령이니, 발연(鉢淵)으로 통한다. 바위에는 양사언(楊士彦)이 쓴 '봉래도(蓬萊島)'라는 세 글자가 있고 또 시 세 수가 새겨져 있으니, 이곳은 물놀이하던 곳이다. 구정봉의 물이 흘러 성문백천동(聲聞百川洞)이 된다. 또 이곳에는 송림굴(松林窟), 원통사(圓通寺), 삼정암(三井菴), 안심암(安心菴)이 있는데, 그 경치가 모두 청아하고 유려하다.

비로봉과 구정봉 두 봉우리에서 흐르는 물이 합류하여 구룡연(九龍淵)이 되니, 골짜기와 시내는 깊고 아름다우며 길이 끊어졌다가 이어졌다 하는데, 벼랑을 부여잡고 나무를 잡아당기며 십 리쯤 가니, 절벽에 돌확이 9층으로 쌓여 있고 폭포가 기이하고 웅장하다. 그 속에는 신물(神物)이 살고 있어 구름과 비를 일으키니, 속세의 사람은 가까이 갈 수 없다.

그 아래쪽은 신계동이니, 수석이 매우 아름답고, 산봉우리도 수려하니, 마치 인귀(人鬼)나 금수(禽獸) 같은 형상이다. 아래쪽에는 동석암(動石菴)이 있으니, 지금은 폐허가 되었다. 봉래 양사언이 일찍이 집을 짓고 살았던 집터가 아직 남아 있다. 수원(水源)을 찾아서 구룡연 하류에 온 사람이 있었는데 골짜기 입구에 깎아지른 듯 천 장이나 되는 바위가 요새의 담장처럼 우뚝 서 있고 물이 바위 틈새로 흘러나왔기 때문에 그 바위를 '새장(塞墻)'이라고 명명하였다. 사람은 다닐 수가 없다.

일출봉, 월출봉 아래는 안문점이고, 안문점 동쪽에 상원사가 있다. 미륵봉 아래는 양진굴과 향로암이 있고, 외산의 물은 수점에서 여러 지류와 합류하여 유점사(楡岾寺) 앞 산영루 아래까지 흘러내려와 굽이굽이 돌아 동남쪽 사이에서 백천교(百川橋)를 만난 후 바다로 흘러 들어간다. 유점에서 동남쪽으로 수십 리를 가면 구점(狗岾)이니, 이곳은 금강산을 나가는 문이다. 구점 위에는 노춘정(盧偆井)이 있으니, 이것이 금강산의 대략이다.

금강산은 천하에 이름이 알려졌으니, 내가 동쪽으로 유람을 떠나려 할 적에 예전에 금강산을 유람한 사람들을 만나보니, 사람마다 말이 제각각이니 대개는 과장된 것이 많았는데, 한 포의(布衣)의 선비만이 명성과 실상과 맞지 않는다고 하였다. 나도 금강산에 들어와서 보고 역시 선비의 말이 옳다고 생각했다. 그러나 내산을 모두 유람하고 비로동(毗盧洞)으로 들어가 중향성(衆香城) 여러 봉우리를 우러러보고서야 그 선비의 식견이 의심스럽다는 것을 알게 되었다. 비로봉 정상에 올라보니, 그 사람이 산을 아는 사람이 아니고, 사람들의 말이 과장이 아니었다는 것을 더욱 잘 알게 되었다.

대체로 내산은 매우 높아 깎아지른 듯하고 골짜기는 맑고 고요하여 사람 사는 세상이 아니며, 외산은 방박(磅礡)하고 웅대하며 내산을 둘러싼 관령(關嶺)이 비밀스럽고 굳게 감추고 있으니, 여기서 조물주의 마음을 알 수 있다.

금강산 기행문 　윤휴尹鑴[10]

임자년(1672) 윤 7월 24일(정유) 맑았다.

아침에 배와 대추를 사당에 차려놓고 풍악(楓岳)에 다녀오겠다는
뜻을 조상께 고하였다. 드디어 출발하여 통제사인 외숙 댁에 도착하
였다. 내가 휴대해 가는 것이라곤 《주역》 두 권과 일기책 한 권뿐이
고, 그 밖에 일행들의 필요한 여행 도구는 모두 외숙께서 준비하셨다.
부평에 사시는 외숙께서도 오셔서 나더러 먼 길으니, 너무 오래 있지
말라고 타일렀다.

통제사 외숙과 같이 출발하여 동소문 밖에 나가 누원(樓院)에서 말
에 꼴을 먹이는데 지나가는 덕명(德明)이라는 중을 만났다. 그 중은

10 윤휴(尹鑴): 조선 효종·현종 때의 학자(1617~1680). 자는 희중(希仲), 호는 백호(白
湖)·하헌(夏軒). 경서를 독창적으로 해석하였으며, 이황과 이이의 학설을 절충하여
'사단 칠정 인심 도심설(四端七情人心道心說)'을 내세웠다. 벼슬은 우참찬과 이조 판
서에 이르렀으며, 경신대출척 이후 귀양 갔다가 처형되었다.

일찍이 금강산을 유람했던 자로서 우리에게 대략적인 금강산의 뛰어
난 경치를 말해주었다.

석양에 양주 읍내에 도착하여 외숙은 양주목사를 찾아가고, 나는
민가에 유숙하고 있었는데, 양주목사 이원정(李元禎)이 와서 간단한
술자리를 마련해 주었으니, 유군 여거(柳君汝居)[11]가 따라왔다. 유군
은 원래 모르는 사이였는데, 외삼촌을 통해 와서 서로 인사를 나눈 사
이이다. 유숙한 민가에 벼룩이 많아 자리를 고을에 있는 서당으로 옮
겼는데, 고을 태수의 아들인 정자(正字) 담명(聃命)이 찾아왔고 주좌
(州佐)인 우(禹)와 한(韓) 두 사람도 왔다. 이 날은 매우 무더웠다.

25일(무술) 맑았다.

양주목사 부자가 또 찾아왔다. 아침에 출발하여 무성(蕪城) 고개를
넘어 양주에 있는 감악산을 옆으로 바라보면서 갔으니, 유군(柳君)과
함께 홍복산과 도봉산, 불암산 등지를 가리키면서 대화하기도 했다.

입암(笠巖)의 율정(栗亭) 아래에서 말에 꼴을 먹인 다음 일단 일행
과 갈라섰다. 나는 송석우(宋錫祐) 옹이 살던 곳을 동리 사람에게 물
어서 송군 욱(宋君澳)의 초당을 보았는데, 매화나무, 대나무는 옛날 그

---

11 유여거(柳汝居) : 이름은 광선(光善) 1616년(광해군 8)~1684년(숙종 10). 조선 중기
의 사인. 본관은 문화(文化). 자는 여거(汝居), 호는 매돈(梅墩). 증조부는 판윤(判尹) 유
자신(柳自新)으로, 광해군(光海君)의 장인 문양부원군(文陽府院君)이다. 참판(參判) 유
희량(柳希亮)의 손자이자, 진사(進士) 유두립(柳斗立)의 아들이다. 모친은 삭녕최씨(朔
寧崔氏)로 박천(博泉) 이옥(李沃)이 그의 이종제(姨從弟)이다. 어려서부터 시문에 능통
하여 이옥에게 가르쳐주었으며, 그와 뜻이 통하여 함께 유람하며 교분을 쌓았다. 광
해군이 폐위됨에 따라 집안이 화를 당하였으나 글을 배워야 한다는 일념으로 가난
을 걱정하지 않고 천하 고금의 책을 사들이고 학문에 전념하였다. 시문집으로 『매돈
고(梅墩稿)』가 있다.

대로이고 벽에는 내가 몇 해 전에 써 준 기문(記文)과 허미수(許眉叟) 어른이 쓴 소기(小記)가 걸려 있어 읽어보니, 지난날의 회포가 일어서 눈물이 빙 돌았다. 이에 지나면서 송군 제(宋君濟) 부자를 조문하고 일행을 뒤쫓아 갔으니, 간파령(干波嶺)의 아래에서 외숙과 만났다.

차근연(差斤淵)을 건너서는 또 유군과 서로 다른 길로 갈라서서 가다가 저물어서 신릉(新陵) 정극가(鄭克家)의 산장에 당도하였는데, 붉은 게에 홍주(紅酒)를 마시며 서로 유쾌한 시간을 보냈다.

26일(기해) 맑았다.

정극가와 함께 출발했으나 길이 달랐으니, 나는 진수동(眞樹洞)의 참봉 이경윤(李景允)을 찾아가서 그의 세 아들 태양(泰陽)과 태징(泰徵), 그리고 태륭(泰隆)과 윤생 세필(尹生世弼) 등을 만났다. 윤생은 이 참봉 이모의 아들이니, '나는 남원(南原) 윤씨라.' 고 하였다. 이생 태양이 나를 따라왔다.

드디어 군영동에 이르러서 허미수(許眉叟) 옹을 뵈었으니, 일행들은 먼저 와 있었고, 미수 옹을 배알하는 자리에서 허생 함(許生翩)과 송생 직(宋生溭)과 정생 태악(鄭生泰岳) 등을 만났다. 미수 옹은 서실로 나가고 그들과 함께 은행나무 아래 앉아 있었는데, 초가집에 많은 화초에서 유연한 정취가 일었다. 미수 옹이 두류산과 오대산, 태백산 등에 대한 기록과 정허암전(鄭虛菴傳)과 답자대부상서(答子代父喪書)를 꺼내 보여 주었으니, 이에 나는 일찍이 지은 선계설(禪繼說)을 보여 드리는 것으로 응답하였다.

또한 가는 도중에 술과 과일을 내놓아서 몇 잔의 술을 대작하고 조금 걸어가서 섬돌 위에 있는 일월석(日月石)을 보았는데, 옛적에 석경

(石鏡)이라고 하는 것과 비슷한 것이었으니, 해와 달의 그림자가 석면에 훤히 비쳤으니, 미수 옹이 손수 그 세 자의 글자를 조각했다고 한다. 이야기하던 사이에 길을 떠나는 정표로 글을 지어달라고 청했더니, 쾌히 허락하고 또 전서(篆書)로 광풍제월(光風霽月)·낙천안토(樂天安土)·수명안분(受命安分) 등 열두 자를 써 주어서 유군과 나누었으니, 유군은 수명(受命) 이하 네 글자를 차지하였다. 늦은 시간에 외숙을 하직하고 출발하였으니, 유군이 말하기를, '오늘은 산속에 사는 신선 옹을 만나 뵈었으니, 헛걸음은 되지 않았다.'고 하였다. 징파도(澄波渡)를 건너 옥계역(玉溪驛)에서 자면서 밤늦도록 이야기를 나누었다.

27일(경자) 맑았다.

아침을 먹은 다음 출발하였다.

시냇가에서 말에 꼴을 먹이다가 길을 지나가고 있던 덕능(德能)이라는 산사람을 만났으니, '풍악에 가면 서로 얘기할 만한 산인(山人)이 누구냐?'고 물으니, '유점암(楡岾菴)에 있는 나백(懶伯)과 장안암(長安菴) 곁에 사는 취양(就陽)이 있다.'고 대답했다.

식사를 끝내고 철원을 향해 가다가 용담고개 위에 오르니, 산은 동북으로 확 트여서 몇백 리가 훤하게 바라보였다. 길 가는 산 사람에게 물었더니 여기가 평강(平康)이라고 하였다. 한낮에 철원 읍내에 들렀더니, 태수 권공 순창(權公順昌)이 사람을 보내 안부를 물었고, 저녁에는 찾아와 조촐한 술자리를 마련해 주었으니, 송이버섯, 배, 머루, 다래 등 산중 별미를 두루 맛볼 수 있었다. 아침에 함께 북관정(北寬亭)[12]에 오르기로 약속하였다. 권공과 담화 중에 말이 권수부(權秀夫)

라는 사람에 이르러서는 그의 삶과 죽음을 생각하니 그를 위해 짠한 마음이 일었다. 또한 앞의 길이 험난하다는 말을 듣고 그쪽으로 갔는데, 이때 권공의 말이, 앞길이 비록 험난하다 하더라도 노장(老將)이 일을 맡으면 실패는 없을 것이라고 하였는데, 그것은 우리 외숙을 두고 한 말이었다. 그리하여 외삼촌 말씀이,

"이번 길은 내가 사양하지 않고 나온 길이니, 우리 일행 모두를 내가 통솔하면서 좌지우지할 것이네."

하여, 서로 한바탕 웃었다.

28일(신축) 맑았다.

아침에 고을 원이 와서 함께 북관정에 올랐는데, 평평한 밭과 넓은 평야가 백 리까지 뻗쳐 있고, 서쪽에 우뚝 솟아 있는 것은 금학산이니, 이것이 뻗어가서 보개산이 되었다는 것이다. 그리고 들 가운데에 서너 개의 조그만 언덕이 있었으니, '그것은 보개산이 뻗친 흔적이다.' 라고 하였다. 간단히 술 한 잔 나누고 작별하였으니, 당시에 마침 상쾌한 바람이 일었다. 높은 산과 가파른 절벽에는 이미 가을빛이 역력하였다.

정자(亭子)가 큰 평야를 내려다보고 있었으니, 동으로는 궁예의 유허지가 보이고, 서북으로는 보개산과 숭암산 등을 바라볼 수 있었다.

---

12 북관정(北寛亭) : 휴전선에 그 터만 외롭게 남았을 철원의 북관정(北寛亭)이니, 북관정은 철원군 철원읍 홍원리 북쪽에 있었던 이름높은 정자이다. 북관정은 정철(鄭澈)의 관동별곡(關東別曲)에도 등장하는데 '동주(東州 : 철원)에서 밤을 겨우 지새고 북관정에 오르니, 임금이 계신 한양의 삼각산 제일 높은 봉우리가 보일 것만 같구나. 태봉국 궁예왕의 대궐터에서 지저귀는 무심한 까막까치는 나라의 흥망을 알고 우는가, 모르고 우는가.' 라고 하였다. 서울의 삼각산이 보일 것이라고 한 점으로 미루어 북관정은 무척이나 눈맛이 뛰어났던 정자였음을 알 수 있다.

사람이 높은 데에 오르면 시상이 떠오르는 것이나 시구를 완성하지
못하였다. 이 시는 그 뒤에 쓴 것이다.

我夢蓬萊好 아 몽 봉 래 호	나는 꿈에서도 봉래산을 좋아하였으니
行行登北觀 행 행 등 북 관	가면서 북관정에 올랐다네.
萬山忽中闢 만 산 홀 중 벽	일만 산들이 갑자기 확 트이고
一水何縈灣 일 수 하 영 만	한줄기 물은 어찌 휘감아 흐르는가!
曠蕩弓王宅 광 탕 궁 왕 댁	이곳이 광활한 궁예의 궁터인데
穹隆寶蓋山 궁 륭 보 개 산	우뚝 솟아 있는 보개산이라네.
沃野千萬疇 옥 야 천 만 주	비옥한 들판은 천만 이랑인데
天府猶函關 천 부 유 함 관	함곡관 같은 하늘이 낸 요새로세.
雄豪亦一時 웅 호 역 일 시	영웅호걸도 또한 한때이니
故墟惟頹垣 고 허 유 퇴 원	옛터엔 쓰러진 담뿐이라네.
興亡機翻覆 흥 망 기 번 복	흥망이 몇 번이나 되풀이 되었을까
治忽迭相看 치 홀 질 상 간	국가의 치란도 매한가지라네.
我來屬流火 아 래 속 류 화	내가 왔을 때는 7월이라서
鴻鴈翔雲間 홍 안 상 운 간	구름 사이 기러기 난다네.
涼風起林木 양 풍 기 림 목	숲속에는 서늘한 바람 이는데

秋氣屯高原
추 기 둔 고 원
고원에는 가을 날씨라네.

存沒感舊懷
존 몰 감 구 회
삶과 죽음의 옛 감회가 깊으니

主人情惓懃
주 인 정 권 근
주인의 정은 은근하다네.

離亭一樽酒
이 정 일 준 주
이별하는 정자에 한 통의 술이지만

前路嗟漫漫
전 로 차 만 만
앞길은 얼마나 멀고멀까.

老將不失律
노 장 불 실 률
노장은 규율 잃지 않았는데

別語生濤瀾
별 어 생 도 란
작별하려는 음성 떨린다네.

三杯上馬去
삼 배 상 마 거
석 잔 술 들고 말 타고 떠나는데

征袂風翩翩
정 메 풍 편 편
가는 옷소매 바람에 펄럭이네.

경재소(京在所)에서 말에 꼴을 먹이고 황감사의 정사(政舍)에서 식사하는데, 푸른 절벽 사이로 한 줄기 시내가 흐르고 있었으니, 산과 시내의 정취가 물씬하였다.

우리를 맞이하러 소년이 왔기에 성명을 물었더니, '황응운(黃應運)입니다.' 고 하였고, 감사 경중(敬中)의 현손(玄孫)이며, 수재(秀才)인 석(錫)의 아들이라고 한다. 자기 선대의 유첩(遺帖)을 꺼내서 보여주었으니, 거기에 우리 선인(先人)께서 황 감사를 전송하면서 읊으신 시 두 수가 적혀 있어서, 읽어보고는 슬픈 감회를 느꼈다. 황 수재에게 그 시를 등사해 오게 하였고, 드디어 김화(金化)를 향해 출발하였다. 가는 길에 시냇가에서 조금 쉬고는 김화를 지나가면서 바라보니 아름드리 소나무가 숲을 이루고 있고 그 앞에 비각(碑閣)이 하나 있었으니, 그곳이 바로 홍 감사가 순사(殉死)한 곳이라고 하였다. 말에서 내려 읽어 보니, 평안도 순찰사 홍명구 충렬비(平安道巡察使洪命耈忠烈碑)라고 씌어 있었다.

내가 몇 해 전에 이에 대하여 쓴 시가 있기에, 유군에게 외워 보였으니, 시제는 애부여(哀夫如)로, 부여(夫如)는 김화현의 별호이다. 시는 아래와 같다.

和議之後事大謬
화 의 지 후 사 대 류
화의된 뒤에 일이 크게 잘못되어

十濟孤城危一髮
십 제 고 성 위 일 발
외로운 십제성이 위기일발이었다지.

南師雲屯鼓不揚
남 사 운 둔 고 불 양
운둔의 남쪽 군대 북 한 번 못 울리고

北師鳥竄旗先奪
북 사 조 찬 기 선 탈
북군은 도망가 깃대만 뺏겼다네.

我公投袂涕淚起
아 공 투 메 체 루 기
공께서 소매 털고 눈물 머금고 일어나

嗚呼力屈中道死
오 호 력 굴 중 도 사
아! 힘껏 싸우다가 중도에 죽었다네.

平生一死許報國
평 생 일 사 허 보 국
평생 죽음으로 보국(報國)한다 하였으니

橫屍軍前非所惴
횡 시 군 전 비 소 췌
싸움에서 죽는 것 두려울 바 아니라네.

恨不用釰斬驕卒
한 불 용 일 참 교 졸
교만한 군사 단 칼에 베지 못하여

倉卒失計天下事
창 졸 실 계 천 하 사
별안간 천하의 일 그르침이 한이 된다네.

洪監司柳兵使
홍 감 사 유 병 사
홍 감사와 유 병사는

胡不提兵走遼碣	어찌 적군의 본거지로 쳐들어가
호 불 제 병 주 료 갈	
一擧可以旋天地	일거에 천지를 바꿔놓지 못하였던가!
일 거 가 이 선 천 지	
天不佑我書生拙	하늘은 돕지 않고 서생은 옹졸하여
천 불 우 아 서 생 졸	
脫兜被髮鞍底活	투구 벗고 투항하여 안장 아래서 산 자도 있는데
탈 두 피 발 안 저 활	
披紫肘金牖下沒	붉은 팔 찢기면서 들창 아래서 죽은 자도 있다네.
피 자 주 금 유 하 몰	
君不見	그대 보지 않았는가!
군 불 견	
松山半夜事蒼黃	송산 반야에 일어난 창황함을
송 산 반 야 사 창 황	
十萬官軍隨火滅	십만의 관군이 일시에 괴멸되고 말았다네.
십 만 관 군 수 화 멸	

역리(驛吏)의 집에서 잤다. 그의 이름을 물었더니 진우운(秦遇雲)이라고 했다. 이날 극가(克家)가 얘기하는 도중에 정군평(鄭君平)의 시세 수를 외웠으니, 좋았다. 나도 유람하면서 옛 것을 찾고 싶은 감회가 있었기에 그 시를 아래에 적어 보았다.

단군(檀君)에 대한 시

이 나라에도 성인이 있었는데
때는 요임금과 동시대였다네.
동천에 돋는 해 맞이하고
박달나무는 청운을 뚫고 솟았네.

이 땅에 임금이 처음으로 세워졌으나

산하는 아직 정리되지 않았다네.

무진년부터 천 년을 사셨으니

나는 우리 임금께 축수하고 싶네.

有聖生殊域 유성생수역

于時並放勳 우시병방훈

扶桑賓白日 부상빈백일

檀木上靑雲 단목상청운

天地俟初建 천지후초건

山河氣未分 산하기미분

戊辰千歲壽 무진천세수

吾欲祝吾君 오욕축오군

기자(箕子)에 대한 시

은나라 사직에서 제비 돌아가고[13]

황하 배 안에 백어가 나타나자

여덟 가지 법 챙겨 가지고

---

13 은나라──돌아가고 : 은(殷)나라가 망할 조짐이 있었다는 뜻이다. 박사는 은나라의
사직(社稷)을 말하는데, 은나라가 박(亳)에 도읍하였기 때문에 박사라 한 것이다. 하
(夏)나라 때 제곡(帝嚳)의 차비(次妃)인 간적(簡狄)이 어느 날 현조(玄鳥), 즉 제비가 알
을 떨어뜨리는 것을 보고는 그것을 주워서 먹고 곧바로 임신하여 설(契)을 낳았다.
그 뒤에 설은 자라나서 우(禹)임금을 도와 치수(治水)의 공을 세웠다. 뒤에 그의 후손
인 탕(湯)이 상(商)나라를 세웠다.《史記 卷3 殷本紀》

동쪽의 나라에 와 살았는데

해외라서 주나라 곡식[周粟]¹⁴이 아닌데

낙서(洛書)¹⁵ 전수함은 하늘의 뜻이었네.

지금은 몰락해 버린 옛 터에

벼와 기장도 은허(殷墟)와 같다네.

亳社歸玄鳥 박사귀현조

河舟見白魚 하주견백어

還將八條敎 환장팔조교

來作九夷居 내작구이거

海外無周粟 해외무주속

天中有洛書 천중유락서

故宮今已沒 고궁금이몰

禾黍似殷墟 화서사은허

동명왕사(東明王祠)에 읊은 시이다.

王儉都雄壯　단군 왕검 도읍지 웅장한데
왕 검 도 웅 장

14 주속(周粟) : 주나라 곡식이란 뜻으로, 무왕(武王)이 은(殷)나라를 평정하매 천하(天下)가 주나라를 높이자, 고죽군(孤竹君)의 두 아들인 백이(伯夷), 숙제(叔齊)가 의리상 주나라 곡식을 먹을 수 없다 하여 수양산(首陽山)에 들어가 은거하면서 고사리만 캐 먹다가 마침내 굶어 죽었던 데서 온 말이다.

15 낙서(洛書) : 낙수(洛水)에서 나온 거북의 등에 1부터 9까지의 점이 있는 것으로《서경》의 홍범구주는 바로 이것을 밝힌 내용이다.

天孫事寂寥 천 손 사 적 요	그 옛날 천손의 일 적막하구나!
白雲空見馬 백 운 공 견 마	흰 구름이 부질없이 말로 보이는데
滄海不聞橋 창 해 불 문 교	창해에 다리 있단 말 듣지 못했다네.[16]
怳惚神仙化 황 홀 신 선 화	황홀하게 신선이 되었으니
興亡歲代遙 흥 망 세 대 요	흥망한 그 세대는 멀고도 머네.
獨留文武井 독 류 문 무 정	문무정(文武井)[17]은 아직 남아 있으니
猶得認前朝 유 득 인 전 조	오히려 예전 조정의 일 알게 한다네.

29일(임인) 맑았다.

역리들이 술과 다과를 가져와 대접하였다. 아침에 출발하여 직목역(直木驛) 마을에서 말에게 꼴을 주고 외숙을 대신해서 회양군수에게 편지를 써서 역졸에게 주어서 전하라고 했다. 중치(中峙) 고개를 지나니 김화(金化)와 금성(金城)의 분계점이라는 돈대가 있었으니, 여기서부터 서(西)로는 지세가 구불구불하여 동쪽으로 높았는데, 여기부터 동으로는 지세가 점점 낮아져서 시내가 모두 동으로 흐르고

16 동명왕이 동부여(東夫餘)에 있을 때 금와왕(金蛙王)의 여러 아들과 사이가 좋지 않아 죽임을 당할 위험성이 있어 졸본부여(卒本扶餘)로 피신할 적에 엄리대수(淹利大水)에 이르러 강물에 막혀 더 이상 가지 못하게 되었다. 그때 주몽이 "나는 천제(天帝)의 손자이며, 하백(河伯)의 외손자다. 지금 나를 쫓는 자가 뒤를 따라와 아주 위급한데, 강을 건널 수 없으니 도와 달라."라고 하니, 자라와 물고기가 물 위로 떠올라 다리를 만들어 무사히 건널 수가 있었다고 한다.

17 문무정(文武井): 평양의 부벽루(浮碧樓) 뒤에 있는 우물로, 동명왕 때에 판 우물이라고 한다.

있었다.

　고개를 넘어 10여 리를 가서 큰 시냇가에 이르니, 사람들 수십 명이 모여서 물건을 매매하고 있었다. 이곳이 금성장터이고 시내의 이름은 남대천이라고 하였다. 시내 옆에는 느릅나무와 버드나무가 숲을 이루고 있었으며, 짙어가는 가을 단풍 속에 나무 사이로 인가가 이따금씩 보였으며, 마을은 넓고 확 트였고 논과 밭이 모두 잘 정돈되어 있었다. 그리고 인마(人馬)들도 이따금씩 오가고 하였다.

　말에서 내려 다리 아래에서 쉬고 있노라니, 옷차림이 남루하고 얼굴도 깡마른 늙은 아전 하나가 앞에 와서 인사를 하였다. 이름을 물으니 지응룡(池應龍)이라고 하였다. 함께 얘기해 보니 문자도 꽤 알고 또 말하는 것이 조리가 있었다. 그래서 글을 얼마나 배웠냐고 했더니, 소년 시절에 사서(四書)와 이경(二經)을 읽었고, 이백(李白)과 두보(杜甫), 한유(韓愈) 등 많은 문장가의 시 일만여 수를 외웠으나 과거에 응시했다가 급제하지 못했다고 하였다. 그래서 지은 시가 있으면 외워 보라고 했더니 그는,

　　백로의 8월 가을바람 시원한데
　　눈 같은 갈대꽃 강가에 가득하네.
　　지사(志士)라면 언제나 많은 감정 일 것인데
　　어찌하여 당시의 송옥(宋玉)[18]만이 슬펐겠는가!

---

18 송옥(宋玉) : 전국시대 초나라 시인 송옥이 지은 〈구변(九辯)〉의 첫머리에서 "슬프다, 가을 기운이여. 쓸쓸하게 초목은 바람에 흔들려 땅에 지고 쇠한 모습으로 바뀌었도다.[悲哉, 秋之爲氣也! 蕭瑟兮草木搖落而變衰.]" 하였다.

白露西風八月秋 백로서풍팔월추

蘆花如雪滿江洲 노화여설만강주

從知志士常多感 종지지사상다감

不獨當年宋玉愁 불독당년송옥수

하였고, 또 금강산에 가 놀면서 지은 것이라고 외우는데,

금강산에서

흰 구름 가에 영롱한 사찰 있는데
누각 지나 숲 사이에 오솔길 하나 났네.
용 나오는 동문에는 언제나 비 뿌리고
소나무의 학 둥지 몇 해나 되었는가!
전각에 오른 스님 종 울려 밥 먹으라 하는데
산중의 유람객은 자리 빌려 졸고 있네.
이상하다. 밤인데도 꿈 이루지 못하는 것은
갈바람이 창밖 샘 주위를 맴돌아서라네.

玲瓏金刹白雲邊 영롱금찰백운변

踏閣攀林一徑穿 답각반림일경천

龍出洞門常作雨 용출동문상작우

鶴巢松樹不知年 학소송수불지년

僧從殿上鳴鍾飯 승종전상명종반

客至山中借榻眠 객지산중차탑면
怩底夜來難得夢 괴저야래난득몽
秋風窓外繞鳴泉 추풍창외요명천

고 하였다. 그에게 선대의 세계(世系)를 물었더니 고려 말기 지윤(池
奫)의 후예라고 하였다. 지윤이 베임을 당하자 그 자손들은 아전으로
전락되어 여기에 있는 것이었다. 지윤이 문리(文吏)였기에 그 기운이
서로 유전된 것이 아니겠는가.

그 사람은 비록 늙어서 쓸쓸하였지만 그 시는 읊을 만했으니 그의
몰골이 가련하였다. 시내를 따라 내려오다가 금성 읍내에 있는 역리
김서립(金瑞立)의 집에서 유숙했다. 외숙께서 태수에게 보낸 쪽지는
문지기에게 거절을 당하였다고 한다.

8월 1일(계묘) 맑았다.
아침에 출발하여 창도역에서 말에 꼴을 먹였다. 관벽(舘壁) 위에 시
두 편이 걸려 있었으니, 하나는 민제인(閔齊仁)이 가정(嘉靖) 기해년에
읊은 것을 그의 외손인 민정중(閔鼎重)이 각자 하여 달아 놓은 것이고,
다른 하나는 경술년에 어떤 과객이 지은 것이니, 그의 성명은 씌어 있
지 않았으나 모두 좋은 시이다. 민제인의 시는,

임금님 은총으로 사는 것 누가 이와 같겠는가!
종남산 돌아보니 사모하는 생각 더하네.
북쪽 변방엔 찬 구름 멀리 가 버렸는데
동문에 뜨는 해 왜 이리 더디던가!

들국화 만개한 가을 깊어만 가는데.
산은 우정길 돌아 두 갈래 길이라네
도끼 짚고 강 건너면서 노 젓는데
한평생 먹은 마음 저버릴 수 없다네.

寵恩榮養孰如之 총은영양숙여지
回首終南尙戀思 회수종남상련사
北塞寒雲歸去遠 북새한운귀거원
東門落日出來遲 동문락일출래지
花殘野菊秋將老 화잔야국추장로
山遶郵亭路自岐 산요우정로자기
杖鉞渡江聊擊楫 장월도강료격즙
一生安肯負心期 일생안긍부심기

과객의 시는

험난하고 어려운 일 볼 만큼 보았건만
객관에 사람 없어 마음속으로 위로한다네.
석양에 외로운 구름 멀리 동으로 가는데
갈바람에 수령 행차 북으로 감이 더디다네.
차라리 두보처럼 집 생각 할지언정
양주 같이 기로에서 울고 있진 않으려네.[19]

19 세상의 도가 기구함에 상심하여서 눈물을 흘리는 것을 말한다. 《순자(荀子)》 왕패

나라 은혜 입은 이 몸 무엇으로 보답하리

승류(承流)[20] 책임 다해볼까 이미 다짐했다네.

艱難險阻備嘗之 간난험조비상지

客館無人慰所思 객관무인위소사

落日孤雲東去遠 낙일고운동거원

秋風五馬北歸遲 추풍오마북귀지

寧同杜子瞻家室 영동두자첨가실

不學楊公泣路岐 불학양공읍로기

身被國恩何以報 신피국은하이보

承流盡責是心期 승류진책시심기

도중에 읊은 나의 시는

헝클어진 세상사 풀리지 않아서

갈바람 부니 높은 산에나 올라볼까!

노수(魯叟)[21] 따라서 바다에서 배를 탈까!

(王覇)에, "양주가 네거리 길에서 통곡을 하면서 말하기를, '반걸음이라도 길을 잘못 가면, 깨닫고 난 뒤에는 이미 천 리를 잘못 가 있다.' 하면서 슬프게 곡을 하였다."라고 하였다.

20 승류(承流) : 승류선화(承流宣化)를 말하니, 《한서(漢書)》 동중서전(董仲舒傳)에 나오는 말로, 풍교(風敎)를 받들어 숭상하고 은택을 베풀어 백성을 교화시키는 지방 관원의 직분을 가리키는 말이다.

21 노수(魯叟) : 공자를 말한다. 《논어(論語)》 공야장(公冶長)에 "도가 행해지지 않으니, 내가 장차 뗏목을 타고 바다로 나가볼까 한다."라고 하였다.

신선이 되어서 적송자[22]를 불러볼까!

世事如絲不可理 세사여사불가리
秋風欲上望高峰 추풍욕상망고봉
倘從魯叟浮滄海 당종로수부창해
更擬飆輪喚赤松 경의표륜환적송

이에 두 군이 다 화답을 하였다. 저녁이 되기 전에 하지성(夏遲城)의 민가에서 묵기로 했으니, 집주인 성명은 이천봉이다.

그날 길가에서 풀 꽃 등을 꺾어 여러 일행들과 함께 그 꽃과 풀의 성미를 분석해보고, 혹은 마부에게 물어 보기도 하였다. 그중에는 쑥 종류가 제일 많았고 또 이름이 있는 것들도 일곱 종류나 되는데, 그 지방 이름으로는 백양쑥·물쑥·참쑥·사자발쑥·다복쑥·제비쑥·벌쑥이었다. 혹자의 말로는, 백양쑥은 떨기로 나는 쑥으로 바로 옛날에 시초[蓍]라고 하였는데, 중국 사람이 만든 본초(本草)와는 맞지 않다고 하였으니, 과연 그런 것인지 아닌지는 모르겠다. 이수광(李睟光)의 《지봉유설》에는, 가을이 되어 붉은 꽃이 피는 것이 그것이라고 했으나, 그것은 아마 산국화 종류가 아닌가 싶었다. 이어 여러 사람들 말이, 천하에 쓸모없는 물건은 없다고 하기에 내가 말하기를,

"물론이다. 타고난 재목 그대로만 이용한다면 천하에 버릴 것이라곤 하나도 없는 것이다. 그러나 사람이 되어서 착하지 못한 자도 역시 써먹을 곳이 있을까?"

22 적송자 : 신선으로 장량의 스승인 황석공을 말한다.

했더니, 모두 하는 말이,

"천하에 제일 못 쓸 것이 착하지 못한 사람이니, 그것을 어디에다 써먹을 것인가."

하였다. 그리하여 내가 말하기를,

"천하에 제일 쓸모없는 것은 중간치인 것이다. 차지도 않고 뜨겁지도 않고 아무 하는 일 없이 세월만 보내면서 취할 만한 좋은 점도 없고, 그렇다고 꼬집어 말할 만한 악도 없는 그런 사람 말이다. 차라리 아주 불선한 사람은 그런 대로 써먹을 곳이 있는 것이다."

했더니, 모두 이상하다는 듯이 그게 무슨 말이냐고 하였다. 내가 말하기를,

"걸(桀)과 주(紂)가 지극히 불선했기에 탕왕과 무왕이 그들을 정벌하자, 하늘이 도와주고 백성들이 돌아왔고 그리하여 천하를 통일해서 자손만대에 전하였고, 항적(項籍)과 왕망(王莽)은 나쁜 중에도 더 나빠 한고조(漢高祖)와 광무제(光武帝)가 각각 그들을 죽임으로써 천하를 경계하여 진동시켰고, 그 여풍이 백 세를 격려하여 한나라 4백년 사직이 유지될 수 있었으니, 그것이 쓸모 있는 것이 아니고 무엇이겠는가. 그뿐 아니라 전시에 병졸을 통솔함에 있어서도 역시 이런 방책을 쓰는 것이니, 한 사람을 죽였는데 삼군(三軍)이 진동하여 적국이 항복해 오는 경우가 있는 것이다. 그렇기 때문에 옛날 영웅이나 패왕들이 사업을 경영하면서 천하를 차지하는 데 밑천이 될 수 있는 그러한 사람을 얻지 못할까 염려했던 것이며, 나도 그래서 쓸모가 있다고 한 것이다."

했더니, 모두들 하는 말이,

"궤변이지만 그래도 또한 일리는 있어 사람의 마음을 유쾌하게 해

주었다."

하고서, 서로 한바탕 크게 웃었다.

또 길에서 행인 한 사람을 만났는데, 자기 말이 산삼을 캐는 사람이라고 하기에 내가 말하기를,

"그 사람과 동행했으면 좋겠습니다. 그를 데리고 가다가 삼지구엽초(三枝九葉草)[23]와 같은 영약이라도 캐면 그 역시 좋은 길동무가 되지 아니겠습니까."

했더니, 외삼촌 말씀이,

"보아하니 그 사람이 용렬해서 아무런 쓸모가 없겠다."

하였다. 내가 다시 말하기를,

"용렬한 사람이기 때문에 쓸 만하다고 한 것이지요. 그가 만약 준수하고 영리하다면 우리에게 쓰일 사람이 아니겠지요. 옛날 허노재(許魯齋)[24]의 말이, '말은 상등 말을 타고, 소는 중등 소를 부리고, 사람은 하등 사람을 써야 한다. 말은 준마라야 탈 만하고, 소는 유순해야 다룰 수 있고, 사람은 못나야 부려먹기가 쉬운 것이다. 만약 그가 지혜 있고 약은 사람이면 나에게 쓰이는 것이 아니라 도리어 내가 그의 이용물이 되는 것이다.' 하였고, 또 사마군실(司馬君實, 이름은 광)에게는 종이 하나 있었는데, 와서 일한 지가 오래되어 사마공의 지위

---

23 삼지구엽초 : 매자나뭇과에 속한 여러해살이풀. 줄기는 30센티미터로 자란다. 잎은 뭉쳐나고 작은 잎에는 가는 톱니가 있다. 5월에 황백색 꽃이 총상 꽃차례로 달린다. 열매는 삭과(蒴果)이다. 말린 잎은 음양곽(淫羊藿)이라 하여 술에 넣어 강장제로 쓴다. 경기도 이북에 분포한다.

24 허노재(許魯齋) : 원(元)나라 하내(河內) 사람이다. 그는 경전(經傳)·자사(子史)·예악(禮樂)·명물(名物)·성력(星曆)·병형(兵刑)·식화(食貨)·수리(水利) 등에 널리 통했고 특히 정주학(程朱學)을 신봉했으며, 원 세조(元世祖) 적에 국자 좨주(國子祭酒), 중서 좌승(中書左丞)을 지냈다.

가 비록 참정(叅政)에까지 이르렀지만 그때까지도 군실 수재(君實秀才)라고 불렀다는 것입니다. 그런데 하루는 소자첨(蘇子瞻)이 왔는데, 그 종은 그때도 똑같이 그리 말하였으므로, 자첨이 그에게 타이르기를, '상공(相公)이 지금 이미 참정이 되었으니 대참상공(大叅相公)이라고 불러야 할 것이다.' 하여 그 종이 그 이후부터는 자첨이 가르쳐준 그대로 부르자 공이 깜짝 놀라, '누가 너더러 말을 그렇게 하라고 하더냐?' 하자, '지난번 소학사(蘇學士)가 그리하라고 가르쳐 주었습니다.' 하니, 공이 놀라 하는 말이, 좋은 종을 자첨이 버려 놓았다고 했다는 것입니다. 그게 모두 사람은 하등 사람을 써야 한다는 증좌가 아니겠습니까?" 하니, 또 한 번 서로 크게 웃고 말았다.

그러나 내가 생각하기에 이 두 이야기가 모두 폐단이 없지는 않다. 왜냐하면 만약 나쁜 사람을 쓸 만하다고 생각한다면, 그는 그를 측은히 여기고 도와주려고 하는 마음이 없을 것이고, 용렬한 자를 부릴 만하다고 생각한다면, 그는 자기 개인의 이기심이 강하여 남을 깊이 이해하는 데 도움을 못 주는 사람인 것이다. 따라서 그것은 패왕 같은 자나 하는 짓이지 인인군자(仁人君子)의 마음은 아니라는 것을 몰라서는 안 될 일이다. 이러한 이야기는 사리를 아는 자와 할 말이지, 간웅(姦雄)에게는 할 말도 아닌 것이다.

2일(갑진) 맑았다.

아침에 야음불천(也音不川)이라는 내를 건너고, 또 관음천을 지나가고, 또 보리진(菩提津)을 건너고 통구원을 지나서 길가 민가에서 말에 꼴을 먹이었는데, 주인이 꿀과 산과(山果)를 내어 먹었다. 주인의 이름은 전기천(全起天)이니, 서로 서울에서 만나기로 약속하였다. 드디어 단발령을 오르기 시작하였으니, 산 이름은 갈리치(葛离峙)이다. 고갯길이 험준하여 혹 말을 타기도 하고, 혹 걷기도 하여 고개 위에 오르니, 회정(檜亭)이 있었다.

섬돌에 앉아 쉬면서 금강산의 진면을 바라보았으니, 금강산의 여러 모습이 모두 눈앞에 역력히 전개되고 있었다. 그리하여 절구 한 수를 지었다.

동으로 도성문을 나와 여드레를 다녔는데
금성을 지나니 이곳이 회양일세.
마니령 마루 위에서 구름 헤치고 앉았는데
일만이천봉이 차례로 보인다네.

東出都門八日行 동출도문팔일행
金城踏盡是淮陽 금성답진시회양
摩尼嶺上披雲坐 마니령상피운좌
萬二千峯次第迎 만이천봉차제영

라고 읊고, 동행한 두 사람으로 하여금 화답하여 읊도록 하였다. 이 날은 신원(新院)에서 잤는데 집주인의 이름은 김세익(金世翊)이었고 서울에 오면 찾아온다고 약속하였다.

3일(을사) 맑았다.
신원의 물을 건너 철이현(鐵伊峴)을 넘어서 만폭동 입구에서, 마부를 시켜 시냇가에서 검은 돌을 주워오게 하였다. 그 시내가 구불구불

꺾이어서 건너기가 어려웠으니, 길가 소나무 숲 아래서 휴식을 취한 뒤에 길을 걸어서 하나의 동구에 이르니 소나무와 노송나무가 즐비하게 서 있는 사이로 해송도 드문드문 끼어 있었고, 산에는 비로소 기이한 수석(水石)이 더욱 맑게 보여 동천(洞天)[25]의 정취가 물씬 풍겼다. 우천도(牛川渡)라는 시내를 건너 말에서 내려 걷다가 냇물에 발을 씻었고 송단사에서 조금 쉬고 있노라니, 승려 대여섯 명이 나와 맞아주었다. 그들과 함께 절에 들어가니, 문간에 우뚝한 누각 하나가 걸출하여 구름에 닿게 서 있었고, 앞에 보이는 장경봉은 천 길을 깎아지른 듯이 서 있으며, 그 곁에 줄지어 있는 여러 봉우리도 모두 기암괴석으로 깊은 골을 이루고 있었으니, 괴기하고 웅장하여 이미 인간에서 보던 바가 아니었다.

절의 이름이 장안사(長安寺)이냐고 물으니, 그 절에 사는 중이 하는 말, "원(元)나라 순제(順帝)의 비(婢) 기씨(奇氏)의 원찰(願刹)이기에 그렇습니다." 하였다. 이 절은 마룻대와 들보 같은 목재가 우람하고 단청이 휘황찬란하기가 이 산속에서 으뜸이라고 하였다.

이날은 절 문간 앞에서 산책하고 거닐었으니, 수석이 너무 아름다웠다. 말라 죽은 나무 한 그루가 있었으니, 중의 말로는 계수나무라고 했다. 노송나무 몸통에 잣나무 껍질이었는데, 가지와 잎이 모두 떨어지고 없었다. 뒤따르던 승려 몇 사람이 젊은 중을 시켜 절간 앞에서 해송자(海松子, 잣)를 따오라고 하고, 거기에다 꿀을 타서 내왔는데, 역시 산중의 별미였고 또 석지(石芝)를 아침저녁으로 상에 올렸으니, 그 산에서 나는 별미라고 하였다.

---

25 동천(洞天) : 산과 내로 둘러싸인, 경치가 빼어나게 아름답고 좋은 곳.

4일(병오) 맑았다.

장안사에서 정양사(正陽寺)로 가려는데, 승려가 남여(藍輿, 가마)를 준비해 놓고 대기하고 있었다. 석감(石嵌)에는 맑은 물이 흐르고 살짝 물들여진 단풍잎은 구경할 만하였다. 걷기도 하고 가마를 타기도 했지만 돌무더기 비탈길은 사람이 나란히 갈 수가 없었다.

명연(鳴淵)에 이르니 물이 몇 길이나 깊고 맑아서 바닥이 훤히 보였으며 작은 물고기들이 그 속에서 유영하고 있었는데, 승려의 말에 따르면 '여기가 만폭동(萬瀑洞) 입구입니다.' 고 하였다. 연못 가운데에 아직 작은 물고기가 있었으니, 이곳 이상의 상류의 물에는 고기가 올라가지 못한다고 하였다.

한 곳에 이르니 두 개의 바위가 우뚝 솟아 있었고 깎아지른 절벽 전면에는 세 개의 마애불상이 있었으니, 나옹(懶翁)이 남긴 작품이라고 하였다. 그 앞에는 백화암(白華菴)이라고 하는 옛날 사찰이 있었으니, 사는 중은 없고 부도(浮圖) 다섯 종류와 비(碑) 네 기가 서 있었다.

부도는 청허 휴정(淸虛休靜), 제월 경헌(霽月敬軒), 취진 의영(就進義瑩), 편양 언기(鞭羊彦機), 허백 명조(虛白明照), 풍담 의심(楓潭義諶)의 것으로, 경헌과 의영, 언기는 모두 서산대사 청허의 문제(門弟)이고, 명조와 동산은 송월 응상(松月應祥)의 문제(門弟)이며, 의심은 편양의 문제(門弟)라고 하였다. 그리고 세워져 있는 비는 월사(月沙, 이정귀), 백주(白洲, 이명한), 이단상(李端相), 백헌(白軒, 이경석) 등이 지은 것이고, 글씨는 의창군 이광(義昌君李珖), 동양위 신익성(東陽尉申翊聖), 판서 오준(吳竣), 낭선군 이우(朗善君李俣)가 쓴 것으로, 큰 비에 훌륭한 각자(刻字)였다. 그 비를 다 읽고 나서 또 표훈사(表訓寺)로 갔는데, 역시 규모가 큰 절이었다.

조금 쉬고 이내 정양사를 향해 갔으니, 산길이 더욱 험준하여 걷다가는 쉬고 쉬다가는 걸어야 했다. 장안사에서 표훈사까지 오는 동안은 가마를 버리고 걸었으며, 회암(晦菴 주자)의 '남악운(南岳韻)'에 차운해 보았다.

> 피로한 가마꾼이 민망하여 수레 내려 걸었으니
> 이 마음 생기는 것 그게 영명(靈明)[26]함 아니던가!
> 원래 옛 현자가 이미 한 말이지만
> 천하가 태평해야 이 마음도 태평하다네.

> 爲憫人疲舍輿行 위민인피사여행
> 此心生處是靈明 차심생처시령명
> 昔賢已自原頭說 석현이자원두설
> 天下平時此心平 천하평시차심평

급기야 나뭇가지를 잡고 하나의 높은 산등성이에 오르니, 천일대(天一臺)라고도 하고, 또 천을대(天乙臺)라고도 하였다. 산의 중턱에 서 있으니 사방이 확 트이고 바라보면 앞이 시원한데, 정양사 승려 대여섯 명이 와서 기다리고 있었다.

늙은 선승 보원(普願)도 와서 맞아 주었으니, 낙건(絡巾) 쓰고 가사 차림에 얼굴이 깨끗하고 정신과 기운이 맑아 보였다. 그와 함께 솔뿌리 위에 앉아 사방을 두루 돌아보며 봉우리를 가리키며 묻기도 하였다. 능호봉(凌灝峰)·영랑봉(永郎峰)·비로봉(毗盧峰)·중향봉(衆香峰)·향로봉(香爐峰)·혈망봉(穴網峰)·망고봉(望高峰)·백마봉(白馬峰)·장경봉(長景峰)·시왕봉(十王峰) 등의 봉우리들이 하나하나 눈에 들어왔으니, 옛사람이 말한바 '일천 바위가 수려함을 시샘하고 일만 골짜기 물이 다투어 흐른다.〔千巖競秀, 萬壑爭流.〕'고 했던 말이 여기에 해당된다고 생각되었다.

그중에서 비로봉이 가장 높고 중향봉은 더욱 기괴하고 절묘했으며, 혈망봉은 험준하고 망고봉은 하늘을 찌를 듯이 우뚝 솟아 있어서 마치 그들이 서로 겨루는 듯했고, 백마봉·장경봉은 멀리 보이는 것이 마치 병풍을 죽 세워놓고 휘장을 친 듯했으며, 영랑봉·향로봉·능호봉은 마치 서로 고개를 숙이고 읍하고 있는 모습이었다. 그리고 시왕봉과 그 이하 관음봉(觀音峰)·미륵봉(彌勒峰)·문수봉(文殊峰) 등의 봉우리들은 모두 불가(佛家)의 이름을 붙였고, 또 마치 부처들이 줄지어 서서 경을 읽고 도를 얘기하는 것 같기도 했다.

게다가 일만 골짜기에서 샘이 흐르고 거기에 솔바람 소리까지 섞여 있어서 마치 비바람이 불어오고 밑에서는 뇌성벽력이 치는 것 같기도 했다. 승려들의 말로는, 이 산의 옛 기록에 일만이천은 담무갈(曇無竭)이 머물던 곳이라고 했는데, 담무갈은 부처 이름이라고 하였다. 내 생각에는 담무갈이란 천축의 말인 듯한데, 무슨 뜻인지 알 수가 없다. 그 승려 얘기는 비루하고 허탄한 말이었으니, 아마도 옛적 사람들은 이 산의 일만 봉우리 일천 봉우리에 산악의 신령들이 살고 있는 곳이라고 생각했던 것 같다.

곳에 따라 시원한 바람이 솔솔 불고 이슬 기운이 차고 맑으며 붉게 물들여진 모든 덩굴과 단풍잎들로 인하여 가을 기운이 산속에 가득하였다. 게다가 또 푸르른 소나무 잣나무가 붉고 푸른 단풍 사이에 섞여 있어서 더욱 아름다웠다. 내가 여러 중더러 말하기를, '가을이 아직 무르익지 않았는데 우리가 너무 일찍 구경 온 것이 아니냐!' 고 하자 보원이 말하기를,

"그렇지 않습니다. 대체로 어떤 경치이든지 구경을 하려면 무르익기 전에 해야지 무르익을 때에 하게 되면 때가 이미 지나쳐서 바로 사그라지기 시작하는 것을 보는 것입니다. 막 무르익으려고 하는 이때가 여유로운 운치가 있어서 구경하기에 좋지요."

하기에 내가 이르기를,

"노사(老師)의 말씀을 들으니, 물건 보는 법을 잘 아는 분이라고 하겠소. 옛사람의 말에도, '꽃은 낙화되어 흩어질 때에는 보고 싶지 않고, 술은 곤드레만드레 취하지 말아야 한다.'고 하였는데, 역시 노사의 말씀과 같구려."

하였다. 그리고 이어 두 군에게 말하기를,

"대체로 말해서 천지만물 모든 이치가 모두 가득 찼을 때에는 좋지 않은 것이네. 세상에서 부귀와 공명과 성색(聲色)을 누리고 있는 자들은 더구나 이 이치를 몰라서는 안 되네. 내가 언젠가 읊은 시 한 수가 있는데 그대들은 이 시를 기억해 주기 바라네."

했더니, 극가(克家)가 그 시를 수첩에다 적었다. 그리고 유군은 말하기를,

"이 시는 아마도 그대가 뜻을 이루었을 때 지은 시가 아니겠는가."

하였다. 그 시는 이렇다.

　　　말 타고 유유히 가다가 말다가

돌다리 남쪽 가 어린 동자가 해맑다네.

그대는 봄 구경을 어디에서 하려는가!

아직 꽃 피기 전인데 풀싹이 돋으려 한다네.

騎馬悠悠行不行 기마유유행불행

石橋南畔小童淸 석교남반소동청

問君何處尋春好 문군하처심춘호

花未開時草欲生 화미개시초욕생

충암 김선생 원충(冲菴金先生元冲)[27]이 중에게 준 비로봉시가 우연히 생각나 두 군에게 읊어주었다.

해 지는 비로봉 정상

동해 바다 하늘 멀리 아득하다네.

불붙이고 바위틈에서 유숙하고

소매 맞잡고 안갯속으로 내려가네.

---

27 김원충(金元冲) : 1036년(정종 2) 상서우승으로 진봉사(進奉使) 및 고주사(告奏使)가 되어 송나라에 사신으로 갔으나 옹진에서 파선(破船)되어 되돌아왔다. 이듬해 상서 좌승으로 거란에 사신으로 가서 연호의 반포를 요청하였다. 1040년 지중추 원시로 있을 때 딸이 정종의 비[容節德妃]가 됨으로써 국구(國舅)가 되고, 1047년(문종 1) 내사시랑평장사가 되었다. 1049년 작은딸이 또 문종의 비가 되자, 이듬해 문하시랑 평장사 판상서형부사를 거쳐 수사도 문하시중이 되었다. 이신석(李申錫)이 급제하였을 때 최충(崔冲)은 이신석이 씨족을 쓰지 않았다고 반대하였으나, 판어사대사(判 御史臺事) 김정준(金廷俊)과 함께 그것에 관계없이 현인을 기용하는 것이 당연하다고 주장하여 문종이 이를 허락하였다. 정종의 묘정(廟廷)에 배향되었다. 시호는 정 간(貞簡)이다.

落日毗盧頂 낙일비로정

東溟渺遠天 동명묘원천

碧嵒敲火宿 벽암고화숙

連袂下蒼煙 연메하창연

　내가 말하기를,

　"이 시야말로 고금의 시인들 작품 중에 걸작이다. 애석하게도 우리나라 사람들 가운데 이 시를 알아보는 자가 없어서 사람들 입에 오르내리지 못했던 것이다."

하니, 두 군들도 동감이었다. 이에 서로 읊고 또 읊었더니, 사람으로 하여금 표연히 산 정상을 떠나 동해로 가고픈 생각이 들게 했다.

　회옹(晦翁)의 '남악운(南岳韻)'에 차운하여,

　구월이라 서리 내리고 천지는 바람뿐인데

　천을대 앞에 오니 가슴이 시원해라.

　시 읊으며 돌아간 자취 어디에서 찾아볼까!

　곧바로 봉래산 최상봉에 이르렀다네.

九秋霜露滿天風 구추상로만천풍

天乙臺前一盪胸 천을대전일탕흉

詠歸何處尋行迹 영귀하처심행적

直到蓬萊最上峯 직도봉래최상봉

하고 읊으니, 여러 사람이 화답을 하였다.

동쪽 누각에 가서 벽에 걸려있는 여러 사람들의 시를 보았으니, 그 중에서 기재(企齋, 신광한)·호음(湖陰, 정사룡)·용주(龍洲, 조경)·청음(淸陰, 김상헌)·이천장(李天章, 明漢)·김도원(金道源, 萬重)·신백윤(申伯潤)의 시들이 읊을 만하였고 거기에서도 신기재와 정호음의 것이 최고여서 세도와 인재의 부침(浮沈)을 여기에서도 볼 수 있었다.

이날 밤은 정양사에서 잤는데 승(僧) 보원과의 담화로 밤이 깊어서야 잠자리에 들었다. 밤에 일어나 별을 보고 방향을 알아보았더니, 망고봉(望高峰)이 동쪽에 있고 능호봉(凌灝峰)은 북쪽에 있으며, 이 절 위치가 남을 향해 오위(午位)로 되어있고 동으로 아침 햇살을 받기 때문에 절 이름을 그렇게 지었던 모양이다.

5일(정미) 맑았다.

팔각전의 석불을 보았다. 그 벽에 해묵은 그림이 있었는데 오도자(吳道子)[28]가 그린 것이라고 하였다. 그러나 오도자가 조선에 왔었다는 말은 들은 바 없으니, 그 역시 허탄한 소리인 것이다. 이 날 극가(克家)가 그 절의 대들보에다 이름을 썼다. 그리고 이 날 동쪽 누대에 두 번 올랐는데, 누대 이름은 헐성(歇惺)이었다. 시가 있는데 기재(企齋, 신광한)의 시는,

기이한 봉우리 일만이천인데
바다 구름 흩어지니 아름다운 옥이로세.

---

28 오도자(吳道子): 중국 당나라의 화가(?~?). 자는 도자(道子). 불화(佛畫)·산수화에서 당대(唐代) 제일로 꼽혔으며, 소화(疎畫)의 체(體)라는 서화 일치의 화체를 확립하고 준법(皴法)을 고안하여 동양 회화에 큰 영향을 끼쳤다.

젊어서는 병만 앓고 이제는 늙었으니
외로이 명산 등진 것이 백 년이라네.

一萬奇峯又二千 일만기봉우이천
海雲飛盡玉嬋姸 해운비진옥선연
少時多病今成老 소시다병금성로
孤負名山此百年 고부명산차백년

호음(湖陰, 정사룡)의 시는,

일만이천 봉우리 대충 보고 돌아오니
쓸쓸한 낙엽이 지나는 사람 때린다네.
정양사에 찬비 내리고 향불 피우는 밤인데
마흔 평생 잘못 산 걸 거원(蘧瑗)[29]은 알았다네.

萬二千峯領略歸 만이천봉령략귀
蕭蕭黃葉打征衣 소소황엽타정의
正陽寒雨燒香夜 정양한우소향야
蘧瑗方知四十非 거원방지사십비

했으며,

---

29 거원(蘧瑗): 춘추시대 위(衛)나라 대부인 거원(蘧瑗)이 "나이 50세에 49년 동안의 언행이 잘못되었다는 것을 알았다."라고 말하였다. 《淮南子 原道訓》

청음(淸陰, 김상헌)의 시는,

처마 끝 빗소리 밤새워 내리는데
산중의 폭포소리 누워서 듣는다네.
봉우리 씻으니 진면목 보이는데
문득 비 개니 남아있는 시 보인다네.

琳琅簷雨夜連明 임랑첨우야련명
臥聽山中萬瀑聲 와청산중만폭성
洗出玉峯眞面目 세출옥봉진면목
却留詩眼看新晴 각류시안간신청

라고 하였다. 식사를 마치고는 중의 손에 이끌리어 천을대에 올라가
서 사방을 바라보았으니, 그중에 송라협(松蘿峽)은 신라의 왕자가 있
던 곳이고, 능호봉(凌灝峯)과 방광대(放光臺)는 고려 태조 왕건이 부처
에게 절하던 곳이란다.

아, 왕자의 행한 일은 장해서 한(漢)의 북지왕(北地王)[30]과 겨룰 만
하고, 고려 태조의 그 거대한 규모나 후한 덕은 송(宋) 태조와 어깨를
겨눌 만 한데, 어찌하여 이교(異敎)에 정신이 팔려 허탄한 말과 옳지
못한 유적을 후대에까지 남겨놓았는가!

---

30 북지왕(北地王): 삼국시대 촉한(蜀漢)의 후주(後主) 유선(劉禪)의 아들. 촉한이 위(魏)
나라 장군 등애(鄧艾)의 침공을 받고 수도인 성도(成都)가 함락될 위기에 처하게 되
자, 유선은 항복할 것을 결심하였다. 이때 복지왕 침은 항복하지 말고 끝까지 싸울
것을 주장했으나, 유선이 듣지 않자, 유비(劉備)의 사당에 가서 통곡하고 처자들을 죽
인 다음 스스로 자결하였다.

그곳 산과 구릉의 형세를 대략 한 폭의 그림으로 그려 두었으니, 후일 뛰어난 화가를 만나게 되면 이 아름다운 승경을 다시 그리게 하려고 해서이다. 또 시를 읊기를,

아득히 보이는 송라의 협곡인데
높고 높은 능호대라네.
유연히 휘파람 크게 부는데
만폭은 바람과 우뢰 숨기었다네.

邈邈松蘿峽 막막송라협
迢迢凌灝臺 초초릉호대
悠然發大嘯 유연발대소
萬瀑隱風雷 만폭은풍뢰

하였고, 또 읊었으니,

조그만 영욕 놓고 놀랠 것 없어서
구월에 중향성에 날아서 올라왔네.
곧바로 머리 풀고 동해에서 노를 저어
난(鸞) 타고 태청궁에 들어가려네.

寵辱區區不足驚 총욕구구불족경
九秋飛上衆香城 구추비상중향성

74

直將被髮桴東海 직장피발부동해

且欲驂鸞襲太淸 차욕참란습태청

라고 하였다. 보원이 하는 말,

"금년 봄부터 커다란 새가 어디에서 왔는지 산 중에 날아다니고 있는데, 모습은 야학(野鶴) 같고, 목이 길고, 꼬리는 검고, 다리는 붉고, 몸은 긴데, 사람들이 보고 싶다 말하면 반드시 제 몸을 돌려가며 보여줍니다. 소리는 학의 소리를 내는데, 아마도 선학(仙鶴)인 것 같은데, 지금 우리 눈에는 보이지 않고 있지만, 이 산속 어딘가에 틀림없이 있을 것입니다."

고 하였다. 내가 생각하기에,

"학은 우는 소리가 길고 맑아서 하늘까지 들린다는 것 아닌가. 그렇기 때문에 《시경(詩經)》에서도, '학이 구고(九皋)에서 우니, 그 소리 하늘까지 들리네.' 했고, 옛날 기록에도 역시 '난(鸞)과 봉황은 함께 무리 짓고 반드시 날 곳을 골라서 날며 때가 돼야 울기 때문에 그래서 선금(仙禽)이라 한다.' 고 했다. 그런데 지금 그 새는 난봉(鸞鳳) 같은 벗도 없고 사광(師曠)[31]의 거문고 가락도 없고 상악(相岳)의 북소리도 없이 왔으며, 또 우는 소리가 아름다운 여운도 없고 높고 길지도 않으면서 저 혼자 그런 체하는 것뿐이다. 사실은 학 같아도 학이 아니면서 선금 축에 끼어보려고 하는 것이리라. 진짜가 아니면서 이름이라도 빌려보려고 하는 것은 모든 사물이 다 그런데 왜 새라고 그렇지 않겠

---

31 사광(師曠) : 사광은 춘추(春秋)시대 진(晉)의 태사(太師)로 오음(五音)·육률(六律)을 다루는 데 있어 남보다 월등한 청력을 가진 사람이다.

는가."

고 하였다. 언젠가 치사헌(致思軒) 이원(李䶈)[32]이 쓴 《금강록(金剛錄)》을 보았더니, 거기에 이르기를,

"바위 사이에 둥지를 틀고 사는 새가 있었는데, 대체로 그냥 평범한 들새였다. 그런데 중들이 학으로 잘못 알고 저를 학이라고 불러주니, 그 새가 반드시 둥지에서 나와서 제가 학이 아니라는 사실도 모르고 사람들에게 춤을 추어 보였다."

고 말한 곳이 있었는데, 지금 그 새도 저 자신을 학으로 자처하고, 사람들도 학으로 알고 있기 때문에 그도 깃털을 뽐내면서 사람들에게 과시하는 것이 아니겠는가. 유군이 회암의 '여산운(廬山韻)'을 내놓으면서 나더러 화답하라고 하기에 심심풀이 삼아 읊어 보았다.

三韓三神山
삼 한 삼 신 산   삼한에 삼신산이 있으니

金剛最爲傑
금 강 최 위 걸   금강산이 제일 걸출하다네.

盤根五百里
반 근 오 백 리   수려한 둘레가 오백 리인데

邈然與世絶
막 연 여 세 절   세상과는 인연을 끊었다네.

仙曇所窟宅
선 담 소 굴 댁   불가의 소굴이 되었는데

雲樹何明滅
운 수 하 명 멸   구름 속의 나무들 보이다 말다 한다네.

32 이원(李䶈) : 자는 낭옹(浪翁)이다. 김종직(金宗直)의 문인이다. 1489년(성종 20) 식년 문과에 합격하여 호조 좌랑 등을 역임하였다. 1498년(연산군4) 무오사화 때 곽산에 장류(杖流)되고, 1504년 갑자사화 때 참형을 당했다.

我來屬秋晴 내가 맑은 가을에 찾아오니
아 래 속 추 청

嶽峀正森列 많은 봉우리 정히 열 지어 있다네.
악 수 정 삼 렬

憑睡挹淸灝 졸면서 맑은 기운을 들이키고
빙 수 읍 청 호

杖策凌嵽嵲 지팡이 짚고 높은 곳을 가소롭게 여긴다네.
장 책 릉 체 얼

勝遊自此始 승지 구경 이제부터 시작이니
승 유 자 차 시

吾將窮跡轍 내 두루 다 밟아보고야 말겠네.
오 장 궁 적 철

유군의 시는,

金剛天下勝 금강은 천하 절경인데
금 강 천 하 승

夫子一代傑 부자(夫子, 윤휴)는 당대 영걸이라네.
부 자 일 대 걸

名山配高士 명산이 고사와 만났으니
명 산 배 고 사

豈不稱兩絕 어찌 양절(兩絕)이라 칭하지 않겠는가!
기 불 칭 양 절

遊爲資仁智 인지(仁智) 의지하여 유람하는데
유 위 자 인 지

志在憫寂滅 뜻이 적멸(寂滅)에 있음이 민망하다네.
지 재 민 적 멸

賤子忻附驥 이 사람 말 옆에 있는 것도 기쁜데
천 자 흔 부 기

陪賞豈行列 어떻게 나란히 서서 구경하겠는가!
배 상 기 행 렬

見公記勝詩　승경 읊은 공의 시를 보니
견 공 기 승 시

高幷玉峰嵲　높은 옥봉(玉峯)과도 같다네.
고 병 옥 봉 얼

丹丘興靡窮　신선 사는 곳 흥취 다함이 없는데
단 구 흥 미 궁

復膏仙洲轍　다시 신선 고을에 가는 수레에 기름칠했다네.
부 고 선 주 철

고 하였다. 또 헐성루(歇惺樓) 시에도 차운하였으니,

금강산 일만이천 봉우리가

푸른 하늘에 높이 솟아 태산에 머리 숙인다네.

옥 같은 봉우리들 우뚝하게 솟았는데

은빛 봉우리와 투사 같은 봉의 형세 겹쳤다네.

암벽의 높은 나무에는 학이 둥지 틀었는데

성난 폭포 아래 연못에 독룡이 산다네.

가을비 갠 정양사가 가장 아름다운데

청아한 경쇠소리 소나무 숲에 나는 소리라네.

蓬萊一萬二千峰 봉래일만이천봉

高出靑天揖岱宗 고출청천읍대종

玉巘竦奇形矗矗 옥헌송기형촉촉

銀巒鬪壯勢重重 은만투장세중중

危巖古樹巢仙鶴 위암고수소선학

怒瀑深湫居毒龍 노폭심추거독룡

78

最是正陽秋霽後 최시정양추제후

數聲淸磬發深松 수성청경발심송

라고 지어서 나에게 주었다.

금강산이 가파르고 수려함은 동방에서 으뜸이니, 산의 뻗은 맥은 백두산에서 시작되어 검산(劍山)[33]에서 높이 치솟고 철령(鐵嶺)[34]을 가로질러 추지령[35]에서 기복(起伏)을 이루어 내려오다가 이곳에서 서려 이루어진 것이다.

우뚝 튀어난 봉우리가 능호봉인데, 그 봉우리는 흙과 돌이 섞여 있고 바위산이 쭉쭉 뻗어가다가 한번 뛰어올라 영랑재가 되었으며, 또 갑자기 높이 솟아 비로봉이 되었는데, 바위 전체가 높이 솟아 봉우리가 되었기 때문에 곧바로 하늘까지 치솟아 높고 거대하기로는 이와 맞먹을 봉우리가 없다.

비로봉에서 형세가 한풀 꺾여 내려오면서 험준하게 첩첩으로 쌓인 것이 중향성이니, 푸르른 바위 절벽들이 둘러서서 성(城)을 이룬다. 하얀 바위들을 바라보면 그 빛이 마치 분을 발라놓은 성첩과 같다. 그리고 바위 사이로는 노송나무·잣나무·해송(海松)·만향(蔓香) 같은 나무들이 각기 빛을 발산하여 하나의 무늬가 되어 물결을 이루고 있다. 그리고 뻗어나간 맥에서 연달아 일출봉·월출봉이 솟아 있고, 그 아래 가로로 줄 서 있는 것이 백운대·금강대·대향로·소향로이고,

---

33 검산(劍山): 평안도 선천(宣川)에 있는 산으로, 인조 9년(1631)에 산성을 쌓아 북방을 경계하였다.

34 철령(鐵嶺): 지금의 회양부(淮陽府) 북쪽 39리에 있는데 북도로 통하는 큰 관방(關防)이다.

35 추지령: 회양(淮陽)과 통천(通川)의 경계 지역에 있는 고개이다.

그 시내는 곧 만폭동이 되니, 백천동의 물과 만나서 남으로 흘러 회한(淮漢)의 상류가 된다. 그리고 또 서쪽으로 뻗어나가서 망고봉과 혈망봉이 되었는데 그 높이는 비로봉의 다음이고, 또 그다음으로 백마봉·현등봉 등의 봉우리가 있으니, 마치 서쪽을 향하여 엎드려 있는 듯하다. 또 남으로 바닷가까지 나가서 산야를 끼고 달려간 용맥은 천후산·설악산·한계산이 되었고, 서남으로 간 용맥은 오대산이고, 곧바로 남으로 달려간 용맥은 영(嶺)의 좌우가 되고, 그리고 호(湖)의 서남쪽의 맥이 된다.

비로봉 서쪽을 내산(內山)이라고 하는데, 뼈 같은 하얀 바위가 우뚝우뚝 서있고 서풍의 바람과 석양 햇볕을 받기 때문에 노송나무와 소나무들이 크게 자라지 못하고 있다.

비로봉 동쪽은 바위 사이에 토석(土石)이 많고 아침 해가 비치는 데다 바다가 가까이 있어서 그 따뜻한 기운까지 받기 때문에 나무들이 무성하게 자라서 해를 가리고 구름 위까지 치솟아 있으니, 그쪽을 외산(外山)이라고 한다. 그리고 거기에서 동쪽으로 뻗은 가지는 백 리를 채 가지 못하고 동해에 이르러서 끝난다. 서쪽으로 뻗은 가지는 회수(淮水) 서쪽을 끼고 바다까지는 못 가서 양강(楊江)과 만나 거기에서 끝나는데, 천 리의 절반 정도가 되며, 북으로 뻗은 가지는 높은 산이 첩첩이고, 둥글게 서려 있으면서 한 골짜기를 형성하고 있으니, 이곳이 구룡연이다.

만폭동은 바위 언덕이 수려하고 수석(水石)도 맑고 아름다운데, 지팡이 짚고 신발을 신고 건널 만하기 때문에 유람하는 사람들이 왕래하고 있으나, 구룡연은 어두워서 그 깊이를 헤아릴 수도 없으며 용과 새, 짐승들이 살고 있을 뿐만 아니라 한낮에도 우레와 바람이 일고 괴

물이 나타난다 하여 인적이 미칠 수 없는 곳이다.

내 비록 늙고 병들었지만, 단장(短杖)을 짚고 동자 하나 거느리고 비로봉 정상에 올라가서 운무(雲霧)를 딛고 비바람을 맞으며 굽어보이는 모든 산천 다 구경하고 동서남북을 향해 내 심경을 마음껏 드러내 보이지 못한 것이 한이고, 또한 높은 봉우리와 가파른 벼랑을 타고 구룡연 깊은 연못가에 가서 괴물들이 사는 굴들을 훑어보고 험준하고 기기괴괴한 곳까지 다 구경하여, 나의 이 가슴속에 쌓인 우울하고 답답한 회포를 다 털어버리지 못하는 것이 한이로다.

내가 벌써 이렇게 늙었단 말인가. 이율곡 선생이 소년 시절 무슨 일로 인하여 집을 떠나 이 산에 들어왔다고 하는데, 중들에게 물어 보았으나 그 일에 대하여 들어서 알고 있는 사람은 없었다. 그 중들이야 물론 무식한 자들이고 벌써 일백 년의 세월이 흘렀으니, 그 남긴 족적이 아득할 것은 당연한 일이리라.

밤에 보원과 얘기를 하는데, 보원이 고려의 정지상(鄭知常)은 어떤 인물이냐고 묻기에, 내가 대답하기를,

"고려 때 문사(文士)인데, 그의 시가 깨끗하고 민첩하여 당인(唐人)의 기풍이 있었으나 요망한 중 묘청(妙淸)에게 현혹되어 나랏일을 그르치고 말았으니 보잘것없는 사람이지요."

했더니 또, 김부식(金富軾)은 어떤 사람이냐고 물었다. 내가

"그는 문장력이 있어 삼국사기(三國史記)를 썼고 장군이 되어 묘청의 난을 토평하기도 했다."

고 했더니, 그가 말하기를,

"내가 듣기에는 김부식이 정지상과 명예를 다투었는데, 번번이 이

기지 못하자, 이에 정지상을 모함해서 죽였는데, 그 뒤에 지상의 영혼에게 도리어 죽음을 당했다고 합디다. 그게 무슨 좋은 사람이겠소."

하면서, 부식이 죽은 일을 얘기했는데, 마치 두영(竇嬰)과 전분(田蚡)[36] 사이에 있었던 일처럼 말하니, 말이 매우 해괴하였다. 나는 전에 들은 바 없는 얘기이기에 여기에 써 두었다가 언젠가 누구에게 물어볼 것이다. 보원의 말에 의하면, 김부식이 언젠가 시관(試官)으로 들어가 시험장의 문에다 시를 쓰기를,

> 촛불 다하니 날은 새벽인데
> 시 이루니 구절마다 향기롭네.
> 뜰 가득한 사람들 소란스러운데
> 누가 장원랑이 되었는가!

> 燭盡天將曉 촉진천장효
> 詩成句已香 시성구이향
> 滿庭人擾擾 만정인요요
> 誰是壯元郎 수시장원랑

하니, 정지상이 그 시를 보고 즉석에서 붓을 들고 삼경(三更) · 팔각

---

36 두영(竇嬰)과 전분(田蚡) : 두영이 세력을 떨칠 때 전분은 제조랑(諸曹郎)이 되어 현귀(顯貴)하지 못했다. 이 때문에 수시로 두영에게 술을 가지고 가 술 바치기를 마치 친아들처럼 하였다. 효경제 말년에 전분이 현귀해지고 무제(武帝)가 즉위하자 전분을 무안후(武安侯)로 봉하고 태위(太尉)에 제배(除拜)하였다. 두 태후가 죽고 무제가 전분을 승상(丞相)으로 삼자 전분과 두영이 서로 다투게 되었는데, 두영을 따르던 무리들이 모두 전분에게로 돌아갔다고 한다.《史記 卷107 魏其武安侯列傳》

(八角)·낙월(落月)·부지(不知) 등 여덟 자를 써서 다섯 자씩 된 구절 위에다 각기 한 장씩 얹어 놓았다는 것이다. 그리하여 김부식이 자기 재주로는 도저히 그를 따르지 못할 것을 알고 드디어 모함을 하게 된 것이다. 라고 운운하였다.

6일(무신) 맑았다.

유점사(楡岾寺)를 가기 위하여 출발하였으니, 보원상인(普願上人)과 작별하면서 충암(冲菴 金淨)의 '풍악증승운(楓岳贈僧韻)'의 시를 차운하였다.

> 금강 골에 가을 찾아드니
> 구름 걷히자 하늘은 쪽빛이라네.
> 그대 만나 사흘 밤을 담소하고
> 돌아가려는데 소매에 푸른 안개이네.

> 秋入金剛洞 추입금강동
> 雲收蔚藍天 운수울람천
> 逢君三宿話 봉군삼숙화
> 歸袂惹蒼煙 귀몌야창연

라고 읊고, 극가에게 써서 주게 했다.

드디어 가마를 타고 나와 만폭동을 향하였으니, 표훈사를 다시 지나 서쪽으로 석문(石門)에 들어가는데 가마 하나가 겨우 빠져나갈 정도이니, 이것이 금강굴이라고 하였다. 여기서 몇 십 보를 더 가니, 왼쪽에는 오현봉, 바른쪽에는 학대봉이 있고 두 시내가 만나는 곳에 바위로 이루어진 봉우리가 솟아 있는데 그 이름은 향로봉이니, 거기가 바로 만폭동이다. 붉은 석벽에 푸른 절벽이고, 돌은 희고 물은 맑았다. 집 한 채만한 바위 하나가 시내 가운데를 차지하고 있었으니, 유람객들이 그 바위에다 이름을 써서 각자한 것이 천명도 넘을 정도이다. 혹은 아주 새겨놓기도 하고, 혹은 먹물로 써 놓기도 하였다. 시냇가에 또 널찍한 커다란 바위가 있었으니, 거기에 양사언(楊士彦)이 쓴 '봉래풍악 원화동천(蓬萊楓岳元化洞天)'이라는 여덟 글자가 바위 면에 새겨져 있었으니, 글자 모양이 날아오르려는 듯하여 볼만했다.

정극가가 그 바위에다 이름을 쓰기에 나도 그 바위에다 용문석(龍門石)이라고 썼다. 그랬더니 두 군이 그 뜻을 묻기에 내가 말하기를,

"세상에서 말하기를, '금강산에 와서 노는 자면 이름을 선적(仙籍)에 올린 것이라고 할 수 있다.'고 하는데, 자고로 과연 선계(仙界)로 뽑혀 올라간 자가 있었다는 말은 들은 바 없고, 다만 성명을 고기비늘 모양으로 그 밑에다 다닥다닥 써 놓은 것이 마치 용이 되기 위하여 용문(龍門)에 모여든 물고기들 같이 수도 없이 많으나, 이마에 점찍고 꼬리는 불태우고 용이 되어 올라가기란 그리 쉽지 않은 것과 같아서 내 그 뜻으로 쓴 것이라네."

하였다. 글씨를 쓰고 나서 시내를 따라 걸어가면서 보니, 단풍이 물들고 하늘이 시원한 것이 바야흐로 9월의 가을 같았다.

한 곳에 갔더니 맑은 물줄기가 뿜어 나오는데, 혹은 감돌아 흐르기도 하고, 혹은 그냥 내리쏟아지기도 하였는데, 하얀 바위가 평퍼짐하여 그냥 앉거나 걸터앉을 만하였으니, 이름이 진주담이라고 했다. 내가,

"왜 진주담이라고 했을까?"

했더니, 유군이 말하기를,

"샘물이 평평한 바위 위로 흘러 바위에 웅덩이가 생기고 그 웅덩이 가운데에 마치 진주조개가 진주를 머금고 있는 것처럼 함괴(涵瑰)가 있기 때문에 붙여진 이름이겠지요."

하여, 내가,

"그렇구나. 그럴듯한 생각이다."

라고 하였다. 또 조금 더 올라가니, 청룡담·귀담(龜潭)·선담(仙潭)·화룡담(火龍潭)이라는 연못이 있었는데, 물은 더욱 맑고 돌도 더욱 깨끗하며 굼틀굼틀 흘러내리는 폭포도 완연히 무지개가 구름을 타고 있는 듯하고 비단이 공중에 펼쳐져 있는 듯하며, 둘러싸인 산들의 푸르른 나뭇잎들이 맑은 운치를 더해주고 있어서 사람들 모두가 참으로 이곳이야말로 선계(仙界)이고 천하의 장관이라고 하면서 야단법석이었다. 비록 곡림(曲林) 파곶(葩串)의 백석이나 송도(松都)의 박연폭포(朴淵瀑布)라도 여기에 비할 수는 못 되었으니, 그리하여 우리들은 갓끈을 씻으며 즐겁게 놀았다. 내가 절구 한 수를 읊기를,

콸콸 쏟아지는 만폭동에
물소리 밤낮으로 울린다네.
곧 성난 용이 일어나서
뇌우(雷雨)가 천하에 가득할거네.

觥觥萬瀑洞 혁혁만폭동
奔流轟晝夜 분류굉주야

直恐龍怒作 직공룡노작

雷雨盈天下 뢰우영천하

고 읊어서 극가를 시켜 바위에다 쓰라 했고, 극가도 다음과 같이 한
수 읊어 바위에 썼다.

일만 봉우리 앞에는 푸른 옥수가 흐르는데
흰 구름 끼고 단풍 진 동천이 그윽하다네.
시 돌에 새기면서 때때로 쉬는데
지팡이 짚고 기이한 경치 탐색한다네.
술독의 술 다해 취할 수가 없는데
신선이 봉래로 돌아간 해 몇천 년이 되었나!
산신령이여 늦게 온 것 이상하게 여기지 마시오.
꿈속에선 벌써 비로봉에서 놀았다오.

萬玉峯前碧玉流 만옥봉전벽옥류

白雲紅樹洞天幽 백운홍수동천유

題詩坐石時時歇 제시좌석시시헐

杖策探奇處處留 장책탐기처처류

酒盡窪尊難一醉 주진와존난일취

仙歸蓬海機千秋 선귀봉해기천추

山靈莫怪尋眞晩 산령막괴심진만

慣向毗盧夢裏遊 관향비로몽리유

벽하담에 이르러 한 곳을 바라보니, 가파른 낭떠러지 아래 비각(飛閣) 하나가 있는데 구리 기둥이 그 밑을 떠받치고 있었다. 그리하여 유군과 함께 그 비탈을 부여잡고 올랐는데, 그때 외삼촌께서는 노구(老軀)인지라 다리에 힘이 없으니 가마를 타야겠다고 하셨고, 극가는 바위에 시를 쓰느라 함께 따라오지 못했다.

나는 길목의 한 암자에 이르렀으니, 보덕굴(普德窟)이라는 편액만 달려 있고 중은 없었다. 벽에는 기(記)가 걸려 있었는데 조계선종(曹溪禪宗) 연(衍)이 쓴 것으로 글씨도 새가 나는 듯 살아 있었고, 문사 역시 문원(文苑)의 기운과 맛이 있어 읽을 만했다.

높은 누대의 난간에서 일천 길이나 되는 밑을 내려다보니, 정신이 아찔하여 나는 그 실내에만 들어가고 난간 쪽은 밟지 않았다. 이유는, 높은 데 오르지 말고 위태로운 데 가지 말라는 성인(聖人)의 교훈이 생각나서였고, 또 우물물을 내려다보는 데 대한 팽조(彭祖)의 경계에도 느낌을 받았기 때문이었다.

비탈길을 타고 벽하담 남쪽으로 나와서 바위를 밟고 건너와 화룡담 가 바위 위에 앉아서 쉬었다. 거기서부터 위쪽으로는 물도 얕고 산도 갈수록 좁아 명승처는 거기에서 거의 끝났다.

드디어 가마가 앞서서 가는데, 잔도나 비탈길이 위험하여 걸어서 내려온 곳이 절반이나 되었다. 길을 따라 오는 중에 중들을 시켜 도로 파초(都盧巴草)를 뜯고 혹 직접 채취하기도 하였는데, 이 향초는 이 산의 높은 곳에서만 나는 풀로서 잎은 성근 솔잎 같고 뿌리는 가는 천궁 뿌리 같으며 향기 역시 천궁 비슷한데 좀 특이한 향초이다. 올 때에 허미수옹에게 듣고 여기 와서는 중들에게 물어 캐게 된 것인데, 중들도 그것을 간혹 부처 앞에다 향으로 쓰기도 한다는 것이다.

그리고 또 이 산중에 만향(蔓香)이 있으니, 그것이 잣나무의 한 종류이긴 해도 가지가 덩굴로 자라고 바위틈에 잘 나는데, 그다지 크지 않은 다른 종류의 잣나무이다.

비로봉 둘레에는 모두 이 향초가 널려 있으니, 중향(衆香)이라는 이름은 아마도 이것을 이르는 말이 아닌가 싶었다. 그리고 해송과 노송나무 · 잣나무, 그리고 적목(赤木)이 섞여 있는 가운데 단풍나무가 가장 많아 풍악(楓岳)이라는 산 이름 역시도 그래서 붙여진 것이 아니겠는가. 적목이라는 것은 몸통은 노송나무에 잎은 잣나무 잎이고 씨는 산호(珊瑚)처럼 생겼는데 어째서 적목인지는 알 수가 없다.

이 날 가본 곳은 금강대(金剛臺) · 백운대(白雲臺) · 만회동(萬檜洞) 등이었으나, 거의 그냥 지나치기만 하였다. 사자암에 오니, 큰 바위가 사자 모양으로 생겼는데, 암자만 있고 중은 없었다. 들어가서 보고 한 곳에 이르니, 석조탑이 해를 가리고 있고, 바위 사이에는 장육상(丈六像)을 조각해 놓았는데, 이는 나옹(懶翁)의 작품이라고 한다.

아, 불도들이 허황한 짓들을 하여 이 명산의 맑은 경치를 모두 더럽혀놓았으니 한탄스러운 일이다. 묘길상(妙吉祥)의 옛터를 지나 마하연(摩訶衍)에 이르니, 고풍의 사찰이 깨끗하고, 소나무 · 노송나무가 숲을 이루었으며 지세가 평평하면서 아늑하고 바위로 된 언덕은 멀리 떨어져 있었다. 이곳에는 한 명의 중이 혼자 살면서 생식을 하였고 수좌(首座)라고 불렀는데, 수좌라는 명칭은 그 무리들 중에서 참선하는 자를 이르는 말이다. 말을 시켜 보았더니 역시 배운 것은 없었다. 내가 이런 산속에 살면 귀신이나 도깨비 같은 것이 무섭지 않느냐고 했더니 그가 말하기를,

"만약 그런 마음이 있다면 어떻게 이곳에 있겠습니까."

고 했다. 아름다운 여인을 보아도 마음이 동하지 않느냐고 물었더니, 그렇다고 하면서 산중에 아름다운 여색이 있다면 그게 바로 귀신이요 도깨비가 아니겠느냐고 하였다. 내가 말하기를,

"만약 귀신이나 도깨비가 아니라면 네 마음이 동하지 않음을 어떻게 알겠느냐."

하고서, 이어 말하기를,

"사람의 큰 욕망으로 가장 억제하기 어려운 것이 식욕과 색욕인데, 색욕은 그래도 억제할 수가 있으나 가장 참기 어려운 것이 식욕인 것이다. 내가 옛날에 들은 얘기인데, 언제인가 토당(土塘) 오상공 윤겸(吳相公允謙)이 이곳을 구경하면서 지나가게 되었는데, 어느 한 궁벽진 곳 작은 절에 나이 젊은 화상(和尙) 하나가 살고 있으면서 사람이 오는 것을 보면 피하였다. 그를 불러 무엇을 먹느냐고 물었더니, 뜰에 있는 송백을 가리키더라는 것이다. 그리고 얼굴빛이 청백한 것이 오랫동안 그것을 먹고 공이 많이 쌓인 자 같더라는 것이다. 그와 얘기하면서 꿩고기를 꺼내 숯불에다 구워 먹고 다른 절로 내려와서 자는데, 밤중쯤 되니 누가 다급하게 문을 두드리기에 문을 열어 보았더니, 바로 아침에 만났던 그 중이었다. 찾아온 까닭을 물으니, 아침에 본 꿩구이를 좀 더 먹는 것이 소원이라고 말하더라는 것이다. 그리하여 공은 그가 그 식욕을 억제할 수가 없어서 온 것을 알고 일행 중의 한 사람을 불러 그 고기를 내주게 하고 실컷 먹으라고 했더니, 그 중이 다 먹고 나서 얼굴이 붉어지며 고개를 숙이고 말하기를, '소승이 여러 해 곡식을 끊고 살면서 저 자신 공력이 깊다고 생각했었는데, 아까 공의 배낭 속에 있는 고기반찬 냄새를 맡고는 식욕이 갑자기 동하였으니, 아무리 억제하려고 해도 안 되고 발광이 나서 이렇게 와 이 짓거

리를 했으니, 부끄럽기 짝이 없습니다.' 하더라는 것이다. 오승상이 웃으면서 하는 말이, '그게 식화(食火)라는 것으로 사람이면 다 있는 것인데, 그것을 금하기가 어디 그리 쉬운가.' 하니, 그 중이 사례를 하고 갔다고 하였다. 식욕과 색욕은 다 천성(天性)인데 불가에서는 그 것을 금기하고 있으니, 그게 어디 인간으로서 자연스러운 일이겠는 가. 아마도 수좌가 하는 일은 우리가 할 일은 못 될 것 같다."

고 하면서 서로 웃고 말았는데, 그 중도 무슨 변명이 없었다. 보기에 그의 사람 됨됨이가 자기들 도(道)에서 무엇인가 들은 것이 있어서가 아니고 다만 하기 어려운 일을 하는 것이 고상한 것으로만 생각한 모 양인데, 우리 유자(儒者)들에게 군자의 대도(大道)는 듣지 못하고 은미 한 일이나 캐고 괴이한 짓이나 하여 후세에 무엇인가 남겨 보려고 하 는 자들과 무엇이 다르겠는가! 역시 우리들로서도 경계해야 할 바인 것이다.

　나무 한 그루가 절 앞에 서 있었으니, 몸은 노송나무이고 잎은 소나 무 잎인데, 겨울을 지나도록 시들지 않으니, 장안사에서 보았던 계수 나무였다. 하지만 냄새를 맡아보아도 향기가 없고, 맛을 보아도 맵지 않으며 영락없이 측백(側栢) 비슷한데, 혹시 《이아(爾雅)》에서 말한, 소 나무 잎에 잣나무 몸통을 한 전나무라고 하는 것은 아닌지 모르겠다. 점심을 거기에서 먹고 출발하려고 할 때에, 나는 혼자서 뒷산 등성이 에 올라 오래도록 거닐면서 시를 읊으면서 경치를 감상하였다.

　마하연(摩訶衍)은 인도 말인데 여기서는 대승(大乘)을 말한 것이니, 이 산에서 가장 좋은 곳을 말하며, 그곳에 있으면 도(道)를 깨우칠 수 있다는 뜻이다. 그곳을 출발하여 내수재〔內水岾〕 등성이에 이르니 해는 이미 기울었는데, 외삼촌과 극가는 먼저 와서 능선 위에서 기다리고 있었다.

중들 오륙십 명이 와서 기다리고 있었으니, 유점사(楡岾寺) 중들이 우리가 왔다는 소식을 듣고 가마꾼을 교체하기 위하여 온 것이었다. 이곳에서 뒤돌아보니 푸르른 뫼들이 아득히 멀리 보이고 비로봉은 우뚝 서 있어서 두고 가기에는 아쉬운 생각이 들었다.

잠시 쉬었다가 그 고개에서 출발하였는데, 중들이 하는 말에 의하면 내수재를 안문재[鴈門岾]라고도 한다는 것이다. 여기서부터 그 아래로는 소나무·노송나무가 빽빽이 들어서서 하늘이 보이지 않았다.

가마를 타고 이십여 리를 오는 동안 금강산 동쪽 기슭에 기이한 바위와 가파른 봉우리들이 나무 끝 사이로 언듯 언듯 보이기도 하고 보이지 않기도 하였다. 길은 평탄했으나 혹 걸어야 할 곳도 있었고, 그리고 시내를 따라 걸어가니 수석은 맑고 경치가 아름다운 곳도 있었다. 한 곳에 이르니 쉬어갈 수 있는 몇 칸짜리 판옥(板屋)이 있었는데, 하산할 때 점심을 먹는 곳이라고 중이 말하였다.

내산(內山)에는 사찰은 많아도 중들의 생활이 모두 빈곤하다고 하며, 가마를 메는 중들도 각 사찰에서 차출한 것이었으나, 여기 와서는 모두가 유점사의 중들인데, 가마 메는 솜씨들이 잽싸고 빨라 마치 준마(駿馬)가 낯익은 길을 달리듯 하였다. 동쪽을 바라보니 큰 바위 봉우리 하나가 가파르고 빼어난 것이 마치 내산의 산들과 똑같았으니, 이름은 만경대(萬景臺)라고 하였다.

해가 이미 저물어서 유점사에 가서 숙박하려면 구경할 틈이 없었다. 잠시 쉬었다가 또 한 곳의 낭떠러지를 따라가는데 무서워서 감히 바로 걷지 못하고 겨우겨우 건넜다. 또 치마바위가 있는 한 시내를 건넜는데, 이는 모양이 그리 생겨서 붙여진 이름이었다. 대적암(大寂菴)을 지나 7, 8리쯤 가니, 중들 몇십 명이 와서 인사를 하였다.

다섯 기의 부도(浮圖)와 세 기의 비가 서 있었는데, 부도는 서산 휴정(西山休靜)·동산 응상(東山應祥)·춘파 쌍언(春坡雙彦)·기암 법견(奇嵒法堅), 그리고 보운(普雲)의 것이고, 비갈(碑碣)은 동산의 비는 정두경(鄭斗卿), 춘파의 비는 김좌명(金佐明), 기암의 비는 이관해(李觀海)가 쓴 것이었다. 잠시 절로 들어가 운취당에서 쉬었는데 중이 다과를 들고 나와 접대했다. 그 절 수승(首僧)의 이름은 혜식(慧識)이다.

고성(高城) 원의 조카가 구경 왔다가 뵙기를 요청하였다. 그의 이름을 물었더니 만(晩)이라고 하면서 자기 서제(庶弟)인 천립(賤立)이라는 자와 고 제주 목사 우량(宇亮)의 아들과 함께 왔다고 하였다. 밤중에 비가 조금 내렸다.

7일(기유) 아침에 비가 조금 오다가 금방 개었다.

절을 두루 살펴보니, 웅장하고 화려하기가 장안사보다 더하여 마치 귀신의 솜씨 같았는데, 중의 말에 의하면 갑인년에 완전히 불타 없어진 것을 광해군 때 중전(中殿)의 원당으로 다시 지은 것이라고 하였다. 내가 말하기를,

"아, 만약 부처를 섬겨 복을 얻게 된다면, 절을 이렇게도 잘 지어 복력(福力)이 있을 것이니, 그렇다면 흉한 재앙을 충분히 소멸시킬 수가 있었을 것인데, 결국 면하지 못하고 폐위되고 말았으니 어찌된 일인가. 더구나 백성의 고혈을 짜내 자기 일신의 행복을 축원하는 일이 어찌 임금으로서 할 일이겠는가!"

고 하였다. 중이, 우리 성종대왕의 사찰에 내린 전지(傳旨)에 대하여

말하면서, 조세를 면제해 준 사패(賜牌) 및 태정(泰定) 2년에 원나라 황제의 호지고천축수성지(護持告天祝壽聖旨)·성유(省諭)·위이관(透迤觀)·오탁정(烏啄井)·오불전(汙佛殿)·노춘당(盧偆堂) 및 세조 어실(御室)에 관한 것들을 꺼내 보여주었는데, 그 중의 말이 종잡을 수 없어서 더 캐물을 것이 없었다.

그곳에서 나와서 산영루(山映樓)에 오르니 역시 잘 지어진 집이었다. 바위를 깎아 만든 홍문(虹門)으로 누대 아래의 물이 흐르도록 되어 있었고, 그리고 그 위에는 백헌(白軒, 이경석)·북정(北汀, 홍처량)·박일성(朴日省)·최유연(崔有淵)·이지익(李之翼)이 남긴 시와 여러 구경 왔던 이들이 이름을 써 놓은 것들이 있었다.

이 절의 기적비(紀蹟碑)을 보았더니, 절이 창건된 것은 한(漢)의 평제(平帝) 원시(元始) 2년인데, 신라 탈해왕(脫解王) 1년에 부처 57구(軀)가 돌로 만든 배에 실려 월지국(月氏國)에서 바다를 건너 이곳에 오니, 소위 노춘(盧偆)이라는 자가 그 당시 고성(高城) 태수로서 그곳에다 이 절을 지은 것이라고 하였다. 그렇다면 불교가 우리나라에 온 것이 중국보다 먼저이겠으나, 그러나 거기에서 말한 원시 2년이 신라 탈해왕 1년도 아닐 뿐만 아니라 돌배를 타고 월지국(月支國)[37]에서 바다 건너왔다는 말은 너무 허탄하여 전혀 믿을 것이 못된다.

그러나 이 절이 실상 금강산 동쪽 기슭 가운데에 위치하여 남쪽을 향하고 있으며, 모든 산이 그곳을 중심으로 하여 둘러 있고 많은 시냇

---

37 월지국(月支國) : 고대의 부족 이름인데, 일찍이 서역에 월지국을 세웠다. 한문제(漢文帝) 전원(前元) 3, 4년 무렵에 그 부족이 먼저 돈황(敦煌)과 기련(祁連) 사이에서 유목을 하다가 흉노의 공격을 받아 서쪽 색종(塞種)의 옛날 땅으로 이동하였다. 서쪽으로 이동한 월지는 대월지(大月氏)라 하고, 소수는 서쪽으로 이동하지 않고 남산(南山)으로 들어가 강인(姜人)과 섞여 사는데, 이는 소월지(小月氏)라고 한다.

물도 그곳을 중심으로 감돌아 흐르는데, 그 가운데에 있는 들이 만마(萬馬)를 수용할 만큼 크고 넓다.

또한 해를 가리고 구름이 닿도록 높이 치솟은 빽빽한 나무들이 헤아릴 수 없이 서 있는데 모두가 해송이 아니면 토삼(土杉)과 적목들이다. 그리고 전각(殿閣)은 장엄하고 화려하며 문정(門庭)은 넓고 확 트여 있고, 또 각 암자의 자리와 기타 시설물들과 그 밖의 기물(器物) 따위가 충분히 왕공(王公)과 맞먹을 정도이고, 금벽의 장식이나 심지어 놀이도구 하나까지도 모두 최고의 화려함을 다하고 있었다.

아, 불교를 어떻게 치리(治理)하였기에 이 정도로 혹세무민하고 있고, 우리는 무엇을 잘못하여 이교(異敎)가 저렇게까지 판을 치고 있게 했단 말인가. 고인들이 '천하 명산은 중들이 모두 차지하고 있다.' 고 하였으니, 참으로 서글픈 일이다.

조금 있다가 백련암의 중 천오(天悟)라는 자가 왔으니, 나이는 80이고 자기 말로 응상(應祥)의 제자이며, 치언(雉彦)과는 동문이고, 사명당 송운 유정(四溟堂松雲惟政)을 사숙(私淑)하고 있다고 하였다. 얘기를 나눠 보니, 국내 방방곡곡에 발길이 닿지 않은 곳이 없었고, 산과 물의 연원을 많이 알고 있었다.

그곳에 있는 중 계필(戒必)이란 자도 천오선사와 함께 종유하는 자이니, 그와도 함께 얘기했다. 그리고 또 그의 말이, 금강산은 내산(內山)이 등이고 외산(外山)이 면(面)이며, 장백산에서 발원하여 황룡에서 한 번 솟고 추지(楸池)에서 잠복했다가 힘차게 달려와서 여기에 와 이렇게 뭉치고는 다시 동해 쪽으로 가 머리를 숙이고 내려가다가 천후산과 설악산이 되었고, 한 줄기는 서쪽으로 가 대산(臺山)이 되었으며, 또 한 줄기는 남쪽으로 내달려 태백산과 소백산이 되고 유두산(流

頭山)에서 마무리를 했다고 하였는데, 그의 말이 내가 생각하고 있는 것과 같았다. 내가 말하기를,

"금강산의 내산은 모두 바위뿐이어서 험준하기만 하고 풍후한 맛이 없는데 반해, 외산은 높으면서도 흙이 많으며 동해를 내려다보고 있어서 서로 자웅을 이루고 있으니, 노사(老師)의 말씀이 대체로 맞는 말 같소이다."

하였고, 이어 만폭동에서 '용문석(龍門石)'이라고 글씨를 썼다는 얘기를 했더니, 천오선사가 다 듣고는 두 손을 마주 잡으면서 하는 말이,

"선생께서는 사물을 잘 묘사해 내는 분이라 할 수 있으니, 산중의 고사(故事)가 되기에 충분하겠습니다. 이 노승(老僧)이 잘 기억해 두었다가 뒤에 오는 이들에게 전수하겠습니다."

고 하였다. 그리고 천오가 비백(飛白)을 잘 쓴다기에 몇 폭 부탁했더니, 일필휘지로 쓰는데 붓놀림이 민첩하고 빨라서 서법에 노련한 자로 보였으며, 역시 애호(愛好)하여 간직할 만하였다. 그리하여 당인(唐人)의 시, 충암의 비로봉시, 내가 차운하여 보원(普願)에게 준 시 등을 써서 여러 사람이 나누어 가졌다.

식사 후에는 극가 등 몇 사람과 앞 시내로 자석(磁石)을 캐러 갔으나 캐지 못하였다. 그때만 해도 산속 물이 차가운데, 중들이 물속에 들어가서 돌을 굴리면서 모래를 이는 것을 보고는 그만두라 하고, 그곳의 중에게 청하여 자석을 얻었다. 그리고 그날 양양태수 이구(李球)가 사람을 보내 편지와 시를 부쳐 오면서 식량과 반찬, 그리고 술에 안주까지 보내왔다. 그에 대한 시는 이렇다.

선구(仙區)에서 지내는 재미 어떠한가!

오르는 곳마다 흥취 발함이 많다네.

시 읊으며 영랑호 지나감이 며칠인가!

피리 부는 나 명사(鳴砂)에서 기다리려 한다네.

仙區行色問如何 선구행색문여하

處處登臨發興多 처처등림발흥다

吟過永郎湖幾日 음과영랑호기일

笙歌吾欲候鳴沙 생가오욕후명사

이날은 밤새도록 비가 내렸다.

8일(경술) 아침 안개가 비로 변하여 온종일 멎지 않았다.

천오선사가 간다기에 작별 인사로 절구 한 수를 써 주었다.

동화(東華)[38]에 뜻을 둔 3년 마음 평온하지 않았는데

흰 구름 가을빛이 중향성에 가득하네.

다시 산영루 앞에서 숙박하였는데

불탑에 연기 사라지고 밤기운 맑다네.

三載東華志未平 삼재동화지미평

白雲秋色衆香城 백운추색중향성

更投山映樓前宿 경투산영루전숙

---

38 동화(東華) : 도가의 남자 신선의 명부를 관장하는 사람.

佛榻煙消夜氣淸 불탑연소야기청

이렇게 써 주었더니, 천오선사가 감사의 뜻을 표하면서 하는 말이,
"노승은 죽을 날이 머지않아 뒤에 다시 만날 기회가 없겠지만, 이
시면 충분히 죽기 전의 노승의 참 면목(面目)이 되겠습니다."
하였는데, 그는 문자(文字)도 알고 이야기도 잘하며 비교적 올바른 정
신이 있는 자였다. 대옥(大玉)이 보낸 심부름꾼이 돌아가는 편에 그의
시에 차운한 시를 보냈다.

재미 어떠냐고 그대가 물었는데
구월의 가을빛이 안문에 짙다네.
이 행차 호수에서 신선 자취 따라가면
무지개가 석양 모래밭에 비칠 것이네.

君問吾行事若何 군문오행사약하
九秋風色雁門多 구추풍색안문다
此行且追湖仙躅 차행차추호선촉
須遣霓裳映晚沙 수견예상영만사

유군 역시 절구 두 수를 지어서 그에게 보냈다.
이 날은 대적암으로 가서 나백에게 물어 만경대를 오르려고 하였
고, 또 절운대(切雲臺) · 은선대(隱仙臺) 등에도 올라 12폭포를 구경하
고, 그리고 외산(外山)도 한번 살펴보려고 했었는데, 비 때문에 그리
못하였으니 역시 안타까운 일이다.

9일(신해) 아침 비가 늦게 개었다.

출발하려 하면서 오자시(五字詩)를 지어 천오선사에게 부쳐 주도록 계승(戒僧)에게 주었다.

　　구름 속에 사는 글 잘하는 스님
　　붓 휘두르니 벌레가 생동하고 새가 난다네.
　　더구나 산수(山水)에 대한 얘기도 잘해
　　나에게 속세를 잊게 한다네.

　　雲間碧眼字 운간벽안자
　　筆下生虫鳥 필하생충조
　　況復談山水 황부담산수
　　令我俗緣了 영아속연료

운취당(雲翠堂)을 출발하여 산영루를 거쳐 명월교와 백운교, 월운교를 건너 동쪽으로 가노라니, 푸른 절벽의 단풍잎은 좌우를 비추고 있고, 비 개인 뒤라서 맑은 바람과 밝은 태양이 우리에게 청명한 기운을 더 느끼게 했다. 그리고 시냇가 수석(水石)들이 하나같이 신선 세계의 수석 같아서 도중에 절구 한 수를 읊고, 두 군들도 화답하도록 했다.

　　비 내린 가을 산에 바람 시원한데
　　동천(洞天)의 경관이 아침 햇살에 곱다네.
　　붉은 절벽의 단풍나무 무지개다리 속에 있으니

나를 신선이라 불러도 싫어하지 않으리.

一雨秋山送晚涼 일우추산송만량
洞天雲物媚朝陽 동천운물미조양
丹崖錦樹虹橋裏 단애금수홍교리
呼我爲仙亦不妨 호아위선역불방

하나의 고개에 올랐더니, 구현(狗峴)이라고 했다. 중의 말에 의하면 일찍이 유점사 터를 잡을 때에 개가 앞을 인도하여 이곳까지 왔기 때문에 붙여진 이름이란다. 고개에서 잠시 쉬었다가 다시 일어나 백천교(百川橋)를 건너는데 돌다리가 몇십 보나 되어 골짜기를 가로질러 있고, 돌을 깎아내어 난간을 만들었는데, 흐르는 물 위를 가로지르고 있으며, 수석이 기이하기 이를 데 없고 푸른 소나무가 길옆으로 죽 늘어서 있어서 사람으로 하여금 눈을 비비며 보게 하였다. 가마에서 내린 뒤 걸어서 건넌 뒤에 소나무와 바위에 걸터앉아 한참 있다가 떠났다.

그곳에서 또 가마를 타고 얼마쯤 가서 외삼촌이 계신 곳까지 가니, 내산(內山)에서 보내온 산외(山外)의 중과 말이 기다리고 있었다. 거기서 잠시 쉬면서 행장을 챙기고 누룽지를 꺼내 요기를 했는데, 가마를 메던 중들은 모두 물러가고 이후로는 말을 타고 갔다.

산외에서 온 노복과 말들은 장안사 북쪽으로 산기슭을 따라 오다가 추지령을 넘고 통천과 고성, 삼일포를 거쳐 산 아래까지 왔는데 거의 3백 리 길이 된다고 하였다. 그런데 중의 말을 들으면 장안사에서 남쪽으로 나와 건봉(乾鳳) 앞의 재를 거쳐 여기까지 오려면 이 길보다 꽤 멀다는 것이다. 그렇다면 이 산이 자리하고 있는 둘레는 5, 6백 리쯤 되는 것으로, 옛날에 8백 리라고 한 말은 거짓인 것이다.

이 재는 금강산 동쪽 기슭의 한 지맥으로서 유점사에서 오려면 하나의 작은 재에 불과하지만, 이 재에서 동으로는 산등마루가 험준하고 구불구불한 것이 구절양장이고 동해가 내려다보인다. 내가 중에게, 이 재 이름이 좋지 않아 내가 지금 망양령(望洋嶺)이라고 고쳤으니, 뒤에 사람들이 오거든 그렇게 말하라고 했더니, 중이 그리하겠노라고 하였다. 그 재에서 내려가니 나뭇잎이 아직 단풍 들지 않아 마치 여름 같았다.

경구(京口)에서 말에게 꼴을 먹였는데, 이곳이 유점사의 중들이 물방아를 찧는 곳이라고 하며 물방아가 수십 군데 있었다. 이후로는 재가 가파르고 길이 험해서 말이 갈 수가 없기 때문에, 거기에서 방아를 찧어가지고 등에 지고 산으로 간다는 것이다.

고성 남강(南江)에 이르자 고성 주수(主守)의 조카 만(晩)이 원통(圓通)에서 뒤쫓아 왔다. 그리하여 함께 남강을 건너 읍내 민가에서 여장을 풀었는데, 주수(主守)가 사람을 시켜 고기반찬 등을 보내왔다. 이는 외삼촌이 오셨기 때문인데, 자기는 병이 있어 와 보지 못한다고 심부름 온 자가 말하였다.

10일(임자) 맑음.

길을 출발하여 외삼촌은 주쉬(主倅, 원)를 찾아보러 가시고, 나와 두 군은 성 안으로 들어가 진동루에 오르고 또 해산정에 올랐더니, 벽위에 전인(前人)의 시판(詩板)이 많이 걸려 있었고, 그중에서 동명(東溟) 김세렴(金世濂)[39]이 지은 절구 한 수가 가장 운치가 있어 읊을 만했

는데, 그 시에 이르기를,

> 한밤중 파도 속에 서광 뿜었는데
> 여섯 용이 해를 들어 동해에 떠 올리네.
> 자개봉의 붉은 구름 무수히 많은데
> 뜬구름아 너는 태양 가까이 가지 마라.

> 午夜溟波噴瑞光 오야명파분서광
> 六龍擎日上扶桑 육룡경일상부상
> 彤雲紫蓋紛無數 동운자개분무수
> 莫遣浮雲近太陽 막견부운근태양

고 하였다. 정자가 동해를 배경으로 자리 잡아 서쪽의 금강산을 바라보고 있고, 또 남강이 앞을 가로질러 흐르고 바다 입구에는 포구산과 석범산, 칠성석 등이 줄지어 나의 눈 안에 들어오므로, 참으로 경치가 좋았다. 정자 이름을 해산(海山)이라고 한 것도 아마 그래서 붙여진 것이 아닌가 싶었다. 다만 읍(邑)이라고 해야 민가가 채 열 가구도 안 되고 성(城)도 망루도 다 무너져 있었으니, 읍의 꼴이 말이 아니었다. 주수가 외삼촌을 통해 내가 왔다는 말을 듣고 그 정자로 찾아와서 서로 인사를 나눈 다음 얘기 몇 마디를 끝내고 바로 일어나 삼일포로 향하였다.

---

39 김세렴(金世濂) : 1593년(선조 26)~1646년(인조 24). 학자. 자는 도렴(道濂), 호는 동명(東溟), 본관은 선산. 인조 14년(1636년)에 통신사로 일본에 다녀왔고, 벼슬은 홍문관의 교리 · 응교를 거쳐 동부승지 · 이조참의를 역임했다. 시문에 능했다.

주수가 미리 사공을 시켜 포구에다 배를 대게 하고, 또 홍생(洪生)도 동행하게 하여 함께 배를 타고 사선(四仙)이 썼다고 하는 바위 사이에 있는 붉은 단서(丹書)를 보았는데, 글자 획이 모두 마모되어서 알아볼 수가 없고, 판독할 수 있는 것은 '남석행(南石行)'이 세 글자뿐이었다. 용린석(龍麟石)을 구경하고 배를 돌려 사선정에 올랐더니, 홍귀달과 이관해 등 여러 사람이 읊은 시가 있어서 읽어 보았다. 주수가 소주 몇 병을 보내온 것이 있어서 홍생과 대작하고 나서, 내가 시 한 수를 지어 읊어 주면서 그대로 주수에게 전해달라고 하였다.

고성태수는 어떤 인물인가!
일찍이 선왕조 시 간쟁하던 신하라네.
지금도 성상께선 나라 걱정에 애태우시니
아홉 가지 묘책 돌아가 아뢰라 요구하는구려!

高城太守是何人 고성태수시하인
曾在先朝諫諍臣 증재선조간쟁신
聖主卽今臨食嘆 성주즉금림식탄
治安九策要歸陳 치안구책요귀진

다시 호수 입구와 남강을 건너 간성으로 향하면서, 또 시를 지었다.

열흘의 금강산 유람 아직 흥취 가시지 않는데
구정의 가을 경치 다시 돌아본다네.
사선암 가 그윽한 자취 간 곳이 없는데

안개 낀 포구에서 난간 의지해 서 있다네.

十日金剛興未闌 십일금강흥미란
九井秋色更回看 구정추색경회간
四仙嵒畔幽蹤遠 사선암반유종원
浦口煙波倚木蘭 포구연파의목란

이 날 해산정에서 이관해의 절구 몇 수를 읽어보고 그것을 베끼었다. 그리고 차운(次韻)까지 해보려 하였으나, 때마침 주수가 왔기 때문에 미처 차운하지 못하고 말았으니 한스러운 일이다. 바다를 따라 남으로 내려가다가 중도에 길을 잃고 되돌아왔는데, 한 호수를 지나다 보니, 물은 굽이쳐 흐르고 바위는 기이하며, 포구의 뛰어난 경치가 삼일포에 못지않았으니, 옆에 있는 동자에게 그 호수 이름을 물었더니, 감호(鑑湖)라고 하였다.

그곳을 구경하였으니, 아직 세상에 알린 자가 없었기에 이름이 전해지지 않고 그렇게 묻혀 있는 것이니, 이 역시 서글픈 일이었다. 말을 멈추고 눈여겨보니, 나로 하여금 자꾸 돌아다보게 만들었다.

조금 가다가 길가에서 말에게 꼴을 주고 현종석(懸鍾石)과 석주(石舟) 등을 구경하면서 바위 위에 앉아 파도소리를 들었다. 그런데 그 석주와 현종석은 바로 유점사 사적에 기록되어 있는, '금불(金佛)이 서역국에서 올 때 석주를 타고 왔고 또 종을 이 바위에 매달았다.' 고 한 바로 그것이다. 이 이야기는 민간에 서로 전해 오고 있으니, 이 부근 마을 백성들은 그것을 모두 사실로 여기고 있다.

대강역에서 잤는데 오늘 온 길은 25리쯤 되었다.

11일(계축) 맑았다.

아침에 출발하여 운근역 역리(驛吏) 집에서 말에 꼴을 주었다. 그 사람의 성명은 박성보(朴聖輔)였고 막걸리에 소금에 절인 전복을 내와 마시고 취하였다.

이 날은 일행 모두가 죽포역에 있는 역리 집에서 잤는데, 그 집에서는 배를 내왔다. 이 날은 70리쯤 걸었으며 해변을 따라 걸었는데, 북풍이 세차게 불어서 파도치는 소리가 뇌성벽력 같았다. 바닷가 사람들의 말에 의하면, 바람 따라 물결이 용솟음치는 것을 일러 해악(海惡)이라고 한다는 것이다. 언제나 동풍과 북풍이 불면 파도가 서로 마주치고 남풍과 서풍이 불면 바람이 아무리 거세도 파도가 별로 일지 않는다고 한다.

내가 두 군들에게 묻기를,

"사해(四海)의 물이 끝도 없이 넘쳐흘러 어디로 가고 있는지를 모르는데, 과연 어디가 높고 어디가 낮을까?"
고 했더니, 극가가 하는 말이,

"듣기에 북극은 높고 남극은 낮다 하니, 사해의 물 모두가 북에서 남으로 흐르는 것이 아닐까?"
고 하였다. 나는 말하기를,

"모든 시냇물은 동으로 흐른다고 들었는데, 그런데 동해에는 밀물과 썰물이 없고, 감(坎, 구덩이)은 북방이어서 물이 모두 그리로 가야 할 것이니, 그렇다면 사해의 물은 모두 남에서 북으로 흐르는 것일 것이다. 한명길(韓鳴吉)도, 남해와 북해는 밀물과 썰물이 있고 동해 서해에는 없는데, 그것은 마치 사람이 숨을 내쉬고 들이쉬는 것과 같은 이치라고 하여 나도 구암의 그 말이 사실인 것으로 알고 있었다. 그러

104

나 만약 그의 말대로라면 남해는 목구멍과 같아서 기운이 들고 나는 곳이라 치더라도 북해는 미려(尾閭)[40]와 같아서 밀물과 썰물이 당연히 없어야 할 것이 아닌가. 그리고 지금 바람의 동정(動靜)과 바닷물의 간만(干滿)으로 미루어 봐도 북해는 가장 아래 있어 밀물과 썰물이 없어야 하는 것이 이치로 보아 더욱 미더운 말인 것이다. 왜냐면 기운이 잠겨 있으면 조수는 없고 바람이 역풍을 일으키면 파도가 일기 때문이다. 그러므로 북극은 높고 남극은 낮다는 것은 천체의 은현(隱見)을 두고 한 말이지 지세(地勢)의 높고 낮음을 말한 것은 아닌 것이다."

했더니, 극가의 대답이,

"그대 논리는 궤변이지 어디 그럴 이치가 있겠는가."

하였다.

이날 또 하얀 모래를 밟고 지나다니기도 하였으니, 서해의 해변은 모두가 펄이어서 발이 빠지지만, 동해는 모두 하얀 모래 위에 맑은 파도뿐이니, 그 하얀 모래 위를 말을 몰고 가노라면 말발굽 사이에서 사각사각하는 소리가 들리니, 이는 마치 눈을 밟는 소리 같기도 하고, 또 혹은 새들이 서로 조잘대는 소리 같이 들릴 때도 있다. 그러므로 명사(鳴沙)라고 하는 것이다. 게다가 또 해당화가 길옆으로 숲을 이루고 있는데, 씨가 이미 여문 것도 있고 꽃이 아직 피어 있는 것도 있었다. 옛사람이 이른바, '명사십리해당홍(鳴沙十里海棠紅)'이라고 한 것이 바로 이를 두고 한 말인 것이다. 나도 시 한 수를 읊었다.

　　험준한 곳 다 지나니 비로소 앞이 통하는데

---

40 미려(尾閭) : 대해(大海) 밑에 있는 해수가 쉴 사이 없이 샌다는 곳.

바다 위 풍광이 정말 푸르다네.

인간 세상 아름다운 곳 없다고 말하지 말게.

가가호호의 벼와 기장 그 향기 좋다네.

歷盡崎嶇望始通 역진기구망시통

海天雲物正蒼蒼 해천운물정창창

人間莫道無佳境 인간막도무가경

千室稻粱滿地香 천실도량만지향

이 시를 두 군에게 들려줬더니, 유군이 내 시에 화답하고 나서 또 두보(杜甫)의 기행시를 암송하고는 나에게 함께 차운할 것을 요구하였다. 내가 차운하여 읊기를,

吾衰事遠遊　노쇠한 나 멀리 유람 나왔는데
오 쇠 사 원 유

不辭筋力苦　힘에 부치는 것도 사양하지 않았다네.
불 사 근 력 고

每探水石幽　매양 그윽한 곳 수석(水石)을 찾았는데
매 탐 수 석 유

頻坐嵒菴古　자주 고풍스런 바위와 암자에 앉아 쉬었다네.
빈 좌 암 암 고

行行出海邑　가고 또 가서 바닷가에 왔더니
행 행 출 해 읍

雲水相吞吐　구름과 물이 서로 토하고 삼킨다네.
운 수 상 탄 토

碅轟地中雷　천둥소리 땅속에서 나는데
편 굉 지 중 뢰

瀴濛半天雨　구름 낀 하늘에 비 내린다네.
옹 몽 반 천 우

居民傍山多　산 의지해 사는 백성들 많은데
거 민 방 산 다

蜑戶復可數　단호(蜑戶)[41]에 사는 어부 집 셀 수가 있다네.
단 호 부 가 수

緬想居夷歎　구이(九夷)에 가 살고 싶다[42]던 그 말씀 상상하는데
면 상 거 이 탄

先聖豈無取　선성(공자)이 어찌 근거 없이 취한 말씀이겠는가!
선 성 기 무 취

　기하(圻下)에서 영서(嶺西)를 거치는 동안에 비록 흉년이 들었지만, 그래도 경치가 좋아 추흥(秋興)이 많이 일었다. 산으로 들어온 이후로는 들판의 경치며 농사일이 모두 딴 세상 일로 생각되었는데, 어제 경구(京口)에 와서야 비로소 곡식이 심어져 있는 전답을 보았다. 그리고 바닷가에는 옥토는 없고 빈 땅이 많았으며 마을이나 살고 있는 백성들이 자못 쓸쓸하게만 느껴졌다. 또한 과수원도 없고 무성한 수림도 없어서 새와 짐승들이 깃들 곳도 없었으니, 가을 농사 역시 영서 지방만 못하였다.

　이곳 백성들은 모두가 농사와 잠업에 주력하지 않으며, 가끔 고기 잡고 해초 캐는 것을 생업으로 삼고 있는 단호(蜑戶)가 있기는 하였으나, 지난해에는 흉년이 크게 들어 죽은 자가 거의 절반이나 되었다고 하니 듣기에 슬펐다.

---

41 단호(蜑戶) : 대부분 배를 타고 물 위에서 생활하기 때문에 단호(蜑戶)라고도 한다.

42 구이(九夷)에 가 살고 싶다 : 동이(東夷)의 아홉 부족을 말한다. 공자가 일찍이 그곳이 군자가 살고 있기 때문에 가서 살고 싶다는 뜻을 피력한 바가 있다.《論語 子罕》

12일(갑인) 맑음.

주인의 집이 바다 부근에 있어서 해 돋는 광경을 보려고 여러 벗들과 시간이 되기를 기다리고 있는데, 때마침 구름이 살짝 가렸다. 주인의 말에 의하면, 언제나 해돋이 구경을 하려고 하면 구름과 안개가 늘 가려서 확연히 볼 수 있는 날은 드물다고 한다. 그곳을 일찍 출발하여 간성의 북천교를 건너 소나무 숲속으로 10여 리를 가니, 중간에 둘레가 3리쯤 되어 보이는 호수가 있었다. 남쪽에는 산이 연못 속까지 들어와 있고 고풍스런 바위가 있으며 모래는 하얗다. 게다가 푸른 소나무는 울창하고 못 안에는 순채 잎이 가득하여 그야말로 '천리호 순채 국에다 된장만 풀지 않은 격'이었는데, 이름하여 선유담(仙遊潭)이라는 곳이었다. 서로 말을 달려 올라가서 한참을 감탄하며 보다가 내가 일행들에게 말하기를,

"우리들 행색이 너무 맑아 흥을 돋을 만한 물건 하나 없으니, 이곳 경치가 좋기는 하다마는 무작정 오래 있을 수는 없겠네."

하고, 드디어 길을 떠났다. 길가에 기러기들이 떼 지어 앉아 있는 것을 보고 마부 한 사람을 시켜 총을 쏘라고 했으나 맞추지 못해 서로 한바탕 웃었다. 30여 리를 와 한 곳에 이르니 붉은 기둥으로 된 높은 누각이 바다를 바라보고 서 있고 어촌(漁村)이 저자를 이루었는데 구름이 시야를 가득 메웠다. 말에서 내려 난간에 올라가니 마음까지 시원하였으니, 옛적에 이른바 청간정(淸澗亭)[43]이라는 곳이었다. 청간이라는 명칭은 역(驛)의 이름을 따다 붙였던 것인데, 지금은 창해정이라고 한다. 일행 모두가 하는 말이,

---

43 청간정(淸澗亭) : 간성(杆城)의 군 남쪽 40리에 있는 정자 이름이다. 《燃藜室記述別集 16卷 地理典故》

"우리가 지금까지 구경을 다녀 보았지만 이렇게 경치 좋은 곳은 일찍이 보지를 못했다. 참으로 한평생 제일 좋은 구경이요 천하의 장관이라고 하겠다."

하고, 드디어 그곳에서 유숙하기로 계획을 세웠다.

이 곳 벽 위에는 여러 사람들의 시가 걸려 있었는데, 노소재 수신(盧蘇齋 守愼)·차식(車軾)·최간이 립(崔簡易 岦)의 시 두 수를 차운하였다.

부상에서 아침 해 뜨는데
창해에 밤이면 바람이 이네.
누워서 속세의 일 생각하니
허공에 구름 점점이 흐른다네.

扶桑朝出日 부상조출일
滄海夜生風 창해야생풍
臥想塵間事 와상진간사
如雲點太空 여운점태공

또 차운하였으니,

멀리 돛단배 둘씩 짝지어 오는데
구름 가 물새들 쌍쌍으로 날아가네.
아득하여 다 오를 수 없는데
심야에 창해루 창문 열어본다네.

天外風帆來兩兩 천외풍범래양량

雲邊水鳥去雙雙 운변수조거쌍쌍

蒼茫不盡登臨意 창망불진등림의

滄海樓中夜拓窓 창해루중야척창

고 하였으니, 이 시는 차군(車君)의 작품을 다소 새로운 의미로 화답해 보았다. 노수신의 원래 시는 이렇다.

하늘은 동해 바다의 달을 아끼는가!
반야에 부는 바람에 시름겨워한다네.
신선 탄 배 응당 정박하지 않으니
외로이 휘파람 불며 푸른 하늘 응시한다네.

天靳東溟月 천근동명월

人愁夜半風 인수야반풍

仙槎應未泊 선사응미박

孤嘯想靑空 고소상청공

소재의 부친이 간성의 원이 되어 왔을 때 소재가 따라왔다가 이 정자에 올라 이 시를 누대 기둥에다 써 놓고 그 곁에다 협서로 군자(郡子) 노수신(盧守愼)이라고 써 놓은 것을 후인들이 현판을 만들어 걸었다고 한다. 소년 시절의 작품이지만 이미 호랑이가 소[牛]를 삼킬[44] 정

---

44 호랑이가 소[牛]를 삼킬 : 그의 자식들이 또 어려서부터 걸출한 모습을 보였다는 말이다. 호랑이나 표범 새끼는 아직 털 빛깔이 선명하게 되기도 전에 소를 잡아먹을 것 같은 기상[食牛之氣]을 보인다는 말에서 나온 것이다. 《尸子 卷下》

도의 기개가 있었다. 그리고 최립의 시는 이렇다.

이 마음 바다와도 크기를 다툴 만하니
하늘과 땅만 쌍벽이 되게 할 수 없다네.
끝내 외물(外物)의 장벽 없을 수는 없으니
연하(煙霞) 다한 곳에 문호의 창 내리라.

此心與海堪爭大 차심여해감쟁대
未使乾坤只作雙 미사건곤지작쌍
終是不能無物障 종시불능무물장
煙霞盡處着軒窓 연하진처착헌창

최립이 일찍이 이 고을 원을 지냈기 때문에 이 시를 쓴 것인데, 시가 매우 힘이 있기는 하지만 어딘가 억지를 쓴 흔적이 남아 있다. 그리고 차식의 시는,

소낙비에 백구(白鷗) 쌍쌍이 날아가는데
석양의 고깃배들 나란히 떠 있다네.
양지 골짜기에 해 돋는 그 모습 보는 것 같아서
화각의 동쪽 머리에 창문 내지 않았다네.

疏雨白鷗飛兩兩 소우백구비양량
夕陽漁艇汎雙雙 석양어정범쌍쌍
擬看晹谷金烏出 의간역곡금오출

畫閣東頭不設窓 화각동두불설창

라고 읊었는데, 붓 끝이 생동감이 있고 자연스러워 보였다. 그러나 속담으로 전해오고 있는, '양양백구비소우(兩兩白鷗飛疏雨)'라는 것이 바로 이 시보다 먼저 읊은 시가 아니겠는가.

차식(車軾)은 송도 사람으로 아들 둘을 두었는데, 그들이 운로(雲輅)와 천로(天輅)이다. 노성한 소명윤(蘇明允)이 식(軾)과 철(轍) 두 아들을 두었던 것과 같이 차식 역시 당연한 일일 것이다. 봉래(蓬萊) 양사언(楊士彦)의 시는,

> 푸른 바다 붉게 물들고 해는 반쯤 나왔는데
> 이끼 낀 바위 하얀 안갯속 갈매기가 둘이라네.
> 금은으로 된 누대 위에서 홀로 휘파람 부는데
> 드넓은 천지가 여덟 창에 열리었네.

> 碧海暈紅窺日半 벽해훈홍규일반
> 蒼苔皛白煙鷗雙 창태암백연구쌍
> 金銀臺上發孤嘯 금은대상발고소
> 天地浩然開八窓 천지호연개팔창

고 하였는데, 이 시 역시 소통하고 깨우쳐 주는 점이 있어 그런 대로 좋았다. 그리고 또 벽 위에 걸려 있던 박승지 길응(朴承旨吉應)의 두 편의 시도 생각과 운치가 매우 좋았는데, 미처 화답을 못했던 것이 한이다. 지금은 기억할 수도 없다.

112

그날 만경대에 올랐더니, 소나무와 바위가 대오를 형성하고 바다를 내려다보고 있었고 그 좌우에는 1백 호(戶)나 되어 보이는 어민들이 살며 배는 끊임없이 오가는데 숱한 갈매기들이 날아들고 있었다. 한참을 구경한 뒤에 저녁 식사를 마치고는 또 달빛 어린 포구에 배를 띄우고 섬의 바위 위에 앉아 어부에게 뱃노래를 부르게 하였는데, 그 가사가 모두 바람 걱정과 물 걱정하는 내용들이었다. 그리고 그에게 고기 잡는 곳을 물었더니, 그가 말하였다.

"앞바다에 가면 물마루[水脊]가 있는데 어부가 만약 바람을 타고 그곳을 벗어나면 거기부터서는 끝이 없는 대해(大海)여서 어디로 가야 할지 알 수가 없습니다. 혹시 배를 댈 만한 섬이 있더라도 그곳에는 갈대가 하늘을 찌르고 물새들이 떼를 지어 날아다니는데, 사람을 보면 제 새끼 잡아갈까 봐서 여러 놈이 쫓아와서 쪼아대는 바람에 사람이 살아 돌아올 수가 없습니다. 또 식량과 물이 동이 나서 죽는 경우도 있기 때문에, 뱃사람들은 그곳을 저승으로 생각하고 있습니다.

그렇기 때문에 고기잡이배가 아침에 나갔으면 반드시 저녁에 돌아와야 합니다. 만약 그날 돌아오지 않으면 식구들은 죽은 것으로 생각하게 되며, 또 그렇게 죽어간 사람들이 늘 있어서 어부로서 정작 늙어 죽은 자는 오히려 적은 편입니다."

하였다. 내가 말하기를,

"그렇다면 그대들이 왜 그것을 생업으로 삼고 있는가?"

했더니, 그가 대답하기를,

"바닷가에 사는 백성들은 먹고사는 길이 고작 이것뿐이고, 관가(官家)로부터 고기를 잡아 바치라는 요구에 책임을 지고 응해야 하기 때문에 비록 죽음이 앞에 닥쳐올 것을 알고서도 할 수 없이 해야만 하게 되어 있습니다.”

하였다.

이 날 어부가 새로 따온 전복과 대구(大口)를 우리에게 제공해 주었다. 전복은 회치고 대구는 삶고, 또 막걸리까지 사다가 한풀이를 하였다. 달 놀이를 마치고 정사(亭舍)로 돌아와 자면서 다음과 같은 시를 쓰고 두 군으로 하여금 화답하게 하였다.

불쑥 오른 햇살에 먼지 한 점 없는데
갈바람에 바다는 파도 인다네.
또한 태산에 오르는 흥이 있어
다시 달 아래 뗏목에 올랐다네.

旭日氛埃滅 욱일분애멸
秋風大海波 추풍대해파
還將登岱興 환장등대흥
更上月邊槎 경상월변사

양양(襄陽) 태수가 관인(官人)을 시켜 우리 일행을 탐문하였다.

13일(을묘)

새벽에 일어나 일출하는 해를 보았더니, 구름이 조금 가리고 있었고, 구름과 해가 서로 부딪치는 바람에 황금빛을 반짝이며 내려 비추었고, 그리고 구름 속에서 번개가 번쩍이고 있는 것 같아 매우 구경할 만하였다.

길 중간에 언덕이 하나 보였으니, 대나무가 숲을 이루었으며 대의 크기는 모두 화살 감이었다. 바닷속에도 모두 푸르른 대숲으로 되어 있었다. 노포(蘆浦)에 와서는 호수가 터져 건널 수가 없어서 뱃사람을 시켜서 바다의 배를 끌어오라고 해서 건넜다.

내가 보기에 동해바다에 있는 배들은 통나무를 파서 만든 배로, 위는 좁고 아래는 넓어 마치 말구유 모양이고 몸통도 매우 적으니, 그래야 배가 파도를 잘 탄다고 하였다. 그러나 이 날 큰 배 한 척을 보았으니, 모양이 서해(西海)에서 부리는 배 같았고 모래 위에 놓여 있었다. 그곳에 사는 사람들에게 물어보았더니, 그들 말이,

"동해에는 그렇게 생긴 배는 없는데, 지난 큰 흉년 때에 영남(嶺南)의 백성들이 살 길이 없자, 이 배를 가지고 고기를 잡고 해초라도 캐기 위해 파도를 무릅쓰고 동해로 들어왔는데, 그들은 동해에서 고기잡이를 하여 생활을 꾸려가자는 속셈이었으며, 파도도 또한 별달리 걱정하지 않았다."

고 하였다. 나는 그들의 말을 듣고 생각해보니, 동해의 작은 배들은 거민들이 스스로의 힘으로 자기들 쓰기에 편리하게 만든 것이지만, 저 큰 파도는 큰 배가 아니고서는 다닐 수가 없는 것이다. 국가에서는 동해에는 파도가 거세지 않다고 생각하여 관(官)에서도 큰 배를 타지 않기 때문에, 사람들은 동해에는 큰 배가 필요 없는 것으로 생각하지만, 지난 흉년 때 들어왔다는 저 배를 보니, 동해와 서해를 배로 통행할 수 있음을 알 수가 있었다.

이날 또 염막(鹽幕)을 지나다가 소금 굽는 곳에 들어가 보았는데, 바닷물을 달여서 소금을 만드는 것이 서해와 다르고, 소금 맛도 너무 써서 음식을 만들면 달고 맛있는 서해 소금보다 훨씬 못하다는 것이

다. 서해안의 소금 만드는 방법을 동해안에서도 쓴다면 되지 않을까 하는 생각이 들었다.

이날은 또 따뜻한 날씨에 동남풍이 불어 바닷물이 잔잔하였으니, 가끔 고래가 나와 노는 모습이 보였다. 커다란 새처럼 생긴 몸집으로 물을 뿜어대는 것이 눈발 같았으며 소리는 소가 우는 소리 같았다. 어부들의 말에 의하면, 바다에 사는 고기로는 고래보다 더 큰 것이 없다고 한다. 그러나 또한 황수차(黃水差)라고 하는 고기가 있는데, 서로 만나서 싸우면 반드시 고래가 죽는다는 것이다. 그 황수차는 꼭 떼를 지어 다니다가 고래를 만나게 되면 수컷 하나가 지휘자로 뒤에 딱 버티고 서서 그 무리들로 하여금 번갈아 나가서 싸우게 하여 꼭 죽여 놓고야 만다는 것이다.

만물이 다 종류별로 서로 제어를 하고 또 싸우는 기술까지 갖고 있다니, 그 역시 자연의 이치가 아니겠는가. 그로부터 20여 리를 더 가 건봉(乾鳳) 하류를 건너 낙산(洛山)을 바라보고 달리다가 산등성에 올라 얼마를 더 가서 절 문간에 들어서니, 중들이 가마를 메고 나와 맞이했다. 가마를 물리치고 걸어서 이화정(梨花亭)에 올라가 앉아 있었다.

정자는 절 문간 밖에 있었는데, 그 절의 뜰이나 헌각(軒閣)이 웅장하였으니, 이는 바로 하나의 큰 아문(衙門)이었다. 절은 설악산을 등진 채 동해를 내려다보고 있었으니, 지세가 편평하며 넓고 건물도 탁 티어 넓었다. 당(堂)에 올라가 보니, 금벽(金碧) 장식이나 용마루 등의 높이는 비록 장안사와 유점사만은 못해도 대문과 담의 꾸밈새나 전망이 좋기는 그 두 절이 따라오지 못할 정도였다.

양양주수 이대옥(李大玉)이 온다는 시간에 나오지 못하고 한참을 기다린 뒤에 왔기 때문에 우리들이 옛날 산당(山堂)에서 있었던 일처럼 중들로 하여금 북을 울리게 하여 그가 시간에 되어 오지 못한 것을 장난삼아 책하고는 서로 인사를 나누고 앉아 있는데, 대옥이 술과 안주를 차려가지고 와 함께 마시며 즐겼다. 얘기 도중 극가가 말하기를,

"고성주수(高城主倅)는 이 좋은 풍경 속에 앉아 있으면서, 천 리 멀리서 유람하는 서울의 사우(士友)들을 만났는데도 서로 위로하는 술 한 잔도 없으니, 그 어디 풍류 있는 주수라고 하겠습니까. 사람은 존경할 만한 사람이지만, 그 일은 배울 일이 아닙니다."

하자, 외삼촌이 말씀하기를,

"고성주수는 천성이 원래 깔끔해서 애당초 그런 생각을 하지 않은 것뿐이지 정의가 박해서 그런 것은 아니라네."

하였다. 내가 뒤이어 말하기를,

"자신이 깔끔하기 때문에 남을 대우하는 것도 냉정하게 하는 것이니, 물론 이는 잘못된 일은 아닙니다. 더구나 주가(酒家)에 빠져 그칠 줄 모르는 자에 비한다면 훨씬 더 고상한 것이 사실입니다. 그러나 술을 마실 줄 아는 사람이라야 술 속의 취미도 알아서 사람을 운치 있게 대우하는 것이지, 마시지 못하는 사람이야 마치 기와조각을 물고 있는 것처럼 그의 마음이 언제나 편안하고 차분할 때가 없는 것인데, 남이 무슨 흥취를 가지고 있는지 어떻게 알 것이며, 또 그런 자와 어떻게 호수와 산수의 승경을 논할 만하겠습니까."

고 하였으니, 그때 좌중에 술을 마시는 이가 없었기 때문에 내가 그렇게 말했던 것이다. 서로 한바탕 웃고 나서 다시 한 잔씩 들고는 밤이 깊어 파하고 함께 선당(禪堂)에서 잤다.

내가 시 한 수를 읊어 대옥에게 주니, 대옥도 화답하였다.

설악산에 구름 드리워 삼천 척인데

동해에 솟은 달 구만 리라네.

오늘 이화정의 모임 있었으니

한 가락 아양곡[45]은 벗의 마음이라네.

雲垂雪嶽三千丈 운수설악삼천장

月湧東溟九萬尋 월용동명구만심

今日梨花亭上會 금일리화정상회

峩洋一曲故人心 아양일곡고인심

이상은 나의 시인데, 이날따라 하늘은 비가 내릴 듯이 설악산 절반을 구름이 가리고 있었고, 달이 중천에 오르자 비로소 달빛이 있었다. 또 좌중에는 거문고를 가지고 있는 자가 있었기에 시에서 이를 언급한 것이다. 대옥이 화답한 시는,

홀로 높은 누대 올라 신선되려 하는데

봉래섬 아득하니 어디에서 찾을까!

거문고에 실어보는 아양곡 한 가락

두 사람 마주 앉으니 백 년 된 마음이네.

---

45 아양곡: 친구 사이의 지기(知己)를 나타내는 말로, 춘추시대에 거문고를 잘 타던 백아(伯牙)와 그의 친구 종자기(鍾子期)의 고사이다. 백아가 높은 산에 오를 뜻을 두고 거문고를 타면, 종자기가, "높고 높은 것이 태산과 같구나.[峩峩泰山]" 하였고, 흐르는 강물에다 뜻을 두고 거문고를 타면, 종자기가, "넘실대는 것이 강하와 같구나.[洋洋江河]"라고 하였는데, 그 명칭을 여기에서 따온 것이다. 《列子 湯問》

獨上高臺望仙子 독상고대망선자
蓬島微茫何處尋 봉도미망하처심
惟有峩洋琴一曲 유유아양금일곡
兩人相對百年心 양인상대백년심

고 했고, 또 읊기를,

이화정은 저 멀리 동해 가에 있는데
술 들고 오르자 흥취 절로 난다네.
누가 낙양의 탐승객이라 말했는가!
한때는 수운향을 너무 좋아했다네.

梨花亭逈海東傍 이화정형해동방
杯酒登臨引興長 배주등림인흥장
誰道洛陽探勝客 수도낙양탐승객
一時靑眼水雲鄕 일시청안수운향

라고 하고서 나에게 화답을 구하였으니, 나는 술에 취해 자느라고 화
답하지 못하였고 유군만이 화답하였다.

그날 밤 내 잠자리에는 기생들이 곁에 있었다. 내가 좌중의 여러
사람들에게 말하기를,

"꽃과 버들은 봄빛과는 잘 어울리는 것이어서 풍류로는 그만이지
만, 그러나 초나라 군대가 한왕(漢王)을 겹겹으로 에워싸는 날이면 빠

져나올 길이 없을 것 같은데, 이 일을 어쩌지?"

했더니, 대옥이 웃으면서 하는 말이,

"이기고 지고는 나 하기에 달린 것이니 가까이하면 어떻겠는가."

고 하였다. 내가 말하기를,

"한 나라 군대가 사면에서 모두 초가를 부르다가 그들이 요란스럽게 장막 아래까지 다가오면 그때는 포위망을 뚫고 남쪽으로 가려 해도 안 될 것이니, 나는 아예 자리를 걷어가지고 피하고 싶네."

고 했더니, 모두들 웃으면서, 싸움을 해 보지도 않고 미리 도망치는 것은 마음 준비가 부족한 탓이라고 하였다. 내가 말하기를,

"그것은 제군들이 안 보았을 뿐이지 병법(兵法)에 있는 말일세. 싸움을 잘하는 사람은 아예 패배하지 않을 방법을 택하는 법이네."

하고, 드디어 그 자리를 뜨니, 유군이 하는 말,

"그대야말로 성문을 굳게 닫고 철저히 지키는 자로구먼."

하였다. 외숙이 하시는 말씀이,

"내가 자리를 바꿔서 그 자리에 있을 수 있나!"

하시기에, 내가 말하기를,

"외숙께서는 노익장이어서 모든 일에 숙달되셨기 때문에 패배가 없을 것입니다."

하고서 서로 농담을 주고받으며 한바탕 웃었다. 이어 외숙이 말씀하기를,

"옛날 관서(關西)의 병영에 부임해 있을 때에, 명나라 사신 뇌유령(雷有寧)이 바다를 통해 나오기로 되어 있었는데, 기일이 오래 지나도 오지 않아 원접사 이하 여러 명승들이 모두 모여 20여 일간이나 머무르고 있었다. 그때 원접사는 김신국이었고, 구봉서와 정태화가 종사

관이었으며, 감사(監司) 장신과 병사(兵使) 유림이 술자리를 위해 남북의 기생들을 모아 놓았기 때문에 한 사람당 각기 20여 명의 예쁜 여인들을 차지하고 있으면서 너도나도 별짓을 다했다.

그중에 어떤 이는 처음에는 못 본체하고 가까이 오지도 못하게 하다가도 결국에는 별수 없이 한통속이 된 사람도 있다. 그때 조경(趙絅)[46]이 문례관(問禮官)으로 함께 있었는데, 그가 평소 청고(淸苦)하다는 이름이 있었기 때문에 다른 여러 공들이 그의 지조를 시험해 보려고 해서 그중에서 예쁜 여인을 골라서 부탁하기를 '조공을 꼭 품어봐라.' 하였는데, 조공은 처음부터 난색 하나 보이지 않고 그와 함께 기거하며 날마다 앞에다 두고 일을 시키는 등 모든 행동을 함께 하면서도 끝까지 지킬 것은 지켰으므로, 우리는 거기에서 그 노옹의 지조를 따라갈 수 없다는 것을 알게 되었지."

했다. 그 말끝에 일행 모두가 말하기를,

"그 노옹을 혹 경멸하고 헐뜯는 자도 있었겠지만, 어쨌든 보통 사람에 비해 훨씬 단계가 높은 분이십니다."

하였다.

14일(병진)

새벽에 빈일료(賓日寮)에 나가 해 뜨는 광경을 보려는데, 그날따라 비가 오려 하고 붉은 노을이 남북을 통해 하늘에 질펀하였으며, 많은

46 조경(趙絅, 1586~1669) : 자는 일장(日章), 호는 용주, 시호는 문간(文簡)이다. 인조반정 때 유일(遺逸)로 천거되었고, 1626년(인조 4) 문과에 합격하였다. 병자호란 때 척화를 주장하였고, 효종 때 척화신(斥和臣)으로 책임을 지고 65세의 나이로 백마성(白馬城)에 안치되기도 하였다. 벼슬이 우참찬에 이르렀으며, 문집으로 《용주유고(龍洲遺稿)》가 전한다.

구름이 끝도 없이 하늘에 떠 있어서 해를 목욕시킬 듯 하였으므로, 우리들에게 하늘 밖으로 나가 놀게 만들었다. 이에 태양은 비록 뜬구름에 가려 있었지만, 구름이 변화하는 모습은 별스럽게 자꾸 바뀌어 보기에 이채로웠다.

이날은 기일(忌日)이었기에 혼자 빈일료에 앉아서 재계(齋戒)하였다. 늙은 중 비경(秘瓊)이라는 자를 불러 함께 얘기하다가 최간이(崔簡易)가 읊었다는 시를 들었는데 운자만 있고 시는 없었다. 그 운에 차운하여 써 주고, 또 벽상에 걸려 있는 홍녹문 경신(洪鹿門 慶臣)과 정동명 두경(鄭東溟 斗卿)의 시에도 차운하였다.

> 낙산사에 오니 절은 동해 동쪽에 있는데
> 부상에서 해 뜨니 하늘 모두 붉다네.
> 이른 새벽 절간에서 향 피우고 앉았는데
> 이 몸 붉은 구름 속에 떠 있는 듯하다네.

> 洛寺寺臨東海東 낙사사림동해동
> 扶桑出日滿天紅 부상출일만천홍
> 上方淸曉燒香坐 상방청효소향좌
> 身在祥雲紫氣中 신재상운자기중

위는 최립의 시에 차운한 것이고,

> 설악산 동쪽 바닷가에 낙산사 있는데
> 붉은 해 떠올라 청명(靑冥)[47]을 엿보네.

바다 산 다한 곳에 명승지 있으니
문득 나 자신이 육경에 나오는 호걸과도 같다네.

雪嶽東溟洛伽亭 설악동명락가정
直窺紅日上靑冥 직규홍일상청명
海山窮處名區在 해산궁처명구재
却似人豪出六經 각사인호출육경

　위는 정두경의 시에 차운한 것인데, 다른 사람들도 함께 차운하였
다.

천지우주가 어느 때에 열렸는가!
이 절은 신라 때에 지었다네.
새는 구름 가로 없어졌는데
돛단배는 하늘 밖에서 온다네.
바람이니 파도가 태양을 흔드는데
늦은 가을 나그네 누대에 오른다네.
바다 따라 삼천리 길 돌아보는데
이 정자 참으로 장쾌하다네.

宇宙幾時闢 우주기시벽
禪宮羅代開 선궁라대개

123

鳥向雲邊滅 조향운변멸

飆從天外來 범종천외래

風生波盪日 풍생파탕일

秋晚客登臺 추만객등대

遵海三千里 준해삼천리

茲亭實快哉 자정실쾌재

또 한 수의 시는,

이곳은 산하의 명승지인데

창문은 바다 임하여 열렸다네.

흰 구름 하늘 밖에서 이는데

붉은 해 밤중에 찾아온다네.

바람은 금선굴 흔들어대는데

파도는 의상대에서 절구질하네.

일찍이 구이(九夷)에 가 살 마음 있었다만[48]

날 따를 자 그 누구인가!

地占山河勝 지점산하승

窓臨溟海開 창림명해개

白雲天外起 백운천외기

---

48 《논어》 자한(子罕)에 공자께서 구이(九夷, 조선)에 살려고 하시니, 혹이 말하기를, "(그 곳은) 누추하니 어찌하시렵니까?" 하자, 공자께서 대답하셨다. "군자가 거주한다면 무슨 누추함이 있겠는가!" 하였다.

紅日夜中來 홍일야중래

風撼金仙窟 풍감금선굴

波春義相臺 파용의상대

居夷夙有意 거이숙유의

從我其誰哉 종아기수재

고 하였고, 여러 사람이 다 함께 차운하였다. 정동명의 원운(元韻)은, '임지로 가는 유열경(柳悅卿)을 보내며' 인데,

수많은 배꽃 핀 해상의 정자
낙산의 바다는 끝이 없다네.
동헌에 온종일 일 없어 한가하니
동해에서 대제경이나 읽어야겠네.

萬樹梨花海上亭 만수리화해상정

洛山邊海海冥冥 낙산변해해명명

訟庭竟日閒無事 송정경일한무사

須讀扶桑大帝經 수독부상대제경

고 하였고, 홍녹문의 원시는, '낙산사에서 두보의 운으로' 인데,

이곳은 용왕의 집인데
어느 해에 절을 지었는가!

125

하늘은 푸른 바다에 떠가는데.
산은 백두에서 내려왔다네.
가을 풍경을 실컷 보기도 하고
지팡이 짚고 석대에 올랐다네.
여기서 고금의 무상함을 어루만지노라니
생각해보니 성은(聖恩)만 끝이 없다네.

地卽龍王宅 지즉용왕댁

何年梵宇開 하년범우개

天浮靑海去 천부청해거

山自白頭來 산자백두래

縱目觀秋色 종목관추색

扶節倚石臺 부공의석대

登臨撫今古 등림무금고

俯仰恩悠哉 부앙은유재

했으며, 손홍우 희(孫洪宇熙)는 차운하기를,

푸른 물결 아득하여 끝이 없는데
천지는 언제 개벽되었는가!
옛 절엔 가을빛이 다하는데
해변 모래밭에 새들 찾아왔다네.
시 읊조리며 옛 자취 회상하는데

누대에 앉아 먼 하늘 바라본다네.
황학이 한번 날아갔는데
어찌 흰 구름 되어 멀리 가는가!

滄波杳無際 창파묘무제
天地幾時開 천지기시개
古寺秋光盡 고사추광진
明沙海鳥來 명사해조래
吟詩憶舊迹 음시억구적
騁眺坐寒臺 빙조좌한대
黃鶴一飛去 황학일비거
白雲何遠哉 백운하원재

고 하였다. 그리고 그날 비경이 최립의 시 두 수를 가지고 왔으니, 그 하나는,

누각에서 바다에 솟는 해 보고 기절(奇絶)하단 말 들었는데
중추의 둥근달 보려면 한 해 꼬박 기다려야 한다네.
이때 이곳에서 차가운 비 만났는데
조물주가 나 영동에 머무르며 시 읊게 한다네.

樓觀海日昔聞奇 누관해일석문기
月得中秋一歲期 월득중추일세기

此地此時逢苦雨 차지차시봉고우

天公停我嶺東詩 천공정아령동시

라고 읊었으니, 이 시는 낙산(洛山)을 읊은 것이고, 또 십칠조(十七朝)라는 시는 이렇다.

절은 멀리 달빛 비춰는 동쪽에 있는데
갑자기 만경창파가 붉게 번뜩이네.
꿈틀대는 온갖 괴이함이 모두 그림 같은데
황금 바퀴 황도 속으로 밀어 보낸다네.

玉宇迢迢落月東 옥우초초낙월동

蒼波萬頃忽翻紅 창파만경홀번홍

蜿蜿百怪皆如畫 완완백괴개여화

送出金輪黃道中 송출금륜황도중

이상의 시들은 최립 공이 간성주수로 있을 때 판각해서 달아 두었던 것으로 언젠가 화재로 그 현판은 다 불타 없어지고 말았고, 어느 선비 집에 남아 있던 이 시를 비경이 나에게 보여 주기 위해 필사해 온 것이다. 그리고 또 정수몽(鄭守夢)이 주수로 있으면서 비경에게 준 사운시(四韻詩)도 읊기에 그럴 듯하여 역시 필사하게 하였다. 그리고 내가 좌중에다 말하기를,

"선배들은 별것 아닌 시 한 수까지도 그렇게 관심들을 가졌었는데,

어찌해서 지금 후배들은 시에 대한 반응이 그렇게도 시원찮은지 모르겠어."

하였다. 정수몽의 시는 기억이 나지 않아서 적을 수가 없으니, 일행들에게 다시 물어보아야겠다. 그중의 시축에는 요즘 여러 사람들 시도 있었지만, 그 시들은 모두 특출하지 않은 내용들이었다.

15일(정사) 흐림. 가랑비가 싸늘하게 뿌리다가 멎었다.

제삿날이라 좌정하고 재계(齋戒)하면서 《주역》을 읽었고, 군(郡)의 아전을 시켜 일록(日錄)을 필사하게 하였다. 또 어제 유군을 통해 눌승(訥僧)에게서 얻은 향언지로가(鄕言指路歌)는 퇴계(退溪)가 지은 것이라고 하는데, 아무튼 그 내용을 볼 때 학문에 조예가 없이는 지을 수 없는 내용이기에, 역시 후일 아이들의 영가(詠歌) 자료로 삼기 위해 필사하여 두게 하였다.

영덕현령(盈德縣令) 심철(沈轍)이 지나다가 절에 들러 여러 사람들과 어울려 담소하였다. 그는 고 판서(判書) 집(諿)의 손자이고, 사간(司諫) 동구(東龜)의 아들이라고 했다. 이날 또 두 군을 통해 김응하 장군의 애사(哀詞) 두 편을 들었는데, 둘 다 읊을 만했다. 그러나 지금은 기억할 수가 없어서 추후 기록하기로 하겠다.

말이 난 김에 명(明)나라 희종(熹宗)이 김응하를 포상하여 추중한 일에 관해 이야기를 해야겠다. 내가 두 군을 보고 당시 명나라에서 포상하여 추중할 때에 천자로부터 조서(詔書)가 있었는데, 그 조서를 보았느냐고 물었더니, 그들은 보았다고 하면서, 그것이 우리나라 사람들의 입에 오르내리고 있는 유명한 문장이 아니냐고 하였다. 내가 말하기를,

"그건 그렇지 않다. 나도 그 조서를 보았지만 누구의 초안인지 알 수도 없거니와 천자가 자칭 과인(寡人)이라고 하면서 심지어 김응하를 수양(睢陽)의 장순(張巡)과 승상(丞相) 문천상(文天祥)에게 비유하여 말하기를,

"장순(張巡)과 허원(許遠)[49]이 죽지 않았더라면 당(唐)나라 왕실에 신하가 없는 편이고, 문천상이 죽지 않았더라면 송(宋)나라 왕실에 신하가 없는 편이며, 장군이 죽지 않았던들 과인의 나라에 신하가 없는 편이 되었을 것이다."

고 하였는데, 그 말의 뜻이 전도(顚倒)되었으니, 사체(事體)를 모르는 정도가 심하였다. 또 문장의 표현 방법까지 서툴고 거칠어서 마치 고문(古文)을 흉내 내어 보고자 하였으나 문장이 되지 않은 것 같아 남의 웃음거리가 되기에 충분하였다.

천자의 나라에서 외국의 신하를 포상하여 추증하려면, 조서를 만들 때도 반드시 한 시대를 대표할 만한 사람으로 하여금 쓰게 해야 할 것인데, 지은 글이 그 모양인 것을 보면 나라가 망해 가고 있었다는 것을 알 만하지 않은가.

내 언젠가 또 숭정(崇禎) 연간에 황감군(黃監軍)이 나왔을 때에 그가 읊었다는 시를 보았는데, 내용이 말도 못하게 거칠고 졸렬한데도 그 자신은 그것마저도 모르는지라, 장유(張維)가 그의 작품을 써 놓고

---

49 장순(張巡)과 허원(許遠) : 당대(唐代) 안녹산(安祿山)의 난 때 장순(張巡)과 허원(許遠)은 윤자기(尹子琦)의 10만 대군에 맞서 3천의 군사로 수양성(睢陽城)을 사수하던 중, 군량이 바닥나 위급한 상황이 되자 군관 남제운(南霽雲)을 몰래 성 밖으로 보내 임회 태수(臨淮太守) 하란진명(賀蘭進明)에게 구원병을 요청했으나 거절당하고 결국 모두 장렬한 최후를 맞이하였다. 《新唐書 卷192 南霽雲列傳》

비웃었다는 것이다. 듣기에 그 황감군은 진사(進士) 출신으로 조정에 출사한 이후 우리나라를 왕래할 정도였으니, 역시 당시 쟁쟁한 인물이었을 것인데도 그 모양이니, 인재가 쇠할 대로 쇠하여 세상이 오래 가지 못할 징조인 것이다.

하나의 문장(文章)이 비록 별것은 아니나, 한 시대의 오융(汚隆)이 거기에도 반영이 되는 것이다. 아, 후세 사람들이 지금을 보면 지금 사람들이 옛날을 보는 것보다 오히려 더 못하게 볼지 어떻게 알겠는가!

16일(무오)

새벽에 일어나 창문을 열고 일출을 보았다. 이날따라 하늘에는 구름 한 점이 없고 바다도 활짝 개어 있어서 동이 트기도 전에 서광(瑞光)이 만 길이나 뻗치고 있었고 많은 별들은 이미 드문드문 보이면서 빛을 잃고 있었다.

처음에는 하늘가에 갑자기 구름이 이따금씩 생기면서 해를 가릴 듯하더니, 막상 붉은 기운이 점차 무르익자 구름은 녹은 듯이 없어지고 다만 황금물결이 만 리나 뻗어 하늘과 물이 서로 밀고 당기는 것과 같이 보였다. 그것은 화륜(火輪)을 달구느라고 홍로(洪爐)가 너무 뜨거워 바다 전체가 부글부글 끓는 것과 같기도 했고, 또 어찌 보면 태양이 잠겼다 떴다 하면서 오르기 어려워하는 것 같기도 했다.

잠시 후 태양이 불끈 떠오르자 좌우에는 상서로운 붉은 구름의 서기가 무수히 떠 있어서 마치 그 서기들을 타고 올라온 것 같기도 했다. 이에 해는 두둥실 떠오르고 그 빛은 아래로 내리쪼이며, 바다는 바다대로 한없이 넓고 풍만하게 보이고, 하늘은 하늘대로 높고 크게

만 보였으며, 상하 팔방이 똑같이 환해지고 삼라만상이 다시 보이기
시작했으니, 실로 천지 간의 일대 장관이었다.

날마다 해를 기다렸지만 그때마다 뜬구름이 가리더니, 오늘에야
비로소 장쾌함을 볼 수가 있었다. 그러나 그 밝은 빛 속에도 어딘가
일말의 그 무엇이 살짝 가리고 있는 빛이 보이기도 했는데, 그것은 아
마 겸손히 밝음을 숨겨야 하는 천지조화를 사람들에게 보여 주려는
뜻은 아닌지 모르겠고, 나로서는 감히 결론을 내릴 수가 없었다.

이에 생각하면 모든 물체의 이치가 각기 종류별로 움직이고 당시의
현상에 의해 동화되었는데, 그것을 달리 비유하면 마치 군자(君子)가
나오려고 하면 반드시 소인(小人)이 나타나 이간질을 하는데, 그러므
로 좋은 세상은 항상 드물고 어지러운 세상이 언제나 많은 것과도 같
다고 하겠다. 그러나 군자가 참으로 당당한 위치를 확보하고 그리하
여 세상이 평화로운 세상을 향해 치닫게 되면 저 소인들은 풀이 죽어
자취를 감추거나 아니면 과거를 청산하고 이쪽으로 복종해 오기에 겨
를이 없을 것이다. 이는 군자 쪽에 병통이 되지 아니할 뿐만 아니라 도
리어 군자의 말을 따르고 받들면서 군자 쪽의 쓰임이 될 것이다.

문제는 군자 자신이 자기를 밝게 밝히고 순수하고 밝은 덕을 길러
소인을 저 땅 밑에서부터 철저히 배제하고 자기 스스로 높고 밝은 위
치로 부상(浮上)하는 것이다. 그리고 그 문제는 또 세상을 맡아 다스
리는 자의 책임이기도 한 것이다. 양웅(揚雄)의 《태현경(太玄經)》에 이
르기를,

"양(陽)은 날고 음(陰)이 매달려 있으면 만물이 화락하리라."
고 했는데, 그것을 해설한 자의 말에 의하면, 양(陽)은 군자를 말하고,
매달려 있다는 것은 녹아 없어짐을 뜻하며, 음(陰)은 소인을 말한 것

132

이라고 하였다. 군자의 기(氣)가 성대하면 많은 음(陰)은 저절로 없어진다는 뜻으로, 바로 오늘에 필요한 점괘인 것이다.

이 날도 제일(祭日)이어서 재계하면서 앉아 있었다.

밤에는 비는 개었고, 기망(旣望, 음력 16일)이어서 바다에 뜨는 달을 또 구경하려고 했었는데, 생각지 않게 열이레가 되니 해가 서산에 채 지기도 전에 달이 이미 동천에 솟아 있었고, 막 눈을 떠 보려고 했을 때는 이미 달이 벌써 구름 끝에 나와 있었다.

저녁이 되어 승려 몇 사람과 함께 걸어서 이화정(梨花亭)으로 나갔더니, 중천에 솟은 달이 바야흐로 빛을 발하기 시작하여 그 빛은 바다 아래까지 비치고 있었고, 만경창파는 은물결로 변하여 위아래가 모두 푸른 유리(琉璃)와도 같았다. 이윽고 바람이 해면을 스치자 파도가 넘실대고 달은 그 속에서 출몰하니, 마치 삼켰다 뱉었다 당겼다 놓았다 하는 것 같았고, 또 잠시 후 하늘을 보았더니 높고 푸른 하늘에는 외로운 달만이 천천히 옮겨 가고 있었다. 고인이 이른바,

纖雲四卷天無河　사방에 새털구름 걷히고 은하마저 없는데
섬 운 사 권 천 무 하

一年明月今宵多　일 년 중에 오늘 밤 달이 제일 밝다네.
일 년 명 월 금 소 다

고 했던 깃이 바로 오늘을 누고 한 말인 듯했다.

눈부시게 빛나는 아름다운 광채는 비록 일출만큼은 미치지 못했으나, 그러나 그 맑고 밝은 자태로 태양을 대신해서 비춰 있다는 점에서는 역시 천하의 아름다운 구경거리였다. 천지 음양의 이치가 서로 양보하듯이 하나가 차면 하나는 비는 것으로, 고인들이 말했던, '백

옥반(白玉盤)·요대경(瑤臺鏡)' 같은 말로는 지금 이 광경을 표현하기에 부족하다.

비경선사 등이, 오늘 밤의 달빛은 일 년 중 보기 드문 아름다운 달빛이라고 한 말에 대해, 나도 동감을 하였다. 이미 일출하는 광경을 보았고, 지금 또 중추(中秋)의 밝은 달까지 보았으니, 이만하면 이번 걸음은 헛걸음이 아니었다는 생각이 들었다.

외숙께 그 사실을 알리고 나서 두 사람들을 불러내어 같이 구경하다가 바람이 나무를 흔들어대고 밤기운이 너무 시원해서 요사(寮舍)로 들어가 《주역》 계사편을 종편까지 읽었다. 향을 가져와 피우게 했더니, 중이 침향(沈香)이라고 하는 것을 가져왔기에, 내가 웃으면서 이르기를,

"그대들은 이름만 취하여 택하고 실물은 취하여 택하지 않는데, 중국에서 말하는 침향이라는 것은 바로 나무 이름이니 남국에서 나는 나무이다. 지금 그대들이 물속의 썩은 나무를 가져다가 부처 앞에다 피우면서 그것을 아주 향기로운 것으로 알고 있으니, 사람들이 그렇게 이름에 현혹되고 있는 것은 참으로 우스운 일이다."

고 하였고, 다시 흑단(黑檀)을 가져와 피우게 하였다. 흑단은 시골말로는 노가자(盧柯子)라고 하는 것으로 그 향기가 매우 맑다. 또 중향성(衆香城)에서 얻어 왔다는 도로파(都盧芭)도 피워 보았는데, 그것은 향기가 천궁 비슷하면서 역시 정신을 상쾌하게 해 주었다.

생각해 보니, 광풍제월(光風霽月)[50]은 주무숙(周茂叔)의 가슴속을 상

50 광풍제월(光風霽月) : 맑게 갠 하늘의 밝은 달과 맑고 시원한 바람이라는 뜻으로, 흉금이 툭 터지고 인품이 고아(高雅)한 것을 가리키는데, 송(宋)나라 황정견(黃庭堅)의 〈염

징하는 말이고, 서일상운(瑞日祥雲)[51]은 정백순(程伯淳)의 가슴속을 상징하는 말이며, 태산교악(泰山喬岳)[52]은 또 주회옹(朱晦翁)의 기상을 그린 것인데, 나는 사실 이번 여행에서 그러한 것들을 모두 직접 보고 느껴 보았고, 일만 겹의 봉래산과 동해의 푸른 물결, 그리고 해돋이 때의 눈부신 광채와 휘영청 밝은 가을 달도 모두 살펴보고 희롱해 보았다.

그리고 또 하늘까지도 우리에게 기회를 주었으니, 비, 바람, 구름, 먼지 등으로 훼방을 놓지 않았던 것이다. 또한 가령 안문(鴈門)의 가을비, 죽포(竹浦)의 거센 파도, 낙산(洛山)의 찬이슬 같은 것은 바람과 비가 앞장서서 우리를 위해 마련해 준 작품들로서 누군가가 우리를 음으로 양으로 도와주고 있는 것 같았다.

우리가 이번의 이 기회를 단순히 구경만 했다는 것으로 그치지 말고 무엇인가 마음속으로 생각하여 터득한 점이 있다면, 그것은 바로 요산요수(樂山樂水), 그리고 호연지기(浩然之氣)라는 것과도 상통할 수 있을 것이고, 또 천 년 전의 고인들을 만나본 것과도 같을 것이다.

일출(日出)에 관해서는 나중에 시를 지어 그 일을 적어 둔다.

바다 물결 바라보며 해 뜨는 곳 살피는데
떠가는 저 구름 하늘 더럽힐까 두렵다네.

계시 병서(濂溪詩幷序)〉에 "용릉(舂陵) 땅의 주무숙(周茂叔)은 인품이 매우 고아하여 그 쇄락한 흉중이 마치 광풍제월과 같다.[胸中灑落如光風霽月]'라고 한 말이 있다.

51 서일상운(瑞日祥雲): 상서로운 구름과 해로, 높고 고결한 인품을 비유한다. 주희(朱熹)의 〈명도선생찬(明道先生贊)〉에 정호(程顥)의 인품을 형용하여 "상서로운 해와 구름이요 온화한 바람 단비로다.[瑞日祥雲 和風甘雨]" 하였다.

52 태산교악(泰山喬嶽): 육구연(陸九淵)이 "주원회는 태산 교악과 같은 사람이다.[朱元晦如泰山喬嶽]"라고 평한 것을 가리킨다.《二程遺書 卷5》

눈부신 해 갑자기 계곡에 나타나니
천 길 뻗은 빛 천지사방 비춘다네.

看看海色候扶桑 간간해색후부상
常恐浮雲穢太淸 상공부운예태청
忽覩爀曦懸陰處 홀도혁희현음처
千丈毫光六合明 천장호광륙합명

　그리고 낙산중추월(洛山中秋月)의 시에는 노소재(盧蘇齋)의 '청간
정(淸澗亭)' 운자로 읊었다.

바다에 뜬 달 가을 들어 더 밝은데
거센 파도는 밤바람 때문이라네.
절 방에 외로이 누워 있노라니
뭇 생각 사라져 빈 마음이라네.

海月當秋白 해월당추백
鵬濤入夜風 붕도입야풍
禪窓孤臥處 선창고와처
萬慮落眞空 만려락진공

고 하고, 또 읊기를,

비 갠 중추의 달빛이요

파도소리는 큰 바닷바람 때문이라.

모름지기 성색(聲色)의 밖임을 아는데

다시 고요한 하늘이 있다네.

霽色中秋月 제색중추월

波聲大海風 파성대해풍

須知聲色外 수지성색외

更有寂寥空 경유적요공

하였다.

아침에 심군 철(沈君轍)이 왔다가 갔고, 저녁에는 간성군수 윤세장(尹世章)이 동해신(東海神)에 제사하는 예차관(預差官)이 되어서 이 절을 지나다가 여러 사람들을 만났고, 또 나를 찾아와보았는데, 윤(尹)은 바로 윤상공 해원(尹相公海原)의 증손이요 윤판서 이지(履之)의 손자라고 했다. 대옥 역시 동해신 제사의 일로 저녁에 떠나면서 내일 다시 오겠다고 하였으니, 감사(監司)와 도사(都事)가 부(府)에 온다 하므로 하직을 고하고 떠난 것이다.

낮에 그곳의 중 몇 사람과 함께 의상대에 올라 관음굴을 바라보았다. 아래에는 작은 집 하나가 파도에 의해 무너져 있었다. 대(臺) 위에 앉아 잠시 파도를 구경하고 돌아왔다. 정(鄭)군과 유(柳)군이 나에게로 와 함께 잤다.

이날 사눌(思訥)이라는 중이 영남 태백산에서 와 이 절을 위해 예불하고 있었다. 이 중은 방에서 혼자 거처하며 밤 5경이면 일어나서 불

전에 향을 올렸으며, 그리고 낮에도 자지 않고 밥도 하루 한 끼만을 먹으면서 언제나 시간 맞추어 염불을 했다. 내가 그와 함께 얘기해 보니 그는 선정(禪定)[53]의 설을 듣고 거기에 종사하고 있는 자였다. 내가 묻기를,

"노선(老禪)께서 마음공부를 하신 지가 오래인 모양인데, 지금은 부동심(不動心)의 경지에까지 갔습니까?"

하니, 그는 그렇다고 하면서 아무리 어지럽고 야한 성색(聲色)을 듣고 보아도 그것을 안 보았을 때와 똑같이 마음에 아무런 느낌이 없다고 하였다. 내가 이르기를,

"성색(聲色)에 대한 생각은 그래도 제어하기가 쉽지만 마음에는 유주상(流注想)[54]이라는 것이 있어 바로 온갖 잡념이 쉼 없이 왕래하는데, 노선께서는 마음공부를 하여 그러한 것들도 다 제거가 되었습니까?"

고 하니 그는,

"공부하기 시작한 초기에는 가장 제어하기 어려운 것이 그것이었는데, 지금은 온전히 없어졌지요."

하였다. 몇 년이나 수련을 했느냐고 물었더니, 이미 수십 년이 지났다 하였고, 마음에 잡념 하나 일어나지 않고 어느 때는 훤하게 밝은 것을 느낄 때가 있느냐고 했더니, 그가 이르기를,

"그게 바로 이른바 비치지 않는 거울 같고 파도가 일지 않는 물 같

---

53 선정(禪定) : 참선하여 마음의 내면을 닦아 삼매경에 이름

54 유주상(流注想) : 상념이 집중되지 않고 자꾸만 딴 곳으로 흘러가는 것. 불가의 참선(參禪)이나 유가의 정좌(靜坐)는 모두 마음을 수양하는 공부인데 이 유주상이 가장 다스리기 어렵다 한다.

다는 것 아닙니까."

고 하였다. 내가 이르기를,

　"마음이란 불과 같다고 하였습니다. 불은 다른 물건에 의지하지 않고는 존재할 수가 없는 것입니다. 혹은 마른풀에 붙거나, 혹은 마른 나무에 붙거나, 또 혹은 어느 물건에 붙어야 합니다. 만약 그 매개하는 물건들이 없다면 그 불도 없는 것입니다. 마음도 그와 같아서 비록 희노애락(喜怒哀樂)의 발동은 없을지라도, 잠깐 사이에 얼핏 스치는 생각이 없지는 않은 것이니, 그 역시 마음이 움직인 것입니다. 선승께서 말씀하신 이른바, 거울이 비치지 않고 물이 파도치지 않는 것이라고 한 것을 무엇으로 증험할 수 있습니까?"

했더니, 그가 말하기를,

　"그것은 너무 극단적인 논리라서 이 노승(老僧)으로서도 잘 알아들을 수가 없네요."

하였다. 그리하여 내가 말하기를,

　"돌아가서 다시 생각해 보시오. 전인들의 화두(話頭)에 얽매이지도 말고 옛 문자(文字)를 가지고 참조할 것도 없고 다만 내 마음에 얻어진 것을 내 입으로 말할 수 있을 때에 다시 와서 내게 말씀하시오."

했더니, 그 중이 그러겠다고 하고 떠나갔는데, 밤이 되어 서찰 하나를 부쳐왔다. 거기에 이르기를,

　"허령(虛靈)이라는 마음은 아무런 생각도 없고 형체도 소리도 없는 것이지요. 그러나 그 무엇인가를 감지하는 마음은 있는 것이외다."

하고, 또 시가 있었는데,

　　휘영청 밝은 달은 언제나 가을빛이요

여기저기 푸른 산은 만고의 형용이라
그대와 나 유별나게 다른 것이 무엇인가!
불전에 분향하며 종이나 친다네.

明明白月千秋色 명명백월천추색
點點靑山萬古容 점점청산만고용
伊我別無奇特事 이아별무기특사
焚香佛前打鳴鍾 분향불전타명종

고 했으며, 또 말하기를,

"마음에 모든 생각이 완전히 사라지는 곳이 물론 있기는 있으나, 단지 그것은 순간이며 지속하기란 매우 어렵다."
고 하기에, 내가 이르기를,

"그대가 본 것이 아주 정밀하고 말도 다 좋은 말이오. 나도 시로 답하려 하나 지금 기좌(跽坐) 중이어서 내일로 미루어야겠소."
고 하였는데, 그 선승은 그길로 물러갔다.

17일(기미) 맑음.

나는 재계(齋戒)가 끝났다. 대옥이 제소(祭所)에서 돌아와서 나에게 동해신묘비문(東海神廟碑文)을 지으라 하면서 서로 손을 잡고 작별을 고 했는데, 그날 모두들 실컷 즐기고 싶었으나, 마침 관사(官事)가 바빠 부득이 서둘러 돌아가야 했기에, 간성군수 윤군이 가방 속에서 꺼내 온 술과 안주로 몇 순배 돌리고 각기 돌아갔다. 중 사눌이 나를 보러 왔기에 내가 시로 답하였다.

휘황한 해와 달 천추(千秋)의 그 빛인데
높고 넓은 산과 바다 만국을 용납하네.
만약 도(道)를 고요함으로 연구한다면
불전에서 어떻게 종인들 치겠는가!

輝煌日月千秋色 휘황일월천추색

嵬蕩山河萬國容 외탕산하만국용

若道寂然爲究意 약도적연위구의

佛前那用打鳴鍾 불전나용타명종

중 사눌은 하직을 고한 뒤에 떠났고, 정극가는 강릉(江陵)을 다녀오기 위해 뒤에 머물렀다. 우리 일행이 서로 헤어지려 할 때에 중들이 나와 전송하였으니, 모두 작별하기 아쉬워하는 빛을 보였다. 동구 밖을 나와 설악산을 바라보면서 15리 쯤 가서 신흥사(神興寺)에 들어가니, 중들이 가마를 가지고 동구 밖으로 환영을 나왔다.

이 절은 설악산 북쪽 기슭에 있는 절로 동쪽을 향하여 앉아 있었으니, 전각(殿閣)이나 헌루(軒樓)의 규모가 컸으니 역시 큰 사찰 중의 하나였다. 여기에서 바라보이는 설악산과 천후산(天吼山)의 깎아지른 봉우리와 가파른 산세는 마치 금강산과 기이함을 겨루기라도 하는 듯했다.

이 절에 있는 육행(六行)과 쌍언(雙彦)이라는 중은 다 얘기 상대가 될 만하여 서울에서 서로 만나기로 약속하였다. 석식을 마치고는 외삼촌을 모시고 유군과 함께 견여로 5, 6리쯤 가 앞 시내에 있는 수석(水石)을 구경하고 돌아왔다.

그날 대옥이 심부름꾼을 보내어 술과 안주를 보내왔기에 편지로 감사의 뜻을 전하고, 또 극가에게 부탁하여 금강산에서 얻었던 소마장(疏麻杖) 하나를 허미수(許眉叟)에게 가져다드리도록 했는데, 그 지팡이는 바로 금강산 중이 말하는 산마(山麻)라는 것으로, 색은 청록색이고 재질은 굳세며 매끈하고 가벼워 지팡이 감으로 좋았다. 그런데 그것을 산마라고 하지만 초사(楚辭)에 이른바, '소마(疏麻)를 꺾음이여, 백옥 같은 꽃이로다.' 라고 한 그것이 아닌가 싶어 드디어 소마로 명한 것이다. 그리고 극가에게 다음과 같은 시를 부쳤다.

> 굉굉하는 녹색 옥 지팡이로
> 저 금강대 다듬었지.
> 그대 통해 노옹께 올렸으니
> 돌아가는 길 풍뢰(風雷) 조심하게나.

> 鏗鏗綠玉杖 굉굉록옥장
> 斲彼金剛臺 착피금강대
> 憑君奉老子 빙군봉로자
> 歸路愼風雷 귀로신풍뢰

유군 역시 대옥에게 편지를 써 보냈는데, 극가가 시와 함께 이름을 그 밑에다 적었으나, 그 시는 기억에 나지 않는다. 이 날 밤 최립의 낙산시 시운으로 절구 한 수를 읊어 유군에게 주었다.

> 동쪽 태산 남쪽 형산은 국내의 명산인데

공자도 주자도 마음은 같았으리.

그 누가 천 년 동해의 밖을 알겠는가!

끝없는 구름과 파도를 짧은 시에 읊겠는가!

東岱南衡海內奇 동대남형해내기

仲尼元晦共心期 중니원회공심기

誰知千載東溟外 수지천재동명외

無限雲波屬短詩 무한운파속단시

이렇게 읊고서 나는 말했다.

"이 시는 더 다듬어야 할 곳이 있는 것 같으니 가필(加筆)을 좀 해 달라는 것이네."

하였다.

18일(경신) 맑음.

아침에 출발하여 뒤에 있는 고개를 넘어 외숙을 따라가다가 유군과 뒤떨어져 계조굴(繼祖窟)에 들어갔다. 바위에 나무를 대어 처마를 만들어서 지은 절이니, 지키는 중은 없었다. 앞에는 깎아지른 바위 하나가 서 있으니 이름하여 용바위이고, 아래는 활모양으로 된 바위 하나가 반석을 이고 있었다.

그 바위의 크기는 집채만 하였으니, 중 혼자 흔들어도 흔들흔들하였다. 이른바 흔들바위라는 것이니, 천후산 중간에 위치하여 남으로는 설악산과 마주하고, 동으로는 큰 바다에 임해 있어 역시 한번 구경할 만한 곳이었다. 그러나 이 날은 날씨가 침침해서 멀리 볼 수는 없었다.

그 절 벽상에 기문이 하나 걸려 있었는데, 그 기를 보니,

"이 굴은 의상(義相)이 수도하던 곳이니, 동으로 부상(扶桑)을 바라보면 망망한 넓은 바다에 해와 달이 떴다 잠겼다 하고, 남으로 설악을 바라보면 일천 겹의 옥 봉우리가 눈 안에 죽 들어온다. 중국 서호(西湖)에 있는 안개 낀 동정호의 물결이 제아무리 장관이라 해도 일천 겹 옥 봉우리가 있다고는 들어보지 못했고, 중국 여산(廬山)이 비록 도인(道人)들이 앞 다투어 찾는 곳이라지만 역시 만경창파는 없는데, 여기는 그 모두를 다 겸비하고 있다."

고 하여, 승경(勝景)을 기록한 글이었다. 그러나 대지가 비좁고 암자 모양도 왜소하여 승경이라고 할 수가 없었다. 중의 말에 의하면 몇 해 전에 수계(守戒)하는 중이 있었는데, 어느 포악한 자에 의해 죽었다는 것이다. 이는 장자(莊子)가 말한, '안으로는 수련을 많이 쌓아도 겉은 표범이 먹는다.' 는 것으로서, 이학(異學)의 무리들은 사람과 유리되고 세상과 떨어진 곳에서 일하기를 좋아하면서 그것을 고상한 것으로 여기고 있으므로, 이러한 일을 당한 것이다.

그 굴 뒤로는 지상에서 몇만 척(尺)의 높이로 바위로 된 부용(芙蓉)이 치솟아 있는데, 서쪽에서 달려온 것으로서 기기묘묘한 형상의 봉우리가 40여 개나 되었다. 어떤 것은 칼과 창 같고, 어떤 것은 규벽(圭璧)과도 같으며, 어떤 것은 종과 솥과도 같고, 어떤 것은 깃발과 북 같으며, 어떤 것은 불꽃이 튀는 모양이고, 어떤 것은 용솟음치는 파도 같았으며, 모양이 제각각이고 형형색색이며, 중간의 한 봉우리는 구멍이 나 있어 마치 금강산의 혈망봉(穴網峯)처럼 생겼으니, 중의 말에 의하면 그 산을 소금강(小金剛)으로 부른다고 한다. 그러나 언제나 비

바람이 몰아치려면 미리 울기 때문에 '천후(天吼)'라는 이름으로도 불린다고 하였다. 그렇다면 '계조(繼祖)'라고 한 것도 아마 이 산이 금강을 닮았다는 뜻이 아니겠는가!

가마를 타고 산에서 내려와 미시령(彌時嶺) 재 아래 계시는 외숙의 뒤를 좇아왔으니, 고개에 와서 고개 아래 있는 여러 고을들을 내려다 보며 내가 유군에게 이르기를,

"영동(嶺東)의 한 구역을 옛날에는 창해군(滄海郡)이라고 불렀다고 한다. 장자방(張子房, 장량)이 말하기를, '동으로 가 창해국 임금을 뵙고 거기에서 역사(力士)를 만나 진시황에게 철퇴를 던지게 됐다.'고 했다 하니, 아마도 그가 여기까지 왔던 것이 아니겠는가?"
고 하였다. 또 가마를 타고 고개를 넘어오는데, 고개가 높고 험하여 걸음마다 마치 사다리와 같은 가파른 바위가 거의 30리쯤 뻗쳐 있었다.

난천(煖泉) 가에 와서 말을 쉬게 하였으니, 이른바 난천이란 겨울에도 물이 얼지 않아 길 가는 사람들이 눈에 막히고 해가 저물면 반드시 여기에서 자고 갔다는 것이다. 연도에는 꽤 아름다운 수석들이 있었으나, 이미 풍악과 낙가(洛伽)의 승경을 구경한 우리들 눈에는 별로 들어오는 것이 없었다. 넓은 바다나 높은 산을 관람한 자에게는 어지간한 산과 물은 산과 물로 보이지 않는 것처럼, 성인(聖人)의 문에서 노는 자에게 도술(道術)로 인정받기 어려운 것이 당연한 것이다.

사람들의 말에 의하면, 고개 위에는 군데군데 옛 성터가 있다고 하는데, 이른바 고장성(古長城)으로 금강산·설악산 정상에도 그런 곳들이 더러 있었다. 우리나라 삼국(三國) 시절에 피란 나온 사람들이 그렇게 만들어 놓고 모여서 서로 버티며 싸우던 곳이 아니겠는가. 우리나라가 3백여 년 태평을 유지하는 동안 성 단속을 하지 않았다가

중간에 왜놈의 난리에 백성들이 의지할 곳이 없어 이리저리 도망만 치다가 결국 문드러지고 말았다. 지금은 병진(兵塵)이 일어나지 않은 지가 한 세기가 다 되어가고 있으니, 태평 뒤에는 난리가 반드시 오는 법이어서 염려가 안 될 수 없다.

도중에 천후산 흔들바위에 대해 다음과 같이 부(賦)를 지었으니,

천후산 앞의 큰 바위 하나 어디에서 떨어져 나와 계조암(繼祖菴) 가에 있을까. 한 명이 흔들어도 흔들거리지만, 이를 옮기려면 천 명 가지고도 안 될 바위라네. 어찌 보면 우(禹)임금이 구독(九瀆)을 뚫고, 구주(九州)를 개척하며, 구택(九澤)을 쌓고, 사경(四逕)의 물길을 낸 다음에 구주의 쇠붙이를 모아 만들어놓은 솥 같기도 하고, 또한 진시황(秦始皇)이 이주(二周)를 삼키고 육왕(六王)을 죽이며 사해(四海)를 통일하고 오랑캐까지 제어한 다음에 천하의 병기를 모두 녹여서 주조한 종(鍾)과 같기도 하다. 그러나 솥이라고 해도 상제(上帝)께 술 한 잔 올릴 수도 없고, 종이라고 해도 크게 울지도 못한다. 단지 중들만 이를 이용하여 절로 꾸미었고, 구경꾼들만 이를 보면서 별소리 다 만들어내고 있을 뿐이다.

월출산(月出山) 정상에 바위 아홉 개가 있었는데, 중국의 도사(道士)가 서에서 와 그중 여덟 개를 쳐 없애버렸다고 들었지만, 나도 두보(杜甫)의 말과 같이 맹사(猛士)의 힘을 빌려 그를 들어다가 저 하늘 밖에다 던져버려서 사특한 말과 편벽한 행동이 판치지 못하게 하고 싶다. 하지만 한편으로 천주(天柱)가 부러지고 지유(地維)가 찢어지며, 귀신들이 울부짖고 미워하면서 갱혈(坑穴) 속에 가만히 있지 못할까 봐 머뭇거리며 감히 손을 대지 못하고 가슴을 어루만지며 탄식만

한다. 장자방을 데리고 창해왕(滄海王)을 찾아가서 역사(力士)를 만나 300근 철퇴를 옷소매에 넣고 있다가 그를 저격하여 혼비백산하게 만들지 못하는 것이 한스럽구나! 아, 신력(神力)이 없으니 어찌할 것인가!'

고 하였다. 이날 남교역(嵐校驛)에서 잤는데, 마을 앞에서 한계산(寒溪山)을 바라보니 그다지 멀지 않고, 또 그 골이 깊고 수석도 기괴(奇怪)하다고 들었으나 가는 길목이 아니고 또 우회해야 하기 때문에 가보지 못했다.

주인의 성명은 함응규(咸應奎)라는 사람이었는데, 우리에게 꿀차를 대접하였다. 또 문자를 꽤 알고 있었으며 점도 칠 줄 알았다. 내가 집을 떠나온 지 오래되었기 때문에 집 안부가 어떻겠느냐고 물었더니, 아무 걱정 없다고 하면서 옥녀가 상봉하는 점괘가 나왔다고 하였다.

19일(신유) 아침에 짙은 안개가 끼었다.

안개를 무릅쓰고 일찍 출발하여 인제의 원통역에 와서 말에게 꼴을 먹였다. 주인의 이름은 박윤생(朴潤生)인데 꿀차를 가져와서 대접했고, 역리(驛吏)들은 술과 과일을 가져와서 대접했다.

춘천의 청원(淸源)을 보려고 홍천으로 가는 큰길을 좌로 하고 굽은 시내를 건너 한 골짜기에 들어갔는데, 과거 보기 위해 떼 지어서 걸어가고 있는 선비들을 길에서 만나 말에서 내려 서로 읍을 하였으니, 그렇게 하기를 두 차례나 했다. 시내 하나를 열여섯 차례나 건너 산골의 민가를 찾아가 유숙하였는데 아주 궁벽한 곳이었다.

주인의 말이, 자기 나이는 70이고 아들이 셋, 딸이 넷인데 금년 봄에 굶고 병들어 모두 죽었으며, 집안에서 죽은 사람이 30명도 더 되는데 아직 땅에다 묻지도 못했다고 한다. 그 땅을 버리고 떠돌이로 나서고 싶어도 자기 자신은 그 고을의 토착민이고, 아들이 또 어궁졸(御宮卒)이어서 쉽사리 옮겨가고 싶지 않는다는 것이었다. 그의 사정이 불쌍했고 산골짜기의 백성들 생활상이 그렇게도 맵고 고통스러워 장초지탄(萇楚之歎)이 없지 않았다. 슬픈 일이었다. 이 땅은 인제의 땅이고 마을 이름은 가음여리(加陰餘里)였다.

20일(임술) 맑았다.

일찍 출발하여 광치(廣峙)를 넘는데, 재가 매우 가파르고 길이 전부 자갈뿐이어서 사람이나 말이나 힘들고 괴롭기가 미시령에 버금갔다. 원화촌(遠花村) 윤동지(尹同知)의 옛집에서 조반을 먹었는데, 윤생 천민(尹生天民)이라는 자가 술과 과일을 가져와서 대접했다. 재를 넘고 골짜기를 나오니, 들판이 매우 넓고 민가 수십 호가 여기저기 살고 있었으며 지붕은 모두 기와로 덮었는데 그 모두가 선비들 집이라고 했다.

윤생의 말에 의하면, 윤동지라는 자의 이름은 수(洙)이고 관향은 파평(坡平)인데, 그의 증조부가 처음으로 그곳에 들어와 농사에 주력하여 재산을 이루었다고 한다. 이곳에 인삼이 생산되는데, 한 근 한 냥이 아니라 캐면 섬으로 캐기 때문에 가세가 매우 풍족하고 곡식도 1만 석을 쌓아 두었다가 병자년 난리에 싸우러 가는 북로군(北路軍)이 모두 그곳을 지나게 되어 그 군대들의 먹을 것을 전부 그가 대었다고 하며, 그리하여 국가에서는 그에게 가선(嘉善)의 품계를 내렸다고 하였다. 난리로 인하여 세상이 그렇게 어지러울 때 자기 사재를 털어 국가의 다급함을 돕는다는 것은 복식(卜式)과 같은 사람인데, 국가에서 그에게 보답하는 것이라고는 고작해야 영직(影職)이나 공함(空啣)뿐이니 그래가지고서야 어떻게 충성을 권장하고 공로에 보답할 것인가. 더구나 그 사람으로 말하면 자기 자력으로 치부하여 그 고을에서 우뚝하게 솟았고, 또 자기의 힘이 많은 백성들에게 미치게 하였으니, 그만하면 재질로나 힘으로나 찬양할 만한 사람이 아니겠는가. 우리나라에서 사람 쓰는 것은 꼭 쓰일 사람이 쓰이는 것도 아니고, 쓰였다고 해서 꼭 쓸 사람도 아니어서 그 역시 국가를 부강하게 만드는 방법이 아닌 것이다.

그날 수인천(水仁遷)을 지나가는데 매우 위태한 길이 거의 10여 리나 되었다. 수인역 마을에서 잤는데, 이곳은 양구(楊口) 땅으로 그날은 70여 리를 온 셈이다. 내가 역리 한 사람과 얘기해 보았으니, 내가 말하기를,

"이 고장은 지대가 궁벽하고 산이 깊어 산삼이 날 법하다."
했더니, 그 역리의 말이,

"물론 이 고장에 산삼이 나지요. 그러나 근년 들어 유랑민들이 산에 들어가 나무를 베고 밭을 일구는 바람에 산택(山澤)이 모두 몰골이 말이 아니고, 또 남아난 재목도 없어 옛날과는 딴판입니다."
하였다. 이렇게 서로 말을 주고받다가 내가 말하기를,

"내가 산중을 다녀 보니까 금강산도 내산 외산 할 것 없이 모두 황무지를 개간하면서 아무리 높은 데도 다 올라가서 밭을 일구고, 아무리 깊은 곳도 다 들어가서 밭을 일구어서, 이에 초목도 자라지 못하고 새와 짐승도 붙어살 곳이 없었다. 그리하여 백성들로 하여금 살아서는 고기를 못 먹고 가죽 옷도 입지 못하는 것은 물론 집도 잘 지을 수

없으며, 생활의 변화를 획책할 수도 없고, 의약(醫藥)도 제대로 쓸 수 없으며, 죽어서는 널마저도 쓸 수 없게 만들고 있으니, 그로 인한 재해가 이만저만이 아니다. 그뿐 아니라 그곳에 살고 있는 자들은 부역(賦役)과 형벌을 피해 다니며 국가로 하여금 저들을 기속하지 못하게 하는데, 일단 무슨 경급(警急)이라도 있으면 서로 모여 도둑으로 변해 버리고 마니, 참으로 국가의 간민(奸民)인 것이다. 고을 수령들이 그 피해를 모르는 것이 아니면서도 그들이 원적(元籍)에 들어 있지 않기 때문에 조세 이외의 수입을 노리면서 그들을 사민(私民)으로 삼아 그들 요구대로 내버려 두는 것이다. 그 폐단이 자꾸 번지고 있는 원인이 바로 거기에 있는 것이다.

더군다나 숲을 모두 태우거나 베어 내어 토석(土石)이 전부 드러나 있기 때문에 장마라도 한번 지는 날이면 모두 무너져 흘러내려 산은 산대로 깎이고 시내와 평원은 막히고 메워진다. 이에 옛날에는 숲이 울창하던 산과 물이 깊던 못들이 전부 바닥을 드러내고 있는 것이다. 그리하여 새와 짐승은 다 도망가고, 물고기가 자라도 자리를 옮겨 근세 이후로 토지는 더욱 척박해지고 백성들은 더욱 가난에 허덕이며, 산이 무너지고 시내가 말라 비구름도 일지 않고 수재와 한재가 되풀이되고 있는데, 그 모두가 사람들이 살피지 않아서 그렇지 다 원인이 있어 그리된 것이다. 그대도 그것을 알고 있겠지?'

하였다. 유군이 말하기를,

"그렇다면 지금 그것을 금하려면 무슨 방법을 써야 할 것인가?"

하기에, 내가 말하기를,

"지금이라도 만약 호구(戶口) 정책을 엄하게 하여 떠돌이의 길만 막는다면 옛날처럼 새와 짐승까지도 다 제 삶을 즐기는 정책을 실현

할 수 있을 것이지만, 그를 다 설명하자면 말이 기네."

했더니, 역리가 절을 하면서 하는 말이,

　"상객(上客)의 말씀이 옳습니다. 꼭 할 말을 하신 것입니다. 지금 산에 들어가 경작하는 자들은 참으로 국가로 보아 간교한 백성들이고 그로 인한 피해는 산골 백성들이 더 입고 있습니다."

하였다.

21일(계해) 아침 날씨가 음산하더니 이어 가랑비가 내렸다.

아침 식사 후 출발하여 부창현(富昌峴)을 넘어 부창역 마을에서 말에게 꼴을 주었다. 이슬비 때문에 늦게 출발하여 기락이천(祈樂伊遷)을 지났는데, 기락이는 방언으로 기어서 나온다는 말로서, 그 천의 길이 너무 좁고, 또 바위 구멍이 있어서 누구나 그곳을 가는 자는 반드시 기어 나와야 하기 때문에 붙여진 이름이라고 한다. 천전(泉田)의 길가 큰 시내 위에서 잠시 휴식을 취했다. 그날은 하루 종일 산골의 험한 길만을 걸었는데, 여기에 이르자 산들이 확 트이고 그 가운데에 광활한 평야가 펼쳐 있었으며 강물이 굽이쳐 돌아가고 있었으니, 가슴이 탁 트이는 것을 느꼈다.

북쪽을 바라보니 높다란 산이 있고, 그 아래에 민가 수십 호가 여기저기에 퍼져 있었으며, 뒤에는 소나무 숲이 울창하고 느릅나무 숲이 간간이 보였는데, 유군의 말로는 강릉부사(江陵府使) 이후(李煦)가 살고 있는 곳이라고 하였다.

시냇가에 작은 저자가 하나 있었다. 지나가는 사람에게 이생 후평(李生后平)이 집에 있는가 물었더니, 지금 양양(襄陽)에 가서 돌아오지 않았다고 했다. 구불구불한 길을 따라 20여 리를 가면서 북으로는 청

평산(淸平山)을 바라보고, 남으로는 소양정(昭陽亭)을 가리키며 오다
가 배를 타고 앞 강을 건너 소양정에서 잠시 쉬었다. 그곳 암벽 위에
는 여러 사람들이 남긴 시(詩)가 걸려 있었는데, 그중에서 월봉(月
峯) · 청음(淸陰) · 백헌(白軒), 그리고 유창(兪瑒)의 것을 읽어보고, 드디
어 춘천(春川) 읍내로 들어와 유군 종의 집에 가서 여장을 풀고 주수
에게 소식을 전했더니, 주수는 병이 있어 나오지 못하고 비장(裨將)
신완(申椀)을 보내왔다. 그리고 조금 뒤에 주수의 형 이생 석(李生錫)
이 왔고, 또 최남(崔男)의 아들 복인(服人)인 이억(爾嶷)도 왔으며, 이생
을 통해 서울에 있는 집안 소식도 대강 들었다. 유군이 이르기를,

"듣기에, 청평산에 이자현(李資玄)의 식암영지(息菴影池)가 있다고
하는데, 식암은 자현이 홀로 앉았던 곳으로 동사(東史)에 이른바, '둥
글둥글하기가 곡란(鵠卵)과 같다.'고 한 것이 그것이고, 영지(影池)는
식암 아래 있는 겨우 반묘(半畝) 밖에 되지 않는 작은 못으로, 해 뜨는
아침과 달 돋는 밤이면 식암의 풍경과 사람의 동정까지도 모두 그 못
속에 비친다고 한다. 그리고 자현이 죽었을 때에 불가의 법대로 화장
을 하여 불에 탄 그 뼈를 아직까지 그곳 중이 간직하고 있는데, 그 빛
이 푸르른 청옥(靑玉)과 같다. 그리고 용마루에는 또 김열경(金悅卿)
친필이 있다. 그래서 신상촌(申象村)의 송인시(送人詩)에, '이자현 유
골은 풍류가 대단하고[李資玄骨風流遠], 김열경 글씨는 유일의 자취
로세.[金悅卿書逸躅存]'라고 하였으니, 그 모두가 다 값진 고적들이
아니겠는가."
하기에, 내가 이르기를,

"이자현으로 말하면, 능히 세리(勢利)의 길에 초연하고 몸을 운수
(雲水)에 의탁하고 거기에서 일생을 마쳤던 것이다. 퇴계(退溪)는 그

152

를 위해 억울함을 밝혀 주고 그 사실을 영탄(咏嘆)했으며, 열경(悅卿)은 국가 위난을 평정한 세상에서 임금을 섬기지 않았던 뜻을 높이 샀는데, 사실은 동방(東方)의 백이(伯夷)가 되는 것으로, 그의 청고한 풍도와 모범을 남긴 행위는 백세의 스승이 되기에 충분할 것이다. 그런데 우리가 이번 길에 그 유적지를 찾지 않아서야 되겠는가! 다만 내가 탄 말이 걸음이 더디고 바탕이 둔해서 외삼촌을 따라가야겠기에 마음대로 못하겠네."

하고, 서로 말이 나쁘다고만 탓했다. 내가 웃으면서, 재상 상진(尙震)의 소에 관한 얘기를 들어 보았느냐고 물었다. 유군이 못 들었다기에 내가 얘기하기를,

"상진공이 언젠가 어느 들을 지나는데, 늙은 농부가 쟁기로 밭을 갈면서 쟁기 하나에다 소 두 마리를 메워가지고 아주 힘들게 밭갈이를 하고 있었으니, 상진공이 한참 구경하다가 이어 말하기를, '밭을 참 잘 가시는구려, 그런데 그 소 두 마리 중에 어느 소가 더 일을 잘 합니까?' 했더니, 그 농부가 대답을 하지 않더라는 거야. 그래서 상진공이 농부 앞으로 다가갔더니, 그 늙은 농부가 이쪽으로 와서 귀에다 대고 말하기를, '공이 물은 대로 두 소 중에 한 마리는 힘이 세고 일도 잘 하는데, 한 마리는 힘도 약하고 미련한데다 늙기까지 했지요.' 하더라는 거야. 상진공이 말하기를, '그렇습니까. 그런데 처음에는 대답을 않고 지금 와서 귀에다 대고 말하는 것은 무슨 까닭입니까?' 하니, 그 늙은 농부가 하는 말이, '소는 큰 짐승이어서 사람의 모든 말을 알아듣고 또 부끄러워할 줄도 알지요. 내가 그 힘의 덕을 보고 그놈을 부려먹으면서 그놈의 부족한 점을 꼬집어서 그놈의 마음을 상하게 해주고 싶지 않아서 그런 거라오.' 하더라는 거야. 상진공

은 그 말을 듣고 크게 반성을 하고 그때부터는 한평생 남의 과실 말하기를 부끄럽게 여겨 장점만 말하고 단점은 말하지 않았으므로, 마침내 장후(長厚)한 군자가 됐다는 거야. 지금 우리들이 그 말들을 타고 천리 길을 두루 돌면서 온갖 험난한 곳을 다 지나서 여기까지 왔으니, 그 말이 병들었거나 둔함을 그렇게 헐뜯을 일이 아닌데, 더구나 그 말들이 듣는 데서 그렇게 말해서야 되겠는가. 사람도 꾸짖고 욕설을 하면 풀이 죽고 치켜세우면 흥을 내는 법인데, 저 말들이 오늘은 뽐내면서 달릴 기운이 더욱 없겠네. 그것은 우리가 대우를 잘못한 소치가 아니겠는가."

했더니, 외삼촌이 말씀하기를,

"참으로 소나 말이 사람이 하는 말을 알아듣나 보다."

하여, 서로 한바탕 웃었다.

22일(갑자) 맑았다.

아침에 이생 석이 왔고, 최이억도 왔다. 조반을 먹고 출발하여 유군과 함께 봉의루(鳳儀樓)에 올라가 보았다. 이 고을 뒷산이 날아가는 봉의 형국이기 때문에 산 이름이 봉산이고 누대 역시 그 때문에 붙여진 이름이다.

고을의 모습은 매우 그럴듯했으나, 거민이 100호도 안 되는 데다 성지(城池)도 목석(木石)도 없어 국가를 지킬 요충지는 못 되었다. 만약 삼악산(三岳山)에다 관(關)을 설치하여 그 삼면을 막고 지킨다면 이 나라의 한 보장(保障)이 될 법했다. 우리들이 봉의루에 올라 있다는 것을 주수가 듣고 술과 배를 가지고 와 행장에 챙겨주었다. 외삼촌을 뒤좇아 신연(新淵)의 나룻가에 와서 만나고 신완(申椀)과도 서로 만났으며 만호(萬戶) 반예적(潘禮積)이라는 자도 만나 동행하게 되었다. 석파령(席破嶺)을 넘었는데 산 이름은 삼악(三岳)이었다. 산령(山嶺)이 매우 높아 길은 평평했어도 길가로는 깎아지른 절벽이라 말에서 내려 걸었다. 산령의 너머 서쪽은 전부 산 아니면 깊은 골짜기뿐이고, 그 산령에서 군(郡)까지의 거리는 20여 리였다. 거기에서 또 20리를 더 가 안보역(安保驛)에 이르니, 청풍부부인(淸風府夫人) 묘가 있었고, 그 아래에 있는 재사(齋舍)가 매우 조용하여 거기에서 잤다. 저녁에는 나와 강가를 거닐었다.

이 날은 춘천(春川)을 떠났다. 이는 대개 청평산에 들어가 진락옹(眞樂翁)과 매월당(梅月堂)의 유적을 찾아보려고 했던 것인데, 계획대로 되지 않아 시 한 수를 읊고 유군에게 화답을 청했다.

춘천은 본래 수운(水雲)의 고을인데
더구나 청평학사 별장까지 있음이랴.
청연에 물 가득 차 배 떠 있는데
구름 덮인 화악산 바위 빛이 푸르다네.
희이자 骳 푸르다니 신선의 족적 분명한데
매월당이 남긴 글씨 그 운치 장구하네.
애석하다 식암의 영지(影池) 바라만 보아야 하나!
그들이 남긴 향기 누가 가서 맡으라고.

春州素號水雲鄉 춘주소호수운향
況有淸平學士莊 황유청평학사장
水積靑淵舟泛泛 수적청연주범범

155

雲霾華岳石蒼蒼 운매화악석창창
希夷骨碧仙蹤杳 희이골벽선종묘
梅月書留道韻長 매월서류도운장
惆悵菴池空入望 추창암지공입망
澗蘅誰復嗅遺香 간형수부후유향

　　춘천과 잿마루와의 거리는 멀지 않은데, 물이 급류에다 여울이 얕
다. 주(州)의 북쪽에 있는 청연(靑淵)이라는 곳에 이르러서야 비로소
수심이 배를 띄울 만하니, 여기가 바로 소양강 상류이다. 그 강이 양
구의 강과 합류하여 신연도(新淵渡)를 이루고 평야 가운데로 굽이굽
이 흘러 파강(巴江)의 형국을 이루고 있다. 경운(慶雲)의 북쪽 고개 서
쪽에는 백운산이 있는데, 일명 화악산이라고도 한다. 가파른 바위산
이 구름 높이 솟아 있어 영서(嶺西)에서는 화악만큼 높은 산이 없다고
사람들은 말하고 있다. 경운은 청평의 원래 이름이다. 유군의 화답시
는 이러하다.

　　진락공의 명성이 고을에 자자한데
　　더구나 청평은 그가 있던 곳 아니던가!
　　예스러운 못과 누대 기원처럼 승지인데
　　보지(寶池)의 가을은 나무들이 푸르다네.
　　치솟은 바위산과 겨룰 만한 높은 절의
　　고상한 풍류는 흐르는 물과 같다네.
　　선구(仙區) 지척에 두고 일정이 어긋나
　　선생께 판향 하나 피워 올리지 못한다오.

眞樂公名表此鄉 진락공명표차향

淸平況是故時莊 청평황시고시장

祇園勝槪池臺古 기원승개지대고

寶池秋容樹木蒼 보지추용수목창

淸節漫爭山骨聳 청절만쟁산골용

高風直與水流長 고풍직여수류장

仙區咫尺違心賞 선구지척위심상

未薦先生一瓣香 미천선생일판향

23일(을축) 새벽에 안개가 잔뜩 끼었다.

일찍 출발하여 가평을 거쳐 초연대(超然臺)를 지나는데, 안개로 인해 올라가 구경하지 못하였다. 가평읍에 와서 아침을 먹고, 아현(芽峴) 남쪽에 와서 말에게 꼴을 먹였다. 청평의 언덕을 지나 굴운역의 마을에서 잤는데 그 마을 북쪽에 있는 언덕의 형세가 풍수에 매우 좋아 보여 올라가서 종을 시켜 치표(置標)를 해 두게 하였다. 그 주산(主山)의 이름을 물었더니 청취전(靑翠田)이라고 하였는데, 그 산이 백운산에서 남쪽으로 뻗어 운등산(云登山)이 되고, 거기에서 또 동으로 달려가다가 회강(淮江)을 만나 거기에서 멎었는데, 곱게 감싸고 있는 것이 마치 누군가의 장례를 받아들이고 싶은 듯이 보였다.

24일(병인) 흐렸다.

일찍 출발하여 천괘산을 향하여 가다가 마치현을 넘어 그 고개 서쪽에서 아침을 먹고 여러 사람들의 무덤을 가리키고 또 물어가면서 길을 가는데, 시내 곁 단풍잎들이 마치 붉은 비단 같았다. 대개 평천(平川)의 가을빛은 이제야 비로소 무르익고 있었다. 풍양에 당도하여 왕숙천(王宿川)을 건너고 퇴가원을 지나 오릉(五陵) 밖에서 쉬노라니 백악(白岳)과 남산(南山)이 보이기 시작했다. 들은 넓고 시내는 편평하여 새삼스러운 감회가 있기에 율시 한 수를 읊었다.

꿈에 만 겹의 푸른 봉래산을 보고
지팡이 짚고 동으로 가 백운(白雲) 찾음이 극진했네.
아침이면 넓은 바다 부상의 해를 보고
밤에는 비로봉의 푸른 나무가 가을이라네.
사마천처럼 호탕하게 놀자는 뜻 아니었는데
굴원의 모진 시름에 관여하지도 않았다네.
돌아와 다시 동산에 다시 올라 바라보니
끝도 없는 연파가 한강 가에 자욱하네.

夢入蓬萊翠萬重 몽입봉래취만중
一筇東盡白雲求 일공동진백운구
朝看滄海扶桑日 조간창해부상일
夜將毗盧碧樹秋 야장비로벽수추
不因子長疏宕擧 불인자장소탕거
非關楚客惱惀愁 비관초객온론수
歸來更上東山望 귀래경상동산망
無限煙波江漢洲 무한연파강한주

158

늦게야 성안에 들어와 동소문 안에서 외삼촌과 작별하고 집에 돌아와 사당에 무사히 돌아왔음을 고하였다.

임자년 9월 일 침석정(枕石亭)에서 쓰다.

금강산 유람기 홍여하洪汝河[55]

우리나라의 동쪽 가에 금강산이 있으니, 봉우리가 1만 2천이다. 전체가 모두 흰 바위이고 한 움큼의 흙도 없으며, 멀리서 바라보면 빛나는 하나의 큰 괴석(怪石)으로 보이기 때문에 이름을 개골산(皆骨山)이라 한다. 돌 사이에는 잡목이 자라지 못하고 오로지 단풍나무만이 가장 무성하기 때문에, 또 이를 풍악(楓嶽)이라고도 하니, 사람들은 이

55 홍여하(洪汝河) : 1654년(효종 5) 갑오(甲午) 식년시(式年試)에서 진사(進士) 2등(二等) 18위로 급제하였다. 예문관에 들어가 검열이 되었으며 대교(待敎), 봉교(奉敎) 등을 거쳐 사간원 정언에 올랐다. 정언으로 있을 때 효종에게 시사(時事)를 논하는 소를 올려 왕의 가납은 받았으나 반대파의 배척으로 좌천되어 사퇴하였다. 1658년 다시 경성판관에 임명되었으나 왕에게 올린 상소문에서 이후원(李厚源)을 논박한 구절로 인해 황간(黃澗)에 유배되었다. 이듬해에 풀려났으나 벼슬을 단념하고 고향에 돌아가 학문에만 전념하였다. 1674년(숙종원년) 제2차 복상문제(服喪問題)로 서인이 실각하고 남인이 정권을 잡자 다시 병조좌랑에 복직되었으며 후에 사간(司諫)을 지냈다. 주자학에 밝아 당시 사림(士林)들이 존경하였다. 근암서원(近嚴書院)에 제향 되었으며 1689년 부제학에 추증되었다. 저서로 《목재집(木齋集)》을 남겼으며 편서로 《주역구결(周易口訣)》, 《의례고증(儀禮考證)》, 《사서발범구결(四書發凡口訣)》 등이 전한다.

산을 천하제일의 명산이라고 한다.

석천거사(石川居士)가 정유년(1657, 효종 8) 8월에 영남을 출발하여 고산(高山)으로 가는 길에 회양부가 나오면 앞으로 풍악을 유람하려고 하였는데, 9월 초하루에 창도역(蒼道驛)에 이르러 병이 들고 말았다. 따르는 제자들이 청하기를,

"선생께서는 자못 병이 들어 등산하기 어려우니, 다른 날을 기다림이 어떻겠습니까?"

라고 했다. 거사는 빙그레 웃으며 말을 몰아 산으로 향했다. 10리쯤 가다 동쪽을 바라보니, 각진 산의 윤곽이 어슴푸레 드러났다. 희미한 백색인데 멀리서는 분간할 수 없었다. 바라보는 자들은 구름, 또는 눈인 것 같다고 했다. 저물녘에 단발령(斷髮嶺) 아래에 이르렀다.

다음 날 새벽에 단발령에 오르니, 세조(世祖)가 거둥했을 때 제사 지낸 자리가 있다. 유람하는 사람들은 이곳에서 먼저 산을 바라본 뒤에 길을 가는데, 마침 안개가 짙어 산의 모습을 볼 수 없었다. 단발령을 내려와 판교(板橋) 앞을 지나 작은 고개에 올라서 바라보니, 구름이 점점 걷히면서 산이 더욱 드러났다. 한참 앉아서 구름이 걷히기를 기다려서 바라보니, 바로 백색이 하나의 산이라는 것을 알았다.

10여 리를 가다 산 아래에 이르러 사방으로 천암만학(千巖萬壑)을 둘러보니 단풍잎이 한창인데 무르익은 단풍이 마치 노을이 타는 듯 붉어 자줏빛과 비췻빛이 부슬부슬 소매에 물드는 듯했다.

시냇물을 20리 거슬러 올라가 돌부리에 말을 매어 놓고 걸어서 장안사(長安寺)에 들어갔다. 뭇 봉우리들이 깎아지른 듯 서서 희미하게 검은빛을 띤 것을 우러러 바라보고 거사가 놀라 말하길,

"멀리서 보니 티 없이 깨끗하더니 가까이서 보니 어찌 이리도 푸른

가!"

라고 했다. 어떤 승려가 곁에서 따라오다가 대답하길,

"돌의 성질은 비를 맞으면 깨끗해지고, 바람을 맞으면 마모되고,
태양을 받으면 응결되기 때문에 높은 곳이 가장 흽니다. 낮은 곳에는
바람과 해가 통하지 않기 때문에 점점 변하여 푸른색이 되는데, 산에
들어오면 높은 곳이 보이지 않기 때문입니다."

라고 했다. 다른 승려가 말하기를,

"아닙니다. 다른 산의 바위인들 홀로 높은 곳이 없겠습니까. 다른
산이 저절로 푸르고 이 산이 저절로 흰 것은 산의 성질이지 바위의 성
질이 아닙니다."

라고 했다. 거사는 힐문하지 않았다.

늦은 아침에 남여(藍輿)를 구해 타고서 15리를 가서 작은 암자를
지나고, 또 몇 리를 가서 표훈사에 도착했다. 정오에 정양사에 들어가
천일대(天逸臺)에 올랐다. 누대는 매우 높지는 않았지만 내산(內山)의
남북의 빈 곳을 의지해 있으므로, 한 번 바라보면 산세를 다 바라볼
수 있기 때문에 유람하는 이들마다 번번이 이 누대에 올라 조망하고
내려온다. 이윽고 가을 구름이 음산하게 해를 가리자 지척을 분간하
기 어려웠다. 거사가 말하기를,

"아, 형산(衡山)의 구름도 한유(韓愈)를 위해 걷혔는데, 이 산의 구
름만 유독 나를 위해 걷히지 않겠는가."

라고 했다. 돌아와 남루(南樓)에 누우니 승려가 나옹자의 의발(衣鉢)
과 옥주미(玉麈尾)[56]를 꺼내 보여주었다. 이 산은 중국에 소문이 나서

---

56 나옹자(懶翁子)의 의발(衣鉢)과 옥주미(玉麈尾) : 나옹자는 이름이 혜근(惠勤)으로, 조
선을 개창하는데 공을 세운 무학대사의 스승으로 알려져 있다. 옥주미는 사슴의 꼬
리에 백옥 자루를 한 것으로 담소를 나누는데 들고 있었던 도구이다.

대대로 진보(珍寶)를 시주하는 경우가 많았는데, 범등(梵燈)과 종탁(鍾鐸) 중에는 간간히 중국 왕가의 물건도 있었다.

거사가 매우 피곤하여 잠을 취하려고 하자 따르는 제자들이 저녁 때에 날이 개였음을 알렸다. 급히 지팡이를 짚고 누대 가에 나가니, 희미한 구름이 사방에서 말려 올라가고 뭇 봉우리가 드러났고, 일출봉 · 월출봉 · 백운대 · 혈망봉 · 국망봉 · 대향로 · 소향로 · 금강대가 모두 눈앞에 빽빽하게 나열했으며, 동북쪽의 중향성(衆香城)의 한 면이 가장 아름다웠는데 주름치마 같은 바위를 쌓아 높고 험했으며 평탄하지 않아 기교하면서도 괴이함을 이루 다 형용할 수 없었다. 마치 여러 신선들이 요대(瑤臺) 위에서 두 손을 공손하게 맞잡은 듯하고, 백학(白鶴) 한 쌍이 허공에서 날갯짓하며 내려오듯 해 진실로 구역 안이 장관이었다.

이윽고 석양이 산에서 내려가니, 가벼운 구름이 고개 마루에 장막을 쳐서 바위 색은 하늘과 그림자를 서로 적시는 듯했으며, 산은 가을 기운을 띠고 사나워지려고 했다. 바람이 천천히 불어온 골짜기에 울리자, 따르는 제자들이 서로 돌아보며 황홀하여 자신이 어떤 세계에 있는 줄도 알지 못했다.

돌아와 서헌(西軒)에 묵으니 병이 더욱 심해졌다. 늙은 승려가 말하기를,

"공은 밤에 나을 겁니다."

라고 했는데, 다음날 정말로 나았다. 삼장암(三藏菴)을 경유하여 하산했다. 동쪽으로 3리쯤 가서 보니 동구(洞口)의 문이 휑하니 열렸는데, 물이 두 골짜기 사이에서 쏟아져 나와 하나의 급류를 이루어서 크고 우람한 소리 울려 퍼지니 이른바 만폭동(萬瀑洞)이다. 오래 앉았노라

니 털끝이 송연하였다.

향로봉을 지나고 아래로 꺾어 동으로 보덕굴(寶德窟)을 경유하여 벽하담(碧霞潭)에 당도하니 맑은 샘이 넓고도 깊고, 단풍과 계수나무가 그 위를 덮어 돌의 결이 더욱 매끄러워지기에 바위를 의지하여 샘물을 잔질하여 마셨다. 길을 꺾어 북으로 가다 또 방향을 바꾸어 동으로 가니, 산은 더욱 그윽하고 물은 더욱 맑으며, 바위는 더욱 기이하고 장관이다.

마하연(摩訶衍)에 이르니 중향성(衆香城) 아래에 멀리 깎아지른 바위들이 절경이었는데, 뜰 가에는 삼(杉)나무와 회(檜)나무 수십 수(樹)가 서 있다. 암자는 공허하게 사람이 없어 낙엽이 뜰에 가득하고, 쓸쓸하게 오로지 바람과 물소리만 들린다. 또 꺾어 동으로 가니, 길이 좁아지고 험하게 깎여 앞으로 나가기 매우 어려웠다.

장안사에서 사람들은 울퉁불퉁한 바위길 위를 30여 리 가야 했는데, 밟은 흔적이 사토(沙土)에 박히지 않을 정도였고, 혹은 비탈로 말미암아 잔도를 밟고 줄을 잡고 지나갈 수 있으며, 혹은 벼랑이 끊어져 길이 없기도 했다. 비로소 남여(籃輿)를 버리고 지팡이를 짚었으나, 얼마 지나지 않아 지팡이를 짚을 수 없어 지팡이를 버리고 무릎으로 기어갔다. 엉금엉금 바닥을 기어 네다섯 걸음을 가서야 겨우 쉬었다.

발길을 남으로 돌려 고갯마루에 올라 고개 들어 바라보니 비로봉(毘盧峰)이 우뚝 서서 하늘 밖에 꽂혀 있었는데, 두 겨드랑이에 날개가 나지 않으면 오를 수 없었다. 소객(騷客)과 시를 잘 짓는 승려들 중 혹 인연이 있어 오르게 되면, 갑자기 풍우가 사납게 내려 곤경에 처해 되돌아오곤 했으니, 신선들이 왕래하는 땅은 불을 때서 밥을 먹는 속세의 인간들이 쉽게 도달할 수 있는 곳이 아니었다.

몇 리를 가서 수령(水嶺)에 올라 잠시 쉬었었는데, 고갯마루 서쪽은 내산(內山)이라 칭하고, 동쪽은 외산(外山)이라 칭했다. 북으로 수백 걸음에 안문점(雁門岾)이 있다. 거사가 묻기를,

"비로봉과 안문점과의 거리가 얼마인가?"

라고 하니, 한 승려가 대답하기를,

"20리입니다."

라고 했다. 거사가 한숨 쉬고 탄식하며 말하기를,

"구경을 그만둘 것이로다. 이 산은 진실로 해외(海外)의 원교(圓嶠)[57]와 방호(方壺)[58]로 중국의 시인과 도사(道士)들이 유람하기를 바랐지만 그럴 수 없었다. 나는 편협한 곳에서 태어났지만 다행스럽게 여기에 이르렀으니, 천고(千古)에서 한 가지 유쾌한 일이 아니랴."

라고 했다. 나는 새로 얻은 병으로 다리가 연약해져 비록 비로봉을 건너 구정봉(九井峰)에 올라 비선대(飛仙臺)를 끼고 하늘을 바라볼 수는 없었지만, 가슴속이 드넓음은 지난날과 다르니, 오히려 무엇을 아쉬워하랴.

또 생각하건대, 동한(東漢) 응소(應劭)[59]씨의 〈등태산기(登泰山記)〉에,

"중관음봉(中觀音峰)과 평지는 20리 떨어져 있다. 중관음봉에서 10리를 가면 천궐(天闕)에 이르고, 또 7~8리를 가면 천문(天門)에 이른다. 또 동쪽 가로 몇 리를 가서 석단(石壇)에 오르면, 그곳이 가장 높

---

57 원교(圓嶠) : 전설 속의 선산(仙山), 즉 발해에 있다는 삼신산(三神山)을 가리킨다.

58 방호(方壺) : 신선이 사는 산 이름. 열자(列子)에 보인다.

59 응소(應劭) : 동한(東漢) 여남(汝南) 사람으로, 자가 중원(仲遠)이다. 박학다식하여 한(漢)의 관직·예의(禮儀) 고사(故事) 등에 관한 저술을 남겼으며, 《풍속통(風俗通)》을 찬(撰)하였다.

은 곳이다."

라고 하였다. 이 고개와 평지의 거리는 55리이며, 비로봉은 또 이곳과의 거리가 20리이다.

금강산은 태산(泰山)보다 높다. 넓이와 둘레는 또 두 배가 되어 마치 청성산(靑城山)·천태산(天台山)[60]과 같기에, 또한 신선이 사는 도산[道山]으로 불리기도 한다. 하지만 결단코 이 산에게 격조(格調) 하나를 양보해야 할 것이며, 천하의 여러 산들 중 오로지 곤륜산(崑崙山)만이 이 산에 대적할 수 있다. 하늘이 넓고 큰 공중의 바깥에 두 산을 대등하게 나열하고, 해와 달로 문호(門戶)를 삼아 명산(名山)을 품평(品評)한 것은 진실로 우열을 따질 수 없을 것이다. 두공부(杜工部)가 말하기를,

"방장산(方丈山)은 삼한(三韓)의 밖에 위치하고, 곤륜산은 만국(萬國)의 서쪽에 솟아 있네."

라고 했으니, 참으로 명언이다.

고개를 내려와 외산(外山)으로 들어가니, 외산은 조금씩 겉과 속이 섞이기 때문에 단풍나무·회나무의 짙음이 내산보다 더하다. 봉우리가 붉은 숲 비춰 그늘 밖에서 몰래 만나기에 사람들로 하여금 정신을 펴고 기운을 화창하게 해 느긋하게 한가로움을 보내는 정취가 있게 한다. 저녁에 유점사에서 투숙했는데, 산중의 큰 절이다. 향을 사르며 삼경(三更)을 알리는 종소리가 밤새도록 귀에 남아 말똥말똥 잠들지 못했다.

---

60 청성산(靑城山)·천태산(天台山) : 청성산은 중국 사천성(四川省) 성도에 있는 산으로, 도교의 발흥지이며 오악(五嶽)의 으뜸으로 알려져 있다. 천태산은 절강성에 있으며, 안탕산(安宕山)과 더불어 봉우리가 높고 빼어나기로 유명하다.

다음날 구점(狗岾)을 넘어 백천교(百川橋)에 이르렀다. 말을 타면 장안사로부터 산의 북쪽을 따라 작은 길로 행하여 200여 리 더 가니 먼저 와서 기다리고 있는 백천교 아래에 겨우 도착하였다. 다리를 건너 말을 타고 고성(高城)의 해산정(海山亭)에 닿으니, 밤 인정(人定)[61]이었다.

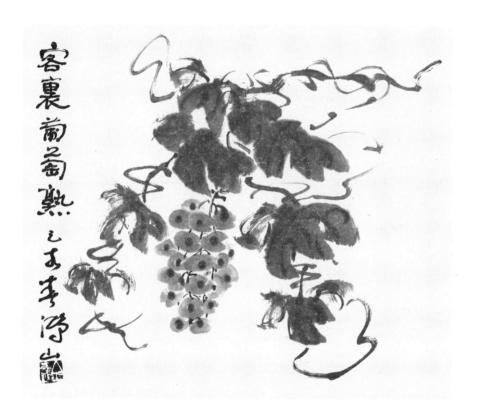

---

61 인정(人定) : 밤에 통행을 금하기 위하여 종을 치던 일로 사람이 자는 시각을 가리킨다.

망양정기望洋亭記 이산해李山海

　나는 유년시절부터 글짓기를 좋아하였으니,

　"글은 배워서 능할 수 있다."

고 생각하였다. 그리하여 옛사람의 서적을 구하여 읽고 마음에 기억하고 입으로 독송하기를 오래 한 다음 시험적으로 써 보았더니, 글은 비록 이루어졌으나 비루하여 보잘 것이 없었다. 이에 생각해 보니, 글이란 기세가 주가 되므로 기세가 충실하지 못한다면 글도 잘할 수는 없었다.

　옛날에 사마천은 천하의 명산대천을 두루 유람하고 그 기운을 얻어 말로 나타내었던 까닭에 그 글이 꾸밈이 없고 기이하고 굳세며 변화(變化)가 무쌍한 것이었다. 나는 서해 가에서 태어났고, 그나마 나라 안의 기이한 경관들도 다 보지 못하였으니, 글이 이처럼 조잡한 것도 괴이할 것이 없었다.

　그 후 영동(嶺東)으로 적거(謫居)되어 가는 길에 낙산을 지나면서 일출을 보고, 강릉을 지나면서 경포대와 한송정의 빼어난 경관을 바라보고, 소공대(召公臺)를 지나면서 아득히 먼 울릉도의 모습을 바라보았으니, 기쁘고 반가운 마음이 들었다. 또한 망양정에 올라, 하늘은 푸르고 바다는 넓어 그 크기가 끝이 없고 그 넓이가 가가 없으며, 그 깊이가 끝이 없음을 본 뒤에야, 비로소 평생 아름다운 광경을 유감없이 다 보았다고 마음에 느껴졌다.

모든 냇물이 도도히 흘러 밤낮으로 그치지 않는 것을 보고는 기(氣)는 반드시 근원을 길러야 하며, 문장은 중후(重厚)하고 깊고 멀지 않아서는 안 된다는 것을 알았으며, 해와 달과 별이 하늘을 돌아 쉼없이 출몰하는 것을 보고는 기세는 중간에 끊기는 일이 있어서는 안 되고, 문장은 순수하여 충실하고 굳세지 않아서는 안 된다는 것을 알았으며, 용과 고래가 물기둥을 뿜으며 사납게 날뛰는 것을 보고는 기세는 모름지기 웅장해야 하고, 문장은 크게 움직여서 높이 솟아야 한다는 것을 알았으며, 신기루와 오서(鰲嶼, 신선이 산다는 섬)가 숨었다 나타나며 멀리서 명멸(明滅)하는 것을 보고는 기세는 모름지기 침착해야 하고, 문장은 기이하게 예스럽고 유묘(幽眇)하지 않아서는 안 된다는 것을 알았다.

또한 성난 파도가 울부짖으며 지축(地軸)을 뒤흔들고 산봉우리와 흰 수레와 백말 등의 모습을 한 파도가 얼음덩이 같은 하얀 포말을 일으키며 좌충우돌하여 마구 내닫는 것을 보고는, 기세는 모쪼록 굳세어야 하고 문장은 높이 빼어나지 않아서는 안 된다는 것을 알았으며, 바람이 잠들고 물결이 잔잔하여 수면이 잘 닦은 거울 같고 위에는 오직 하늘뿐이고, 아래에는 오직 물뿐이어서 달빛이 언뜻언뜻 비치는 가운데 물과 하늘이 서로 어우러져 있는 광경을 보고는, 기(氣)는 모쪼록 응정(凝定)⁶²해야 하고 문장은 넓고 깊지 않아서는 안 된다는 것을 알았다.

이와 같이 천지의 사이에 만물의 변화로서 놀랄 만하고, 환희할만하여 사람으로 하여금 근심하게 할 만하고, 슬퍼하게 할 만한 것들을 이 정자 위에서 남김없이 거두어 잡아 나의 기운을 돕게 한다면, 문장으로 발휘되는 것이 모든 법식과 온갖 자태를 모두 갖출 것이니, 예전에 기록하고 외우고 표절하기만 일삼던 것과 비교하면 과연 어떠하겠는가.

아, 내가 연약한 몸으로 정자에 올라 천지를 굽어보고 우러러보니, 나의 존재가 하루살이보다도 더 보잘 것이 없건만, 높푸른 하늘과 드넓은 땅, 아득한 바다와 수많은 만물이 갖가지 괴이한 변화를 일으키면서 마음속으로 달려 들어와 나의 작용이 되지 않음이 없으니, 그 또한 장관이라 하겠다.

이에 한 호리병의 텁텁한 막걸리를 스스로 마시고 취해 백발로 정자 위에 쓰러져 누우면 천지가 하나의 이부자리이고, 바다가 하나의 도랑이고 고금이 하나의 순간이라, 시비며 득실이며 영욕이며 희비(喜悲)하는 따위는 남김없이 융해되고 세척되어 저 거친 혼돈의 세계에서 조물주와 서로 만나게 되니, 그 또한 통쾌하다 하겠다.

그 장엄함이 이와 같고 그 통쾌함이 이와 같고 보면, 기세가 어찌 충실하지 않을 수 있겠으며, 또한 어찌 결핍됨이 있을 수 있겠는가. 이러한 뒤에 붓을 잡고 종이를 펴서 시험 삼아 내 마음속에 간직한 것을 쓴다면, 그 글을 보고 필시 무릎을 치며 탄복하는 이가 있을 터이

62 응정(凝定) : 확실하고 견고함.

니, 오늘 이 정자에서 얻은 바가 훌륭하지 않겠는가.

　정자는 군(郡) 북쪽 30리 거리의 바닷가 깎아지른 벼랑 위에 있는데, 고인이 된 군수 채후(蔡侯)가 세운 것이다.

　모년 모일에 기(記)를 쓰노라.

금강산에서 본 것을 기록하다 이이李珥

吾生賦性愛山水
오 생 부 성 애 산 수
나의 성품이 산수를 사랑하여

策杖東遊雙蠟屐
책 장 동 유 쌍 랍 극
나막신 신고 지팡이 짚고 동쪽으로 유람하였네.

世事都歸掉頭中
세 사 도 귀 도 두 중
세상일 돌아가는 것 머리 흔들어 싫다 하고

只訪名山向楓嶽
지 방 명 산 향 풍 악
다만 명산 찾아 풍악산으로 향했다네.

初沿石川得小逕
초 연 석 천 득 소 경
비로소 석천(石川)을 따라 작은 길 찾았는데

漸見鳥道通山麓
점 견 조 도 통 산 록
갈수록 험한 길이 산기슭으로 통한다네.

林間有寺知不遠
임 간 유 사 지 불 원
숲속에 있는 절 멀지 않음을 아는데

靑煙起處疎鍾落
청 연 기 처 소 종 락
연기 피어오르는 곳 거친 종소리 나는데

行行日暮路窮時
행 행 일 모 로 궁 시
걷고 걸어 해 저물고 길도 끝날 즈음에

蒼檜蕭森露朱閣
창 회 소 삼 로 주 각
푸르른 전나무 우거진 사이로 붉은 누각 보인다네.

僧房寄臥不成夢
승 방 기 와 불 성 몽
승방에 누웠으나 단잠 이루지 못하는데

隔窓終夜聞飛瀑
격 창 종 야 문 비 폭
창 너머 폭포소리 밤새도록 들린다네.

平明粥熟木魚動
평 명 죽 숙 목 어 동
오늘 아침 죽 공양 알리는 목어(木魚)[63] 소리 울리는데

一庭緇髡羅千百
일 정 치 곤 라 천 백
수많은 승려들 뜰에 가득 늘어선다네.

我時出門問前途
아 시 출 문 문 전 도
내 그 무렵에 문을 나와 앞길을 물었는데

有僧指點青山北
유 승 지 점 청 산 북
어떤 중이 손끝으로 청산 북쪽을 가리킨다네.

褰衣披草不辭勞
건 의 피 초 불 사 로
옷 걷어 올리고 풀 헤치며 괴로움 마다하지 않는데

欲使清風駕兩腋
욕 사 청 풍 가 량 액
맑은 바람을 두 겨드랑에 끼고 가고 싶다네.

藤蔓蔽日入洞深
등 만 폐 일 입 동 심
등나무덩굴이 햇빛 가린 골짜기 깊숙이 들어가니

石角拘衣知路窄
석 각 구 의 지 로 착
돌부리에 옷자락이 걸려 좁은 길임을 안다네.

直上高峯始豁然
직 상 고 봉 시 활 연
곧장 높은 봉우리에 오르니 비로소 시야가 탁 트였는데

萬境森羅收不得
만 경 삼 라 수 불 득
많은 승경의 만상(萬象)을 다 수렴할 수 없다네.

風聲水響浩難分
풍 성 수 향 호 난 분
바람소리인지 물소리인지 호방하여 분별하기 어려운데

63 목어(木魚) : 불가(佛家)에서 쓰는 법기(法器). 나무를 조각하여 둥그런 물고기 모양으
로 만들고 속은 파서 비게 한 다음 독경(讀經)·예불(禮佛)·죽반(粥飯) 기타 무슨 일
이 있어 승려를 모이게 할 때 이것을 두들겨 소리를 냄. 주희(朱熹)의 시에, "죽과 밥
어느 때나 목어를 함께 할까.[粥飯何時共木魚]" 하였다.

173

幾道飛泉喧衆壑
기 도 비 천 훤 중 학

멀리 쏟아지는 폭포소리 많은 골에 요란하다네.

擡頭東望眼力盡
대 두 동 망 안 력 진

머리 들어 동쪽 바라보니 끝없이 아련한데

茫茫大洋連天碧
망 망 대 양 련 천 벽

넓은 큰 바다 하늘과 연하여 푸르게 보인다네.

逍遙便作物外人
소 요 편 작 물 외 인

명산 유람하니 어느덧 속세 벗어난 사람 되었는데

洗盡胸中塵萬斛
세 진 흉 중 진 만 곡

가슴속의 수많은 번뇌 모두 씻어 버렸네.

忽驚蘭若在林端
홀 경 란 약 재 림 단

수림 끝에 절 갑자기 나타나서

往叩禪扉聲剝啄
왕 고 선 비 성 박 탁

즉시 찾아가서 선방 창문 똑똑 두드렸다네.

空庭寥寂一鳥鳴
공 정 요 적 일 조 명

텅 빈 정원 고요하고 새소리만 들리는데

門外溪淸難濯足
문 외 계 청 난 탁 족

문밖에 흐르는 물 맑아 씻기 어렵다네.

更尋幽逕傍危巖
경 심 유 경 방 위 암

다시 오솔길 옆 위태로운 바위 찾았는데

引手攀蘿屢攲側
인 수 반 라 루 기 측

손 뻗어 덩굴 잡으려다 여러 번 미끄러졌다네.

崎嶇上下得小庵
기 구 상 하 득 소 암

험한 산길 오르내리며 작은 암자 발견했는데

四面芳草無人迹
사 면 방 초 무 인 적

사방에 방초 우거지고 사람 흔적 볼 수 없다네.

峯巒削立怪欲飛
봉 만 삭 립 괴 욕 비

깎아지른 산봉우리 괴이하고 날아가려 하는데

雪色嵯峨逈無極　눈처럼 하얀 높은 산들 끝없이 멀리 보인다네.
설 색 차 아 형 무 극

靑天去地不盈尺　푸른 하늘과 이곳이 한 자도 안 떨어졌으니
청 천 거 지 불 영 척

頭上星辰手可摘　머리 위의 별들을 손으로 딸 것만 같다네.
두 상 성 진 수 가 적

雲來雲去何所見　어느 곳을 바라봐도 오가는 구름뿐인데
운 래 운 거 하 소 견

階下千峯靑又白　뜰아래 수많은 봉우리 푸르거나 하얗다네.
계 하 천 봉 청 우 백

雷聲殷殷俯可聽　은은히 나는 천둥소리 엎드려 들으니
뇌 성 은 은 부 가 청

知是人間風雨作　이 세상에 비바람 일어남을 안다네.
지 시 인 간 풍 우 작

排門忽見入定僧　문 열고 문득 입정(入定)[64]한 스님을 바라보니
배 문 홀 견 입 정 승

鍊得身形瘦如鶴　수련으로 단련된 몸 여위어 학과 같다네.
연 득 신 형 수 여 학

欣然見我不相語　흔연히 바라보고 서로 말하지 않는데
흔 연 견 아 불 상 어

淨掃禪牀留我宿　깨끗이 마루 쓸고 나 유숙하게 한다네.
정 소 선 상 류 아 숙

凌晨蹴我見出日　이른 새벽 나 깨워 일출 모습 보라기에
능 신 축 아 견 출 일

---

64 입정(入定) : 불가에서 참선(參禪), 즉 선정(禪定)에 들어가는 것을 입정이라 하고 선정을 끝내고 나오는 것을 출정(出定)이라 하는 데서, 입정승은 곧 선정에 들어간 승려를 가리킨다.

驚起開窓遙送目
경 기 개 창 요 송 목
놀라 일어나 창문 열고 멀리 바라보았네.

東方盡入紅錦中
동 방 진 입 홍 금 중
동방이 모두 붉은 비단 속으로 빠져 들어가서

不辨朝霞與海色
불 변 조 하 여 해 색
아침노을과 바다의 붉은 빛 분별할 수 없다네.

須臾火輪涌扶桑
수 유 화 륜 용 부 상
잠시 뒤 붉은 해 부상에 솟아올랐는데

照破乾坤一夜黑
조 파 건 곤 일 야 흑
천지에 비춰서 어둡던 밤 깨뜨려 버렸다네.

僧言此地最奇絶
승 언 차 지 최 기 절
여기가 가장 기막힌 경치라고 승려는 말하는데

世間何翅仙凡隔
세 간 하 시 선 범 격
어찌 세간의 신선과 범부 차이뿐이겠는가!

嗟余俗緣磨不盡
차 여 속 연 마 불 진
아! 나 아직 세속 인연 다 끊지 못했으니

不能棲此全吾樂
불 능 서 차 전 오 악
이곳에 살며 나의 즐거움 온전히 할 수 없겠네.

他年勝遊如可續
타 년 승 유 여 가 속
만일 후년에 이런 유람 계속하게 된다면

寄語山靈須記憶
기 어 산 령 수 기 억
산신령은 꼭 기억해 주시리라 믿는다네.

합강정合江亭에 오르다 황경원黃景源

그저 산곡(山谷)의 아취를 구할 뿐이니
길 위의 어려움은 꺼리지 않는다네.
쓸쓸히 외로이 솟은 정자 있는데
두 개의 물줄기 외돌려 흘러간다네.
철새들은 골 어귀로 돌아가는데
조는 사슴 소나무 사이에 누워 있다네.
자줏빛 노을이 저 은하수로 통하니
멀리서도 설악산인줄 알겠네.

秪求林壑趣 지구림학취

不憚道途艱 불탄도도간

蕭灑孤亭聳 소쇄고정용

紆縈二水環 우영이수환

羈禽歸谷口 기금귀곡구

眠鹿偃松間 면록언송간

霞氣通辰漢 하기통진한

遙知雪嶽山 요지설악산

177

합강정合江亭[65]에서
현판 위의 시운을 차운次韻[66]하다

두 줄기 강물 합하여 여러 산봉우리 안고 도니

높이 솟은 정자에 거울을 펼쳐놓은 것 같다네.

울어대는 꾀꼬리 깊은 숲에 보이는데

물차고 나는 해오리 먼 물가에서 찾아오네.

붉게 핀 산화(山花)는 절벽 에워싸고 있는데

구름다리의 버드나무 푸르러 술잔에 넘친다네.

슬프도다 도옹[67]선생은 이제 있지 않은데

석양에 외로운 소나무 지나 홀로 누대 올랐다네.

※ 정자 서쪽에 도암(陶庵)의 유지(遺址)와 손수 심은 소나무가 있다.

---

65 합강정(合江亭) : 인제 8경 중의 하나이다. 정자 앞으로 내린천과 인북천이 합류하는 합강(合江)이 흐른다고 하여 합강정이라는 이름이 붙었다. 인제 지역 최초의 누정으로 1676년(숙종 2)에 건립하였으며, 화재로 소실된 것을 1756년(영조 32)에 중수하였다. 1760년 간행된 《여지도서》에 '십자각 형태의 5칸 누각'이라는 기록이 남아 있다. 1865년(고종 2)에 6칸으로 중수되었고, 한국전쟁 때 폭격으로 무너진 것을 1971년에 6칸 정자로 다시 건립하였다. 지금의 합강정은 1996년 국도 확장 공사 때 철거하였다가 1998년 6월 정면 3칸 · 측면 2칸의 2층 목조 누각으로 복원한 것이다.

66 차운(次韻) : 남이 지은 시에서 운자를 따서 시를 지음.

67 도옹(陶翁 : 李縡) : 1680(숙종 6)~1746(영조 22). 조선 후기의 문신. 본관은 우봉(牛峰). 자는 희경(熙卿), 호는 도암(陶菴) · 한천(寒泉). 유겸(有謙)의 증손으로, 할아버지는 숙(翻)이고, 아버지는 진사 만창(晩昌)이며, 어머니는 민유중(閔維重)의 딸이다. 김창협(金昌協)의 문인이다.

雙流合抱衆峰廻 쌍류합포중봉회

嶃嵼高亭鏡面開 체얼고정경면개

恰恰嬌鸎深樹見 흡흡교앵심수견

飛飛浴鷺遠汀來 비비욕로원정래

山花石壁紅圍障 산화석벽홍위장

官柳烟橋綠漲杯 관유연교록창배

惆悵陶翁今不在 추창도옹금부재

孤松斜日獨登臺 고송사일독등대

낭교역狼交驛에 가는 도중에

굽이굽이 돌아 흐르는 물소리 들리는데
오르고 또 올라도 산이라네.
위태로운 절벽 천 길이나 되는데
옆으로 가면서 열 번이나 돈다네.
꽃피는 따듯한 날 벌집은 고요한데
깊은 송림(松林)의 학 한가히 존다네.
거친 오솔길 인적이 드문데
사립문 닫았으니 적막하기만 하다네.

曲曲惟聞水 곡곡유문수
登登更有山 등등경유산
危巖千仞秀 위암천인수
仄路十廻環 측로십회환
花暖蜂窠靜 화난봉과정
松深鶴睡閒 송심학수한
荒蹊人迹少 황혜인적소
寂寞掩柴關 적막엄시관

연수파延壽坡 일명은 미시령尾始嶺이다

지팡이 짚고 푸른 산중에 서 있으니

넓고 먼바다 눈가에 들어오네.

비로소 모든 구름 발아래 있음을 알았는데

갑자기 보이던 천지가 다시 동서가 없어졌네.

높은 봉 깊은 골짜기 추운 겨울 지났는데

긴 바다 겹겹의 거센 파도 해와 바람을 누른다네.

들으니 속설에 과아씨는 일만 리를 달려와[68]

산 옮기고 북으로 달려 용궁에서 술 마셨다네.

※ 과아집(夸娥集)에는, "천하의 기봉(奇峰)이 금강산을 이루고 그리고 울산암(蔚山巖)으로 옮겨왔다. 목이 말라서 용궁에서 술을 마시고 취해서 여기에서 그쳤다."고 하였다.

一笻倚立翠微中 일공의립취미중

漠漠扶桑眼際空 막막부상안제공

---

68 북산(北山)의 우공(愚公)이 앞에 산이 가로막혀 통행이 불편하였으므로, 가족들과 함께 산을 옮기려고 매일 흙을 퍼 나르기 시작하였는데, 처음에는 산신령이 비웃었으나 자자손손 대대로 이 일을 행하겠다는 우공의 뜻을 알고는 천제(天帝)에게 보고하자, 이에 감동한 천제가 신력(神力)의 소유자인 과아씨(夸娥氏)를 내려보내 그 산을 등에 업고 다른 곳에 옮기게 했다는 우공이산(愚公移山)의 설화가 《열자(列子)》〈탕문(湯問)〉에 나온다.

始覺雲嵐全在下 시각운람전재하
忽看天地更無東 홀간천지경무동
高峰大壑經冬雪 고봉대학경동설
長海層濤鎭日風 장해층도진일풍
聞說夸娥驅萬軸 문설과아구만축
移山北走飮龍宮 이산북주음용궁

양양襄陽으로 가는 도중에

양양의 아녀(兒女)들 봄바람을 아끼는데
산길의 궁궁이가 광주리에 가득하네.
행인이 와 길 물으니 부끄러워 바라보다가
발길 돌려 작은 꽃 더미 속으로 들어간다네.

襄陽兒女惜春風 양양아녀석춘풍
山徑蘼蕪滿碧籠 산경미무만벽롱
羞見行人來借路 수견행인래차로
回身飜入小花叢 회신번입소화총

낙산사 洛山寺

해동에 관음보살의 기이한 상서 나타났는데

의선대(義禪臺) 높고 새벽 구름 자욱하다네.

봄날 대나무 계단에는 새 발자국 없는데

석갑(石匣) 속 용의 구슬 밤에도 빛 발한다네.[69]

하늘 가로지른 보전(寶殿) 패엽(貝葉)[70]을 저장하는데

층루에서 동해에 오르는 해 맞는다네.

이곳 사는 스님 오히려 난지(鑾地) 뭉쳤다 말하는데

산선(繖扇)[71]의 맑은 기운에 푸른 풀 향기 인다네.[72]

東海觀音現異祥 동해관음현이상

義禪臺高曉雲長 의선대고효운장

竹階鳥篆春無迹 죽계조전춘무적

69 신라의 승(僧) 의상(義相)이 절을 창건하고 수도하였는데, 관음보살이 청조(靑鳥)로 현화(現化)해서 바다 굴에서 왔고, 쌍죽(雙竹)의 맑은 열매가 있었다는 설(說)과 용왕이 보배로운 구슬 2개를 주어서 석갑에 보관했다고 한다

70 패엽(貝葉) : 각종 불교 서적들을 가리킨다. 패엽은 불경을 기록한 나뭇잎을 의미한다.

71 산선(繖扇) : 임금의 거둥 때에 수행하는 홍양산(紅陽繖), 청양산(靑陽繖), 작선(雀扇), 연화작선(蓮花雀扇), 봉선(鳳扇), 용선(龍扇), 청선(靑扇) 등을 말한다.

72 광해군이 중궁(中宮)과 세자와 같이 순유(巡遊)하며 행차하였는데, 오늘날 산선(繖扇)과 의장(儀狀)을 원당(願堂)에 모셔놓았다고 한다.

石匣龍珠夜放光 석갑용주야방광
寶殿橫霄藏貝葉 보전횡소장패엽
層樓迎日上扶桑 층루영일상부상
居僧尙說凝巒地 거승상설응란지
纖扇淸熏碧草香 산선청훈벽초향

낙산사 중 익장益莊

해안 깎아지른 곳에
그 가운데 낙가봉 있다네.
대성(大聖)은 머물지 않을 곳에
머무르고 보문(普門)[73]은 봉하지 않을 곳을 봉했네.
명주(明珠)는 내 욕망이 아닌데
푸른 새는 그 사람을 만나네.
원하는 것은 넓은 물결 위의
둥근 달 친히 한 번 보았으면.

海岸高絶處 해안고절처

中有洛迦峯 중유락가봉

大聖住無住 대성주무주

普門封不封 보문봉불봉

明珠非我欲 명주비아욕

靑鳥是人逢 청조시인봉

但願洪波上 단원홍파상

親瞻滿月容 친첨만월용

73 보문(普門) : 불법을 깨닫도록 열어 놓은 문

낙산사 김부의金富儀[74]

바다 언덕 드높은 곳 올랐는데
머리 돌리니 다시 묵은 티끌 없고나!
대성(大聖)의 원통(圓通)한 이치 알려거든
산자락에 부딪치는 성난 파도 소리 듣게나!

一自登臨海岸高 일자등림해안고
回頭無復舊塵勞 회두무부구진로
欲知大聖圓通理 욕지대성원통리
聽取山根激怒濤 청취산근격노도

---

74 김부의(金富儀) : 고려시대의 학자(1079~1136). 자는 자유(子由). 김부식의 아우로 묘
청의 난 때 출정하여 난을 평정한 공으로 금대(金帶)를 하사받았다. 시문(詩文)에도
능하였다.

비를 만나서 모산 茅山에 사는
진사 최명근 崔命根의 집에서 자고,
자리 위에서 시를 지어 주었다

가랑비 내리는 모산에 나그네 찾아왔는데

바둑 파한 임헌(林軒)에 밤은 이미 깊었다네.

창밖 높은 산 새로운 면모 알겠는데

금중(琴中)에 흐르는 물 벗이 아는 곡이네.

묵은 정원 설순(雪筍)이 맑은 시운 남겼는데

집 연하여 사니 봄 자형(紫荊)[75]의 기뻐하는 마음 본다네.[76]

원대한 뜻 누르고 삼경(三徑)[77]의 푸름을 보는데

바람 부니 그윽한 향기 가슴에 가득하다네.

75 자형(紫荊): 콩과에 속하는 낙엽 관목이다. 남조(南朝)의 양(梁)나라 사람인 전진(田眞)의 세 형제가 재산을 나누고자 하여 살림을 나누고 마지막으로 뜰에 있는 이 나무를 가르려 하자, 자형이 곧 시들었다. 세 형제가 이에 느낀 바 있어 살림을 합하자 자형이 다시 자라 무성하게 되었다고 한다.《續齊諧記 紫荊樹》

76 최우(崔友)의 증대인(曾大人)은 효도로 포장(襃獎)을 받았고, 그 아우 명격(命格)은 집을 연하여 산다.

77 삼경(三徑): 은자가 사는 집을 말한다. 한(漢)나라 장후(蔣詡)는 자가 원경(元卿)으로, 왕망(王莽)이 집권하자 벼슬에서 물러나 향리인 두릉(杜陵)에 은거하였다. 그 뒤로 집의 대밭 아래에 세 개의 오솔길을 내고 벗 구중(求仲)과 양중(羊仲) 두 사람하고만 교유하였다.《蒙求 蔣詡三逕》

茅山細雨客相尋 모산세우객상심

棋罷林軒夜已深 기파림헌야이심

窓外高岑新識面 창외고잠신식면

琴中流水舊知音 금중류수구지음

古庭雪筍遺清韻 고정설순유청운

連室春荊見喜心 연실춘형견희심

遠志留看三徑綠 원지유간삼경록

風來幽馥滿疎襟 풍래유복만소금

경포대鏡浦臺[78]에서
현판 위의 시운을 차운하다

구불구불한 역전 길 강선루에 연했는데
해루(海樓)의 봄 정경 아득한 옛날 같다네.
다닌 행적 갈 붓으로 공첩(公牒)[79]에 쓰는데
술자리 뒤 비단 적삼 입고 이별함 슬퍼한다네.
먼 포구 도는 구름 비단 편 것 같은데
석양의 조그만 숲 안개 연하여 끼었다네.
황혼의 경포대 바다 달맞이하는데
화려한 배 중류(中流) 향해 출선한다네.

驛路逶迤接降仙 역로위이접강선

海樓春色杳如年 해루춘색묘여년

行餘荻筆題公牒 행여적필제공첩

酒後羅衫悵別筵 주후나삼창별연

遠浦歸雲橫似練 원포귀운횡사련

短林斜日淡於烟 단림사일담어연

黃昏鏡水堪邀月 황혼경수감요월

且向中流放畫船 차향중류방화선

---

78 경포대(鏡浦臺) : 강원도 강릉시 저동에 있는 누대.

79 공첩(公牒) : 국가 기관이나 공공 단체에서 발급하는 공사(公事)에 관한 편지나 서류.

경포대鏡浦臺에서
《여지승람》시에 차운하다 윤증尹拯

신선이 사는 단구와 적성 보지는 못했지만
그대에 묻나니 어느 곳이 이곳과 정서 같다 하는가!
하늘빛에 구름 그림자 평평하게 펼쳐지고
작은 섬들이 긴 물가에 점점이 이어졌네.
수면에 바람 분단 말을 진정 알겠는데
사람이 거울 속으로 다니는 느낌이네.
무지개다리 끊기고 신선 자취 아득한데
모래 위 갈매기만 백설같이 선명하네.

不見丹丘與赤城 불견단구여적성

問他誰似此間情 문타수사차간정

天光雲影平鋪着 천광운영평포착

小島長洲點綴成 소도장주점철성

解道風來水面語 해도풍래수면어

怳如人在鏡中行 황여인재경중행

虹橋已斷仙蹤遠 홍교이단선종원

唯有沙鷗似雪明 유유사구사설명

경포대기鏡浦臺記 장유張維

우리나라 산수(山水)의 아름다움은 이미 천하에 정평이 나 있다. 우리나라 팔도강산 곳곳에 아름다운 명승(名勝)이 펼쳐지고 있지만, 그중에서도 영동이 제일이다. 북으로는 흡곡과 통천에서부터 남으로 평해와 울진에 이르기까지 전개되고 있는 영동의 아홉 개 군(郡) 또한 각자 산해의 수미한 경승을 자랑하며 신선이 살 만한 경개가 된다고 일컬어진다.

그중에서도 강릉이 으뜸이요, 강릉 주변의 1백여 리에 걸쳐 있는 승경에는 기관(奇觀)을 뽐내는 정자와 누각이 한둘이 아니다. 그중에서 경포대가 최고로 꼽힌다. 도지(圖志, 그림과 기록)를 살펴보건대, 경포는 바로 옛적에 영랑선인이 노닐었던 곳으로서 이곳에 누대를 세운 것은 고려 조정의 안렴사 박숙(朴淑)이 착수했던 것으로 되어 있다.

박숙이 공사를 시작하면서 제사를 지내려고 청소를 하다가 옛날의

192

주춧돌을 발견하였는데, 이 돌이 어느 시대의 것인지 확인할 수가 없었다고 한다. 그렇다고 하면 오래전부터 이곳에 누대가 있었던 것을 짐작할 수가 있다.

그 뒤에 또 조운흘(趙云仡)과 박신(朴信) 같은 풍류객이 멋진 문장으로 장식하면서 더욱 감탄하는 대상이 되었다. 그러다가 우리의 태조와 세조께서 동쪽 지방을 순행(巡行)하면서 다시 이곳에 거동하셨다고 한다. 그러고 보면 이 경포대가 차지하는 비중은 중국의 우왕(禹王) 때 주조한 솥인 구정(九鼎) 정도일 뿐만이 아니라고 하겠다. 그런데 병란 이후로 점차 퇴락하였는데, 아직 복원 공사가 이루어지지 않고 있었으므로, 사람들은 이를 한스럽게 여겨 왔다.

금상(今上)께서 중흥을 이루신 지 5년째 되는 해에 이명준(李命俊)이 아경(亞卿)의 반열로 있다가 이 부(府)의 태수로 나왔는데, 공은 고을을 다스리는 데는 평소부터 명수로 인정받고 있었으니, 집무를 보기 시작한 지 얼마 되지 않아 온갖 폐단이 바로잡혀져 모두 정상을 되찾게 되었다. 그가 일찍이 경포대에 올라 탄식하여 말하기를,

"이 정자를 끝까지 방치해 둔다면 우리들은 백대(百代)에 걸쳐 책망을 받아 마땅하다. 또한 우리 백성들을 번거롭고 수고롭게 해서도 안 될 일이다."

하고는, 건축의 일을 승려들에게 위촉하였다. 그러자 그들이 시주(施主)를 모집하였고 재화(財貨)가 쌓이자 공사에 착수하였으며, 얼마 지나지 않아서 완공을 보게 되었다.

이에 모습은 반듯하고 채색도 제대로 칠하니, 완연한 옛 모습을 복원하게 되었다. 일단 이렇게 완공을 하고, 급히 사람을 보내어 나에게 기문(記文)을 부탁해 왔고, 재차 이른 서신을 보면 더더욱 간절하기만

193

하였다.

나는 생각해 보건대, 경포(鏡浦)가 강릉에 있는 것은 중국의 전당(錢塘)에 서호(西湖)가 있고 회계(會稽)에 감수(鑑水)가 있는 것과 같으며, 또 경포에 누대가 있는 것은 동정(洞庭)에 악양루가 있고 예장(豫章)에 등왕각이 있는 것과 같다고 여겨진다. 이런 승경(勝景)에 이런 누각이 없는 것은, 사람의 얼굴에서 눈썹과 눈을 제거하는 것과 같다고 할 것이니, 그럴 경우 서시(西施)와 같은 절세미인이라 할지라도 어떻게 사람 모습을 이룰 수가 있겠는가.

더구나 이 누대는 우리 성조(聖祖)께서 옛적에 임어(臨御) 하신 자취가 남아 있음을 보면, 세상에서 소중하게 일컬어지고 있으니, 신선의 종적을 간직한 승경 정도에 그치지 않을 것이라 하겠다. 그런데 만약 하루아침에 결단이 나 황량하게 잡초만 우거져 있다면, 강산도 삭막해지고 분위기도 축 처지게 될 것이니, 밝은 조정의 일대 흠결이 되기에 충분할 것이다. 그렇다면 이공[李命俊]의 이번 일이야말로 그 뜻이 원대하다고 해야 할 것이니, 어찌 단지 누각에 올라가 관광이나 하는 곳으로만 여길 일이겠는가.

나는 세상과 잘 어울리지 못한 채 평소부터 늘 금상(禽向)의 지취(旨趣)[80]를 품어 왔다. 그리하여 노년에 접어들기 전에 관동의 여러 경승지를 한 번 돌아보고 싶었으나, 그러나 조정에 매인 몸이어서 스스로 떨쳐 나올 수가 없었다. 게다가 지금은 또 남쪽으로 좌천되어 내려

---

80 금상(禽向)의 지취(旨趣) : 명산대천을 떠돌아다니며 노닐고 싶은 뜻을 말한다. 후한(後漢)의 상자평(向子平), 자평은 상장(向長)의 자(字)임]이 자녀의 결혼을 모두 성사시킨 뒤, 동호인인 북해(北海)의 금경(禽慶)과 함께 오악(五岳) 명산을 돌아다니며 하고 싶은 대로 살았던 고사에서 유래한다. 《後漢書 逸民傳》

와 업무에 열중하다 보니, 속세의 속물(俗物)이 되고 말았다. 그러므로 선경(仙境)의 경광을 회상해 보면, 그 까마득하게 동떨어져 있다 말할 것이다.

그런데 고루한 내가 누각에 이름을 의탁할 수 있게 되었으니, 돌이켜 보면 커다란 행운이라고 해야 하지 않겠는가. 이에 부끄러움을 무릅쓰고 기문을 쓰게 되었다. 그러나 내외(內外)에 걸쳐있는 호산(湖山)의 무수한 경치에 대하여는 눈으로 보지 않는 한 곡진하게 표현할 수가 없으므로, 지금은 더 이상 언급하지 않기로 하였다.

청간정 清澗亭[81]

동해에 오니 하나의 누각 높은데
잡된 풀 남겨진 꽃이 옛적 정원 둘렀다네.
빈 하늘에 물 실은 흰 구름 외로운데
석양의 모래밭에 몇 그루 버드나무 푸르다네.
염전에 비 그치니 가마와 연기 모이는데
어부 집에는 바람 많고 바위 이끼 비리다네.
야외에서 술 취하니 가는 길 아련한데
말 멈추고 앉으니 나 자신도 잊는다오.

東臨滄海一高亭 동임창해일고정
荒草殘花繞古庭 황초잔화요고정
空天積水孤雲白 공천적수고운백
斜日明沙數柳靑 사일명사수유청
鹺田雨歇窯烟合 차전우헐요연합
漁戶風多石蘚腥 어호풍다석선성
野酒釀人迷去路 야주훈인미거로
停驂因欲坐忘形 정참인욕좌망형

---

81 청간정(清澗亭) : 강원도 고성군 토성면 청간리 해안에 있는 정자.

청간정 清澗亭 최립崔岦

양양에 부임하지 않고 간성에 온 것이
보낸 세월 모두 십구 년이라네.
원래 동해를 한번 유람해 볼 계획이었는데
백발이 되어서야 백구(白鷗)의 시기함을 면했다네.

襄陽不赴杆城來 양양불부간성래
首尾流年十九回 수미류년십구회
東海一遊元有計 동해일유원유계
白頭眞免白鷗猜 백두진면백구시

청간정淸澗亭 유몽인柳夢寅

바다 덮은 비린 구름 한낮에도 걷히지 않는데
층층의 눈 쌓인 집들 긴 물가에 솟았다네.
관동은 오월에도 추위가 엄중하니
여우 털 갖옷도 쓸모없는 제일의 누대라네.

罨海腥雲午不收 엄해성운오불수

層層雪屋驀長洲 층층설옥맥장주

東關五月寒威重 동관오월한위중

狐白無功第一樓 호백무공제일루

건봉사 乾鳳寺[82]

서쪽 정자 아래서 말고삐 돌렸는데
가람(伽藍)은 석양에 있다네.
유람하는 나그네 피곤하여 난간에서 조는데
새벽의 염불소리 길게 늘어진다네.
넓은 바다와 하늘의 구름 접했는데
산 깊어 초목이 향기롭다네.
막아선 그 관리 돌아갔는데
마을 주점에는 남은 술이 있다네.

回馬西亭下 회마서정하
伽藍在夕陽 가람재석양
客勞昏睡爛 객노혼수란
禪誦曉聲長 선송효성장
海濶天雲接 해활천운접
山深草木香 산심초목향
屛他官吏去 병타관이거
村酒有餘觴 촌주유여상

82 건봉사(乾鳳寺) : 강원도 고성군 간성읍 신안리 금강산에 있는 절.

건봉사乾鳳寺에 묵으며 빗소리를 듣고 신흠申欽

초겨울 빈산에 비 내리는데
삼경에 멀리 떠나온 나그네 마음 쓸쓸하다네.
일찌감치 몰려온 추위 문틈에 스미는데
옷이며 이불 눅눅하여 윤기 난다네.
물방아 소리 자주 들리는데
향등의 불빛 흐려 꺼지려 한다네.
눈 아래 바로 펼쳐진 동해 바닷가
깊은 시름과 비교함이 용이하다네.

十月空山雨 십월공산우
三更遠客心 삼경원객심
早寒侵戶牖 조한침호유
微潤濕衣衾 미윤습의금
水碓聲還數 수대성환수
香燈暈欲沈 향등훈욕침
東溟却眼底 동명각안저
容易較愁深 용역교수심

총석정叢石亭 시운詩韻을 차운하다 　안축安軸

　　총석정은 통주(通州, 통천) 북쪽 20리쯤에 있는데, 가로지른 봉우리가 뾰족하게 바다에서 나온 것이 이것이다. 봉우리에 매달린 절벽과 장방형의 바위는 네모난 기둥처럼 즐비하게 서 있고, 바위의 둘레는 사방이 각각 한 자쯤 되며 높이는 대여섯 길이 된다. 모나고 곧고 평평하며 바르게 서 있는 것이 마치 먹줄을 대고 깎은 것과 같아서 크고 작은 차이가 없다. 또 해안에서 십여 자 떨어진 곳에 네 개의 바위기둥이 있는데, 물 가운데에서 서로 분리되어 서 있기 때문에 사선봉(四仙峯)이라고 한다. 모두 장방형의 바위를 몸통으로 삼고 수십 개가 합쳐져서 하나의 봉우리를 이룬다. 봉우리 위에는 작은 소나무 한 그루가 있는데, 뿌리와 줄기가 거북의 등처럼 생겨서 나이를 알지 못한다.

　　천 가지 괴상한 돌이 기이한 봉우리 이뤘는데
　　푸른 암벽의 안개비는 수묵화처럼 짙다네.
　　고래 물결 일어나니 눈서리 넘치는데
　　신기루 허공에 뜨니 누각이 중후하다네.
　　옛날 비석의 글자 마모되어 모호하기만 한데
　　파리하게 여윈 뿌리 어느 시대 소나무인가!
　　여울 가 낚시꾼은 서로 인사하고 앉았는데

달 아래 신선을 불러 만나 볼까나!
신선의 무리 비처럼 흩어져서 슬프기만 한데
세상사람 구름처럼 모이니 보기 싫다네.
만약 정자 앞의 갈매기와 짝이 된다면
인간의 속된 자취 쓸어버리겠지.

千條怪石成奇峯 천조괴석성기봉
蒼崖煙霏水墨濃 창애연비수묵농
鯨濤起海雪霜漲 경도기해설상창
蜃氣浮空樓閣重 신기부공루각중
糢糊字沒大古碣 모호자몰대고갈
癭瘦根蟠何代松 영수근반하대송
磯邊蒻笠坐相揖 기변약립좌상읍
月下羽衣招可逢 월하우의초가봉
悵望仙徒已雨散 창망선도이우산
厭看俗子如雲從 염간속자여운종
若爲亭前伴鷗鷺 약위정전반구로
却掃人間塵土蹤 각소인간진토종

202

삼일포三日浦[83]

객선이 영랑호에 떠가니

맑은 숲 짙은 안개 그림 같다네.

질펀히 흐르는 비단물결이 거울처럼 맑은데

꽃 섬을 돌고 돌아 삼호(三壺)[84]를 만들었네.

사선(四仙)[85]은 놀다가고 외로운 학만 남았는데

오마(五馬)[86]는 돌아가고 한 마리 오리만 보인다네.

오늘 밤 빈 정자 숙박할 수 있는데

석양에 술 떨어져 다시 술 사 오라 했다네.

---

83 삼일포(三日浦) : 강원도 고성군에 있는 호수.

84 삼호(三壺) : 《습유기(拾遺記)》〈고신(高辛)〉에 이르기를 "삼호(三壺)는 바로 바닷속에 있는 세 산으로, 첫 번째는 방호(方壺)인데, 이는 방장산(方丈山)이고, 두 번째는 봉호(蓬壺)인데, 이는 봉래산이고, 세 번째는 영호(瀛壺)인데, 이는 영주산(瀛洲山)으로, 모양이 마치 술병과 같이 생겼다."라고 하였다.

85 사선(四仙) : 신라시대의 이른바 사선(四仙)이 사흘 동안 머물며 노닐었다는 곳의 석벽(石壁)에 새겨진 '술랑도남석행(述郎徒南石行)'이라는 붉은색의 여섯 글자를 말하는데, 옛날에 그 고을 사람이 유람 온 자들을 접대하기가 괴로워서 이 글씨를 깎아 내리려고 하였지만, 5촌(寸)가량이나 깊이 새겨져 있던 까닭에 자획(字畫)을 없애지 못했다는 이야기가 《가정집》 권 5 〈동유기(東遊記)〉에 나온다.

86 오마(五馬) : 예로부터 태수(太守)의 행차에 말이 다섯 필이었으므로, 오마(五馬)라 하면 태수(太守)를 이름이다.

客帆初入永郎湖 객범초입영랑호
淡樹濃烟似畫圖 담수농연사화도
溶漾錦波明一鑑 용양금파명일감
縈廻花嶼作三壺 영회화서작삼호
四仙遊去留孤鶴 사선유거유고학
五馬行歸見隻鳧 오마행귀견척부
今夜空亭不妨宿 금야공정부방숙
斜陽酒盡復須沽 사양주진복수고

삼일포 三日浦　**최립**崔岦

비 갠 날 서른여섯 봉우리 소라와 나비 같은데
쌍쌍의 하얀 새 맑은 파도 따라 논다네.
삼 일 동안 노닌 신선 아직도 다시 오지 않는데
십주(十洲)[87]에 승경이 많음을 새로이 깨달았네.

晴峯六六斂螺蛾 청봉육륙렴라아
白鳥雙雙弄鏡波 백조쌍쌍롱경파
三日仙遊猶不再 삼일선유유불재
十洲佳處始知多 십주가처시지다

---

87 십주(十洲) : 신선들이 산다는 바닷속의 열 군데 선경(仙境)을 말한다.

다시 한 수를 더 짓다 최립崔岦

※ 삼일포 남쪽 벼랑에 '술랑도남석행(述郞徒南石行)'이라는 붉은 글씨 여섯 자가
새겨져 있다. 정서천(鄭西川)은 남석(南石)이 사선(四仙)의 하나라고 인식하고 있
는데, 내 생각에는 잘못된 해석일 듯하다.

세 번 악양 관람함을 남들은 알지 못하는데
시끄러운 세상 암객(巖客)[88]은 앉아서 시만 쓴다네.
사선은 어찌 깨달아 붉은 글자 남겼는가!
응당 남석(南石)으로 간 것이 한이라네.[89]

三入岳陽人不識 삼입악양인불식
世喧巖客坐詩成 세훤암객좌시성
四仙豈覺留丹字 사선기각류단자
應恨當時南石行 응한당시남석행

88 암객(巖客) : 암혈(巖穴)에 사는 은사(隱士)를 말함.
89 신라시대의 이른바 사선(四仙)이 사흘 동안 머물며 노닐었다는 곳의 석벽에 새겨진
'술랑도남석행(述郞徒南石行)'이라는 붉은색의 여섯 글자를 말하는데, 사선의 이름
과 관련하여 이 비문의 해석이 다양하여 아직 정설이 없다.

삼일포 유람기 홍여하洪汝河

　다음날 해산정(海山亭)에서 말을 타고 북으로 5리 정도 가서 도착한 곳이 삼일포였으니, 배를 둘로 묶어야 들어갈 수 있었다. 남으로 가서 단서벽(丹書壁) 아래에 이르니, 네 신선[90]들이 이름을 써 놓은 곳으로, 성화(成化) 연간에는 여섯 글자는 오히려 알아볼 수 있었는데, 가까운 곳에 사는 주민들이 많은 유람하는 사람들 때문에 고달파서 글자를 파냈다고 한다.

　승(僧)이 옷깃을 당기기에 올라가서 목을 빼어 살펴보니, 호사가들이 모방해서 글씨를 써 놓은 것으로 비슷하지 않았다. 선조인 허백공(虛白公)[91]이 일찍이 관동의 관찰사였을 때에 이 삼일포를 유람하면서 시 한 편을 지었었는데, 당시 사람들이 단서벽 옆 돌에다 새겨서 감실(龕室)을 만들어 간수하였다고 하는데, 그러나 지금은 정자 안으로 옮겼다. 곧바로 배를 돌려 정자 가에 대고 완상하였다.

　정자는 호수 중앙에 있었으니, 암석이 지극히 희한하고 기괴했다. 결국 배를 타고 내려가 북쪽 물가를 따라 동으로 가보니, 호수 전체의

---

90 네 신선 : 네 신선은 신라시대의 사선(四仙)인 영랑(永郞)·술랑(述郞)·남석랑(南石郞)·안상랑(安詳郞)을 가리키며, 그들은 삼일포 남쪽 산봉우리의 북쪽 석벽(石壁)에 '영랑도남석행(永郞徒南石行)'이라는 여섯 글자가 붉은 글씨로 새겨졌다고 한다. 성화(成化)는 명 헌종(憲宗)의 연호로 1464~1487년까지다.

91 허백공(虛白公) : 시호가 문광인 홍귀달(洪貴達, 1438-1504)을 가리킨다. 그는 홍여하의 5대조이다.

승경을 다 볼 수 있었다. 날이 저물어 단서벽 아래에 배를 대고 문득 바라보니, 흰 학 네 마리가 북쪽 물가의 아지랑이 위를 빙빙 돌다가 알연(戞然)[92]하게 길게 울며 가버렸는데, 배에 탄 사람들이 모두 기이하게 여겼다. 호수 안의 광경은 시격을 갖춘 시가 새겨져 있으니, 여기에 군더더기를 더하지 않는다. 그 시는 다음과 같다.

昔聞三日浦   예부터 삼일포 명성 들었는데
석 문 삼 일 포

今上四仙亭   이제야 사선정에 오른다네.
금 상 사 선 정

水拍白銀盤   물은 하얀 은반(銀盤)에 부딪치는데
수 박 백 은 반

山圍蒼玉屛   산은 푸른 옥 병풍을 둘렀다네.
산 위 창 옥 병

天空彩雲濕   하늘에는 채색 구름이 젖어들고
천 공 채 운 습

石老秋光淸   이끼 낀 바위엔 가을빛이 맑다네.
석 로 추 광 청

仙人去已遠   신선 떠난 지 이미 오랜데
선 인 거 이 원

古亭今無楹   옛 정자는 기둥도 남지 않았네.
고 정 금 무 영

千載復吾人   천년 만에 다시 온 우리들
천 재 부 오 인

92 알연(戞然): 학이 우는 소리의 형용.

208

六字看猶明
육 자 간 유 명
여섯 글자는 아직도 선명히 보인다네.

當時遊戲處
당 시 유 희 처
당시 신선들 노닐던 곳인데

雲外笙簫聲
운 외 생 소 성
구름 밖에서 생황과 피리 소리 들린다네.

風高永郎湖
풍 고 영 랑 호
바람이 거센 영랑호인데

月出安商汀
월 출 안 상 정
달은 안상정에 떠오른다네.

孤樽泊舟處
고 준 박 주 처
배 대는 곳에서 외로이 술잔 드는데

此固云蓬瀛
차 고 운 봉 영
여기가 바로 봉래의 영주라네.

풍악 楓嶽⁹³ 으로 향하다

구름 서린 나무 늘어지고 풀 무성한데
제천(諸天)⁹⁴에는 부용꽃이 피었네.
풍악에 오니 속진 떨쳐내기 좋아서
먼저 봉래산 제일봉에 오른다네.

雲木垂垂草茸茸 운목수수초용용
諸天花發玉芙蓉 제천화발옥부용
臨風好解塵衣去 임풍호해진의거
先上蓬萊第一峰 선상봉래제일봉

---

93 풍악(楓嶽) : 금강산(金剛山)을 사철에 따라 봄에는 금강산, 여름에는 봉래산(蓬萊山),
　　가을에는 풍악산(楓嶽山), 겨울에는 개골산(皆骨山)이라 부른다.

94 제천(諸天) : 모든 천상계(天上界). 불교에서는 마음을 수양한 경계에 따라 여러 가지
　　의 하늘이 나누어진다고 하는데, 그 모든 하늘을 말한다.

풍악산 楓嶽山으로 돌아가는 승僧을 보내며 2수 이산해 李山海

그때 여윈 말 타고 절 찾아가는데
산영루 앞 모든 나무들 붉게 물들었다네.
그대에게 말하노니 종봉(鍾峯) 노화상이여
가을 되면 혹 바닷가의 늙은이 생각나겠지.

當時羸馬訪禪宮 당시리마방선궁
山映樓前萬樹紅 산영루전만수홍
寄語鍾峯老和尙 기어종봉로화상
秋來倘憶海濱翁 추래당억해빈옹

연꽃 이미 시들고 국화꽃 만개했는데
병석에서 일어나니 부질없이 백발만 휘날린다네.
그대 멀리서 왔는데 줄 것이 없어서
문득 가을 상념에 새로운 시 쓴다네.

芙蓉已死黃花老 부용이사황화로
病起空添白髮垂 병기공첨백발수
感汝遠來無贈物 감여원래무증물
却將秋思寫新詩 각장추사사신시

신계神溪에 들어가다

바다 위 봉래산 해와 달도 한가한데
아름다운 많은 신선들 그 속에 산다네.
한나라 제왕이 배 타는 것 바라보았다는 말 들었지만
진나라 동자들 약 캐어 돌아감 보지 못했다네.
갑자기 흐르는 안개 마시니 고질병 해소하는데
다시 가랑비에 깨어 얼굴 씻는다네.
단지 세상 사람들 이름 남기려 애쓰는데
해마다 바위에 글자 새긴 자리 푸른 이끼 아롱진다네.

海上蓬萊日月閒 해상봉래일월한

羣仙綽約住其間 군선작약주기간

空聞漢帝登舟望 공문한제등주망

不見秦童採藥還 부견진동채약환

忽飮流霞消碧痞 홀음류하소벽비

更醒踈雨灑朱顔 갱성소우쇄주안

世人秪得留名字 세인지득유명자

繡石年年綠蘚班 수석연년록선반

비가 오므로 신계사神溪寺[95]에 머무르다

하늘이 멀리서 오는 나그네 가엽게 여기어서

고의로 이슬비 내려주어 산행 멈추게 한다네.

가느다란 밤 등불에 삼상(三桑)[96]을 생각하는데

새벽잠 첫 번째 인경소리에 깬다네.

일 만 골은 구름 깊은 가섭동인데

암자의 습한 꽃들 많은 향기 풍기는 곳이라네.

맑은 연못에 흐르는 물 넘쳐흐르는데

수원(水源) 찾으려 하니 길이 평탄하지 않다네.

神意如憐遠客情 신의여연원객정

故敎踈雨駐山行 고교소우주산행

宵燈細結三桑戀 소등세결삼상련

曉枕初醒一磬聲 효침초성일경성

---

95 신계사(神溪寺) : 금강산 외금강에 있는 절의 이름으로, 519년(법흥왕 6)에 보운조사
(普雲祖師)가 창건하였다. '신계사(新戒寺)', 혹은 '신계사(新溪寺)'라고 표기하기도
한다.

96 삼상(三桑) : 《신선전(神仙傳)》에 선녀 마고(麻姑)가 왕방평(王方平)에게 이르기를, "접
시(接侍)한 이래로 벌써 동해(東海)가 세 차례 상전(桑田)으로 변하는 것을 보았다."고
하였다는 데서 온 말로, 전하여 세상의 큰 변천을 의미한다.

萬壑雲深迦葉洞 만학운심가엽동

諸天花濕衆香城 제천화습중향성

珠潭活水應盈尺 주담활수응영척

正欲尋源路不平 정욕심원로불평

신계사 황경원黃景源

유객(遊客)은 가을 경치 사랑하여
구불구불 해 지는 언덕으로 들어가네.
애오라지 외로이 불당에서 묵는데
다시 두 벗과 함께 어울린다네.
흐르는 달빛 이따금 창호 사이에 보이는데
구름 내려앉아 섬돌 덮는다네.
어여쁘다, 천 산 봉우리 그림자는
밤새 높은 절 품고 있다네.

游子愛秋色 유자애추색
透迤入暮崖 위이입모애
聊從孤塔宿 요종고탑숙
復與兩生偕 부여량생해
流月時窺戶 유월시규호
橫雲尙覆階 횡운상복계
可憐千嶂影 가련천장영
永夜抱高齋 영야포고재

전의 시운을 써서 용허사龍虛師에게 주다

꽃잎 떨어지는 선방(禪房) 백 년이 한가한데
이 사이에서 의발(衣鉢) 서로 전한다네.
세상 일 흐르는 물에 부쳐 보내는데
속진의 마음 사라져서 맑은 구름 같다네.
연못에 둥근달 찾아와 비춰는데
산봉우리 봄기운에 좋은 모습이라네.
연대(蓮臺)에서 게송 파하고 새벽 풍경 고요한데
비단 가사에 연니(燕泥)[97]의 아롱짐을 본다네.

禪房花雨百年閒 선방화우백년한
衣鉢相傳在此間 의발상전재차간
世事付於流水去 세사부어유수거
塵心消似淡雲還 진심소사담운환
龍淵夜月來圓照 용연야월래원조
鰲岫春嵐對好顔 오수춘람대호안
偈罷蓮臺晨磬寂 게파연대신경적
錦袈時見燕泥斑 금가시견연니반

97 연니(燕泥) : 제비가 집짓기 위해 물고 온 찰흙.

장난삼아 시를 지어
영하상인映河上人에게 주다

결가부좌한 늙은 스님 남종(南宗) 설법하는데

부처에 올리는 천향[98]이 방에 가득하다네.

만 리 구름 밖에선 석장 들고 돌아오는데

십 년 세월 한가히 달빛 아래 종 친다네.

동문 옛길에는 봄이 아직 남았는데

백련사[99]의 푸른 인연 세상자취 접한다네.

중요함은 헛된 인생 공(空)에 돌아가는 것인데

이런 참 모습 먼저 태화봉[100]에 옮겨야 하네.

老禪跌坐說南宗 노선부좌설남종

諸佛天香滿壁濃 제불천향만벽농

98 천향 : 신년이나 명절 때 하늘에 피워 올리는 향이다.

99 백련사 : 백련사(白蓮社)의 약칭으로, 동진(東晉) 때 여산(廬山) 동림사(東林寺)의 고승(高僧) 혜원법사(慧遠法師)가 당대의 명유(名儒)인 도잠(陶潛), 육수정(陸修靜) 등을 초청하여 승속(僧俗)이 함께 염불 수행을 할 목적으로 백련사를 결성하고 서로 왕래하며 친밀하게 지냈던 데서 온 말이다.

100 태화봉 : 이백(李白)의 〈고의(古意)〉 시에 "태화산 꼭대기에 있는 옥정의 연은 꽃이 피면 열 길이요, 뿌리는 배와 같은데, 차기는 눈서리 같고, 달기는 꿀과 같아 한 조각만 입에 넣어도 묵은 병이 낫는다네.[太華峯頭玉井蓮, 開花十丈藕如船, 冷比雪霜甘比蜜, 一片入口沈痾痊.]" 하였다.

萬里遊回雲外錫 만리유회운외석

十年間打月邊鍾 십년한타월변종

靑門舊路餘春夢 청문구로여춘몽

白社靑緣接世蹤 백사청연접세종

要將幻叔歸空寂 요장환겁귀공적

眞面先移太華峰 진면선이태화봉

비 온 뒤 외금강에 가는 도중에 3수를 짓다

비 온 뒤 안개가 봄 산을 가렸는데
게으른 나그네 비스듬히 난 자갈길 찾는다네.
가는 곳마다 옷 젖음이 두려우니
우선 지팡이로 풀숲 휘저으며 가라 한다네.

春山猶鏁雨餘霞 춘산유쇄우여하
倦客閒尋石徑斜 권객한심석경사
也恐衣衫行處濕 야공의삼행처습
先敎飛錫打林花 선교비석타림화

한 몸 두 승(僧)의 어깨에 부쳤는데
층층의 파도에 매지 않은 배같이 위태하다네.
간신히 붉은 사다리길 향해 가는데
걸음마다 앞길을 경계하라 말한다네.

一身付與兩僧肩 일신부여량승견
危似層濤不繫船 위사층도부계선
辛勤去向丹梯路 신근거향단제로

步步還須戒爾前 보보환수계이전

한 봉우리 지나고 또 한 봉우리 도는데
곳곳마다 이슬 날아 누대에 떨어지네.
요즘 이부(吏部)의 문장[101] 있지 않은데
산 구름 어찌하여 나를 향해 열리는가!

一峰纔過一峰廻 일봉재과일봉회
處處飛流下玉臺 처처비류하옥대
吏部文章今不在 이부문장금부재
山雲豈肯向吾開 산운기긍향오개

---

101 이부(吏部)의 문장 : 한유(韓愈)의 문장을 말한다. 송(宋)나라 구양수(歐陽脩)의 시에,
"한림의 풍월은 삼천 수에 이르고, 이부의 문장은 이백 년이 흘렀네.[翰林風月三千
首, 吏部文章二百年.]" 하였다.

오선암 五仙巖

견여(肩輿) 타고 오선암에 이르러서
한낮의 숲 향기 취한 적삼을 적신다네.
나는 오지 않았는데 먼저 와 앉은 나그네
예부터 몇 사람인지 알지 못한다네.

肩輿行到五仙巖 견여행도오선암
日午林香襲醉衫 일오림향습취삼
我未來時先坐客 아미래시선좌객
不知從古幾人凡 부지종고기인범

앙지대仰止臺

가는 곳마다 이미 반공(半空)에 구름 떴는데
다시 높은 산 푸른 언덕에서 나온다네.
한 걸음 걷기가 천 길을 오르는 것 같은데
또한 열지어선 군선(群仙) 만나 웅대한다네.

行行己到半空雲 행행기도반공운

更有高山出翠垠 갱유고산출취은

一步若登千仞去 일보약등천인거

也應相遇列仙羣 야응상우열선군

앙지대 仰止臺 이항로李恒老

시냇물 졸졸 흐르는 이때에
한가히 걷는데 맑은 바람 분다네.
구름이 천 겹 만 겹으로 가렸으니
푸른 바다 구경 기대하기 어렵다네.

水轉微吟際 수전미음제
風淸緩步時 풍청완보시
雲屛千萬疊 운병천만첩
碧海無終期 벽해무종기

옥룡관玉龍關[102]

붉은 사다리길 이미 다 밟았지만
이 행차에 하늘 능멸할 생각 없다네.
아! 노석(老石)이 다시 창 만들었으니
서른 세 하늘이 한 줄로 통한다네.

踏盡丹梯路己窮 답진단제로기궁

此行無計可凌空 차행무계가릉공

呀然老石還成戶 하연노석환성호

三十三天一線通 삼십삼천일선통

---

102 옥룡관(玉龍關) : 신계동(新溪洞)에 위치한 바위 문으로, 화강암 괴석이 서로 맞대어
구멍을 만들어 놓은 것이다. ㄱ자 모양의 맞구멍이 상하로 뚫려 있어 돌계단으로
된 층층대를 따라 빠지게 되어 있다. 왼쪽 벽에 '金剛門(금강문)'과 '옥류동과 구룡
연으로 가는 길목'이란 의미의 '玉龍關(옥룡관)'이라는 글자가 새겨져 있다.

옥류동玉流洞[103]

벽옥봉 앞에는 하얀 옥수 흘러서
팔선녀 구역을 한 길로 감아 돈다네.
모든 하늘에 아지랑이 날아 비가 되는데
5월의 가벼운 바람 상쾌해 가을 날씨 같다네.
맑은 물에 세수하려니 보배로운 거울 같은데
반석(盤石)에 앉으니 빈 배와 같다네.
갑자기 석양빛에 많은 봉우리 드러났는데
금빛이 부처 머리에 비쳤나 의심했다네.

碧玉峰前白玉流 벽옥봉전백옥류
縈廻一路八仙區 영회일로팔선구
諸天細靄飜成雨 제천세애번성우
五月輕風爽欲秋 오월경풍상욕추
盥得淸漪當寶鑑 관득청의당보감

---

103 옥류동(玉流洞): 수정같이 맑은 물이 누운 폭포를 이루며 구슬처럼 흘러내린다고 하여 옥류동이라는 이름이 붙었다고 한다. 바로 앞에는 금강산에서 가장 크고 맑다는 옥류담(玉流潭)이 있고, 위에는 온 계곡이 하나의 너럭바위로 이루어진 비스듬히 누워 쏟아지는 옥류폭포(玉流瀑布)가 있다.

坐來盤石似虛舟 좌래반석사허주

忽看夕照羣岺露 홀간석조군잠로

疑是金光放佛頭 의시금광방불두

옥류동 玉流洞　채제공 蔡濟恭

천 겹 골짜기를 건너서
위태로워 한손으로 하늘 잡고 오른다네.
바위 잡아 오르니 외로운 새도 피하는데
냇물 흩어져 구룡연으로 흐른다네.
숲은 짙푸르러 물방울 맺힌 것 같은데
차 향기 뜻하지 않게 연기 끌어온다네.
이 세상에 신선이 존재한다면
이곳에서 노닌다 말하겠네.

凌躡千重壑 능섭천중학
危登一握天 위등일악천
石撐孤鳥讓 석탱고조양
川散九龍傳 천산구룡전
林翠如成滴 임취여성적
茶香偶惹煙 다향우야연
神仙果能有 신선과능유
於此稱盤旋 어차칭반선

227

옥류동 황경원黃景源

맑은 그림자 찬물에 떠있는데
하얀 봉우리 하늘에 벌여 있다네.
가벼운 실바람 소리 내어 지나가는데
밝은 달빛 아래서 갓끈 푼다네.
높이 나는 새 늦은 가을에 우는데
새로운 단풍 비 온 뒤에 변했다네.
그 모습 벽하담과 같은데
정결한 집 한 채 없는 것이 아쉽다네.

淸影汎寒水 청영범한수

皓峰列太虛 호봉렬태허

輕風橫笛後 경풍횡적후

明月散纓初 명월산영초

高鳥鳴秋晚 고조명추만

新楓變雨餘 신풍변우여

霞潭正彷彿 하담정방불

惜不置精廬 석불치정려

비봉폭 飛鳳瀑[104]

구성대(九成臺) 위의 물

천 길 바위 가에 날린다네.

깊은 구렁에선 큰소리 나는데

하얀 빛이 무지개를 덮었다네.

길은 희미한 뗏목이 들어가는 것 같은데

행하는 것 배 띄워 돌아가는 것 같다네.

오래 앉아있으니 푸른 넝쿨이 뻗어 내리는데

보배로운 시 나그네 주머니에 가득하다네.

九成臺上水 구성대상수

千仞石頭飛 천인석두비

大籟噓深壑 대뢰허심학

雌霓罨素暉 자예엄소휘

路如迷筏入 노여미벌입

---

104 비봉폭(飛鳳瀑):금강산의 내산 및 외산의 최남단으로부터 3리를 가면 두 못이 서로
이어져 있는데, 그것을 연주담이라 하니, 서쪽의 암벽은 마치 긴 성(城)과 같다. 또
한 서쪽으로 3리를 가면 비봉폭이 나타난다. 한 가닥 활옥(活玉)이 차(茶)를 달이는
연기와 같은 하얀 줄기를 형성하였는데, 위는 곧고 아래는 약간 휘었다.

行欲泛槎歸 행욕범사귀

坐久靑蘿下 좌구청나하

眞珠滿客衣 진주만객의

험함을 기록하다

부들부들 떨리는 험한 돌길에 발꿈치 땅에 붙이는데
때때로 푸른 넝쿨이 기우는 몸 잡아 준다네.
여기에서 신선과의 인연 어렵게 얻었는데
천금 같은 이 몸 하나의 지팡이에 매었다네.

凌兢石道着跟危 능긍석도착근위
時有靑蘿補缺欹 시유청나보결의
自是仙緣辛苦得 자시선연신고득
千金身係一筇枝 천금신계일공지

구룡연九龍淵¹⁰⁵

천 길 맑은 연못 물 차가운데
구룡연의 용들이 석양을 쬔다네.
깊은 골짜기 흰 구름이 깃발처럼 드리웠는데
별 드리운 먼 하늘 푸른 옥을 부순다네.
암벽 아래 차 달인 연기 피어오르는데
소나무 사이 비 내리고 반석엔 향기라네.
귓가에 들리는 소리 자연의 울림인데
밤마다 산창에서 긴 꿈꾼다네.

千尺澄潭水氣凉 천척징담수기량
九龍鱗甲曬斜陽 구룡린갑쇄사양
霓旌大塹垂斿白 예정대학수유백
星佩遙天碎玉蒼 성패요천쇄옥창
巖下細烟茶篆濕 암하세연차전습
松間疎雨石槃香 송간소우석반향
歸來耳朶應餘籟 귀래이타응여뢰
夜夜山窗一夢長 야야산창일몽장

---

105 구룡연(九龍淵) : 강원도 금강산의 구룡폭 아래에 생긴 연못.

청학동青鶴洞 구룡연기九龍淵記　허목許穆

　　오대산의 동쪽 기슭이 백마산이니, 연곡현에서 서쪽으로 곧바로 50리쯤에 있다. 산이 모두 바위산이어서 암벽과 준봉이 험준하다. 그 동쪽에 있는 별봉(別峯)이 학대인데, 암벽이 더욱 기이하다. 학대의 동남쪽에 있는 석동을 청학동이라 하는데, 이곳에 구룡연이 있다.

　　물이 암석 위로 흐르고 구절의 폭포가 되었으며, 폭포 아래는 모두 깊은 연못이다. 그 암석 위에 기이한 서체로 구룡연이라고 크게 쓰여 있다. 청학동을 나오면 모두 기이한 바위와 가파른 절벽이며, 그 아래 시냇가의 반석을 반승암이라고 한다. 돌다리를 건너면 산모퉁이에 돌로 된 층계가 험한 계곡에 닿아 있는데, 관세음보살이 옮겨 놓았다고 한다.

　　시내는 깊고 길은 끊겼는데, 북쪽 벼랑을 따라 백령을 넘어 곡연에 이르니, 물은 검푸르고 그리고 큰 돌이 못 속에 잠겨 있다. 곡연의 토곡이라는 마을에 들렀는데, 산중의 아름다운 마을이었다.

단오일에 내금강산 도중에 3수를 읊다

지난해 단오에 천문(天門)에 올라

향기 짙은 창포주를 백수준(白獸樽)[106]에 마셨지.

오늘 봉래산에 있는 몸 홀로 취했는데

앵두 한가롭게 익은 우화촌(雨花村)이라네.

去年端午上天門 거년단오상천문

蒲酒香濃白獸樽 포주향농백수준

此日蓬山身獨醉 차일봉산신독취

櫻桃閒熟雨花村 앵도한숙우화촌

나그네 명절 만나 홀로 시 읊는데

이는 집 사람이 나를 생각한 때라네.

가는 갈옷 새로 만든 옷 아닌데

관산(關山)의 풍우에 길은 더디다네.

---

106 백수준(白獸樽) : 새해 아침 조회(朝會) 때에 백호의 모양을 새긴 술잔[白虎樽]을 조정
에 준비해 놓고 직언을 잘하는 신하에게 상으로 그 술을 내린 고사가 있다. 백호를
새긴 것은 말하는 자로 하여금 백호처럼 아무 거리낌 없이 할 말을 다 하라는 뜻이
었는데, 당(唐)나라 때 태조(太祖)의 이름을 기휘(忌諱)하여 백호를 백수(白獸)로 바
꾼 이후 백수준(白獸樽)으로 통용하였다. 《宋書 卷14 禮志1》

行逢佳節獨吟詩 행봉가절독음시

正是家人憶我時 정시가인억아시

細葛衣衫新製未 세갈의삼신제미

關山風雨路應遲 관산풍우로응지

도중에서 만형상인萬亨上人을 이별하다

질펀하게 흐르는 시냇물 옥거울처럼 흐르는데

푸르고 울창한 산이 부용처럼 나왔다네.

나 처음으로 사문(沙門)[107]의 법계에 이르렀는데

그대는 해악의 선종을 말한다네.

몸은 스스로 삼십육동천(三十六洞天)[108]에 있으면서

이처럼 일만이천의 봉우리를 본다네.

이별한 뒤 서로 둥근달 생각하는데

백운 속의 찬 종소리 뚜렷하게 들린다네.

溶漾漾溪流玉鏡 용양양계류옥경

鬱葱葱岫出芙蓉 울총총수출부용

我始到沙門法界 아시도사문법계

君因說海岳禪宗 군인설해악선종

身自在三十六洞 신자재삼십육동

觀如是萬二千峰 관여시만이천봉

相別後相思夜月 상별후상사야월

白雲裡歷歷寒鍾 백운리역력한종

---

107 사문(沙門) : 출가하여 불문(佛門)에 들어 도를 닦는 사람.

108 삼십육동천(三十六洞天) : 도교에서 말하는, 신선이 산다는 36개의 명산(名山) 골짜기로, 승경(勝景)을 가리킨다.

236

칠보대七寶臺[109]

동해에 임한 만 길의 산
멀리 구름 사이 연결한 정묘한 비단이라네.
산봉우리 가에서 약초 채취함이 좋은데
바람 부는 곳에서 지팡이 짚고 돌아온다네.

滄海東臨萬仞山 창해동임만인산
寶精遙結綵雲間 보정요결채운간
好採峰頭瑤草去 호채봉두요초거
璇風吹處一筇還 선풍취처일공환

---

109 칠보대(七寶臺) : 마하연(摩訶衍)으로부터 유점(楡岾)에 이르는 30리 지점, 점심청으로부터는 10리 지점에 칠보대가 있다.

보현동 普賢洞 에서

시냇물 산에서 나와 흐르는데
한가한 구름이 고을에 들어오네.
보현동의 스님이 나 알지 못해
오늘 홀로 누대에 올랐네.
스님이 산중의 나무 말하더니
가을 되니 비단의 숲 이루었다네.
나는 향기로운 꽃길 거니는데
병든 잎 이미 붉게 물들었다오.

流水出山去 유수출산거
閑雲入洞來 한운입동래
普師知我未 보사지아미
今日獨登臺 금일독등대
僧說山中樹 승설산중수
秋成錦繡叢 추성금수총
我來芳草路 아래방초로
病葉己先紅 병엽기선홍

유점사 楡岾寺[110]

그림으로 덮은 누대 옛 절인데

제천(諸天)에 꽃비 내리니 신선이 숨었다네.

춘풍의 임금님 술잔은 천 년을 축수하는데

명월 같은 염주와 주렴 백 번 생각해도 공교롭다네.[111]

절벽에 거꾸로 선 소나무와 삼나무 구름 밖까지 푸른데

뜰에 가득한 작약은 비 내린 뒤에 붉다네.

서쪽에서 온 쉰다섯의 금 부처

밤에 황유(黃楡)에서 자니 영겁이 공(空)이 되었네.

110 유점사(楡岾寺) : 고려 민지(閔漬)의 기록에 의하면 석가모니가 입적한 후 인도에서 생전의 부처를 뵙지 못한 것을 애통하게 여겨 53구의 불상을 조성하여 배에 실어 보냈는데, 신룡(神龍)에 의해 월지국(月支國)을 경유하여 안창현 포구에 도착한 때가 4년(신라 남해왕 1)이다. 고을 군수 노춘(盧椿)이 나가보니 불상은 간데없이 나뭇잎이 금강산을 향해 뻗어 있고, 홀연히 흰 개가 나타나 따라가니 큰 느티나무 아래에 53구의 불상이 못가에 나란히 앉아 있었다. 이것을 왕에게 보고하자 왕이 그곳에 유점사를 창건하도록 했다고 되어 있다. 1168년(의종 22) 자순(資順)과 혜쌍(慧雙)이 중건한 뒤 여러 차례의 중수를 거쳐 대가람이 되었다. 1882년(고종 19)에는 대화재로 많은 전각이 소실된 것을 우은(愚隱)이 중건했으며, 금강산 4대 명찰의 하나로 일제강점기에 31본산(本山) 중의 하나가 되었다. 분단 당시에는 53불이 안치된 능인전(能仁殿)을 비롯하여 수월당(水月堂)·연화사(蓮華寺)·의화당(義化堂)·서래각(西來閣) 등이 남아 있었다.

111 명월―공교롭다네 : 절에 옥배(玉杯)와 여작(蠡勺)이 있으니, 곧 광묘(光廟)가 순행할 때에 어가(御駕)는 진산문(鎭山門)에 머무르고, 또한 왕이 하사한 수정(水晶)과 염주 및 주렴(珠簾)이 있다.

罨畫樓臺古梵宮 엄화루대고범궁

諸天花雨隱仙東 제천화우은선동

春風御勺千年祝 춘풍어작천년축

明月禪珠百念工 명월선주백염공

倒壁松杉雲外碧 도벽송삼운외벽

滿庭芍藥雨餘紅 만정작약우여홍

西來五十三金佛 서래오십삼금불

夜宿黃楡現刧空 야숙황유현겁공

유점사에서 기록하다 윤증 尹拯

百川橋頭訪玄蹤
백 천 교 두 방 현 종
백천교 가에서 현묘한 자취 찾는데

盧雋泉邊一徑通
노 준 천 변 일 경 통
노준천 옆으로 하나의 오솔길이 있다네.

逾嶂越澗四十里
유 장 월 간 사 십 리
산 넘고 시내 건너 사십 리쯤에

有寺獨擅山之東
유 사 독 천 산 지 동
절 홀로 산 동쪽을 차지하였다네.

三重華搆爛朱碧
삼 중 화 구 란 주 벽
삼중으로 화려하게 짓고 단청이 현란한데

十層寶塔光玲瓏
십 층 보 탑 광 영 롱
십 층의 보탑은 광채가 영롱하네.

峰巒雖讓內山奇
봉 만 수 양 내 산 기
산봉우리 비록 내산처럼 기이하지 않지만

地勢却說頗深雄
지 세 각 설 파 심 웅
지세는 문득 깊고 웅장하다 말하네.

童土先生魯陵守
동 토 선 생 로 릉 수
동토선생[112]께서는 노릉의 태수인데

水城使君烏川翁
수 성 사 군 오 천 옹
간성 사군은 오천옹이라네.

■
112 동토선생 : 동토는 윤순거(尹舜擧, 1596~1668)의 호이다. 본관은 파평, 자는 노직(魯
直)이다. 윤황(尹煌)의 아들로 윤수(尹燧)에게 입양되었으며, 저서로는 《동토집(童土
集)》이 있다.

蒼顔素髮靜相對
창 안 소 발 정 상 대
젊은이와 백발노인 조용히 마주하니

宛似園綺商山中
완 사 원 기 상 산 중
상산의 동원공(東園公)과 기리계(綺里季)[113]와 비슷하네.

笑看人間手脚忙
소 간 인 간 수 각 망
허둥대며 사는 인간 우습게 보이는데

肯許凡骨來叅同
긍 허 범 골 래 참 동
속된 몰골 참여해도 허락해야지.

座邊喜是衛叔寶
좌 변 희 시 위 숙 보
한쪽에선 위숙보[114]의 고담(高談) 듣고 기뻐하는데

林下慚非阮仲容
임 하 참 비 완 중 용
임하의 완중용〔阮咸〕이 못 되는 게 부끄럽네.

芳樽相屬石門樓
방 준 상 속 석 문 루
석문 누각에 술독 놓고 서로 수작하는데

日夕爽籟淸心胸
일 석 상 뢰 청 심 흉
밤낮 상쾌한 소리에 마음도 시원하네.

酒中何事忽悲慨
주 중 하 사 홀 비 개
술 마시다 무슨 일로 갑자기 비분강개하나

擧目天地腥塵蒙
거 목 천 지 성 진 몽
눈을 들면 천지 온통 먼지뿐이라네.

不能長往入河海
불 능 장 왕 입 하 해
영구히 섬 속으로 들어갈 수 없으니

---

113 동원공(東園公)과 기리계(綺里季) : 중국 상산사호 중의 두 사람임.

114 위숙보(衛叔寶) : 진(晉)나라 위개(衛介)의 자(字)임. 27세의 나이로 생을 마쳤는데, 천하의 명공(名公)과 기숙(耆宿)들이 모두 동량(棟樑)으로 추대하였으니, 그렇게 되기가 또한 어려운 일이었다고 하겠다.

且復遊走隨蒿蓬
차 부 유 주 수 호 봉
또다시 유람하며 초야에서 지낼밖에

暇日逍遙豈眞樂
가 일 소 요 기 진 악
틈 내어 논다 한들 어찌 참 즐거울까!

有時危涕垂雙瞳
유 시 위 체 수 쌍 동
때때로 두 눈에서 눈물이 흐른다네.

空懷載年邵堯夫
공 회 재 년 소 요 부
천 년 전의 소강절이 무단히 그리운데

太平烟月嵩岺風
태 평 연 월 숭 령 풍
숭산에서 바람 쐬며 태평세월 보냈다네.

반야암 般若庵[115]

한적한 외로운 암자 아래
석류꽃에 석양빛이 비춰네.
승(僧)은 시내 위 바위에 와서
선(禪) 외우며 스스로 무리 이루었네.

寂寂孤庵下 적적고암하
榴花照日曛 유화조일훈
僧來溪上石 승래계상석
禪誦自成羣 선송자성군

---

115 반야암(般若庵) : 중령산에 있다.

효운동 曉雲洞

이슬비 개이고 시냇가 길 옆으로 났는데
새벽 구름에 고을 안 꽃도 습하다네.
가죽신 신고 천천히 붉은 계단 밟아 가니
문득 이 몸 도가(道家)에 가까워짐이 기쁘다네.

細雨新晴澗路斜 세우신청간로사
曉雲猶濕洞中花 효운유습동중화
青鞋緩踏丹梯去 청혜완답단제거
却喜吾身近道家 각희오신근도가

은선대隱仙臺[116]

구불구불한 돌길 따라 은선대 찾았는데
은선(隱仙)은 이미 가고 안개만 자욱하네.
멀리 열두 봉우리 가에 폭포 보이는데
완연한 치마 구름 구천(九天)에서 내려오네.

石逕逶迤訪隱仙 석경위이방은선

隱仙已去但踈烟 은선기거단소연

遙看十二峰頭瀑 요간십이봉두폭

宛似雲裳下九天 완사운상하구천

은선대隱仙臺 김정희金正喜

빈 산 누른 잎으로 각건(角巾)[117]을 치는데
긴 노래 어느 곳에 약초 캐는 사람 있는가.
난새 몰고 학 타는 일 도리어 많은 일인데
이미 신선인데 또 숨어 사는구려.

黃葉空山打角巾 황엽공산타각건
長歌何處采芝人 장가하처채지인
鞭鸞駕鶴還多事 편란가학환다사
旣是神仙又隱淪 기시신선우은륜

117 각건(角巾) : 옛날 은사(隱士)나 관직에서 은퇴한 이들이 쓰던 방건(方巾)이다.

풍악만록楓嶽漫錄　홍여하洪如河

　　내가 금강산에 들어가 유람하려고 하는데, 두험천의 돌다리 가에서 마침 산속에서 나오는 목겸선(睦兼善)[118]을 만났기에 말을 매어두고 단풍나무의 이력을 묻느라 다른 것은 말할 겨를이 없었다. 빨리 말을 달려 단발령에 올라 단풍나무를 바라보니, 높이는 수십 길이고 둘레는 일백 아름이었으며 잎은 희미한 황색이었으니, 산 중턱에 이르러 봐도 그렇게 큰 나무는 볼 수 없었다.

　　단풍나무는 두 종이 있으니, 하나는 희미한 황색이고 하나는 매우 붉은 것으로 잎이 푸른 여름에는 분간할 수가 없다. 매우 붉은 것은 잎의 모양이 비교적 뾰족하면서도 별모양과 같다. 또 다른 한 종이 있으니 잎의 모양이 붉은 단풍과 유사하나 푸른색은 서리를 맞아도 변하지 않으니, 두보(杜甫)가 말한 푸른 단풍이 이것이 아닌가!

---

118 목겸선(睦兼善, 1609~?) : 그의 본관은 사천(泗川), 호는 용재(容齋)이다. 목내선(睦來善, 1617~1704)의 형이며, 벼슬은 첨지·동부승지 등을 역임하였다.

정양사(正陽寺)의 노승이 나에게 말하기를,

"단풍이 한창일 때는 일 년 중 열흘에 불과합니다. 지금부터 며칠이 지나면 시들어 갈 것입니다. 지난날 목공(睦公)이 왔을 때는 시기가 조금 빨라서 절정에 이른 단풍을 보지 못해서 한으로 여겼는데, 공은 마침 단풍이 한창일 때를 만났습니다. 천일대(天逸臺)는 이곳에서 제일로 앞이 확 트인 곳이지만, 여기는 구름이 늘 그늘져서 햇볕이 들지 않기에 목공(睦公)이 이곳에 이틀간 머물면서도 단풍의 진면목을 보지 못하고 떠났습니다."

라고 했다. 나는 그 말에 한 번 웃음을 터뜨렸다.

산봉우리들은 이름을 붙일 만한 봉이 많이 있는데도 이름이 없는 것이 많으며, 이름 또한 전아하지 못하기에 나는 대부분 생략하고 기록하지 않는다. 혈망봉 아래에 봉우리 하나가 있으니, 단풍이 제일 왕성한 곳으로 푸른 곳이 하나도 없는 곳이기에, 나는 이를 적성봉(赤城峯)이라 명명하고, 또 은적봉 남쪽에 있는 봉우리를 단구봉(丹丘峯)이라 명명했으며, 외산으로 들어와서 남쪽으로 바라보이는 한 봉우리가 있으니, 옥같이 맑으면서도 방정하기에 옥순봉(玉筍峯)이라 했고, 동쪽으로 바라보이는 산모퉁이에는 층층으로 뾰족하게 솟아있고 겹겹이 아름답게 빼내어서 병풍첩(屏風疊)이라 했으며, 아래로 내려와 용혈에 이르면 바위가 매우 빼어나므로 외만폭(外萬瀑)이라 하였다. 혹 뒤에 유람하는 자들이 와서 손으로 가리키며 내가 지은 이름을 허여하는 자가 있지 않겠는가! 이 산과 관련된 여러 이야기들은 고려 민시중(閔侍中)의 시에 모두 실려 있지만, 괴이하고 허황되어 볼만한 게 못된다.

화룡담(火龍潭)은 나옹(懶翁)과 비구(比丘) 각능(角能)이 못 속에서 섬광과 불을 뿜어낸 곳이다. 사자암은 호종조[119]가 산의 지세를 누르는 술수를 행하려고 이곳에 이르렀는데, 바위에서 사자후가 울리니, 호종조가 놀라 그만두었기에 이렇게 이름을 붙였다고 한다. 양사언은 만폭동 바위 가에,

"봉래풍악 원화동천(蓬萊楓嶽元化洞天)"이란 여덟 자를 크게 썼는데, 자획이 기이하고 장엄하다.

마하연(摩訶衍) 뜰 가에 잣나무와 회나무를 닮은 한 그루 나무는 가을에는 황색 낙엽이 지고, 봄에는 꽃이 화려해서 이곳의 승려들이 계수나무라 부른다고 하는데, 잘못된 것이다. 그렇지만 이는 아름다운 나무로 산중에는 단지 세 네 그루만 있을 뿐이다. 시내에는 유영하는 고기가 없고 산에는 들새가 없으며 솔개·부엉이·꿩·까치·제비·꾀꼬리 무리들이 모두 감히 이르지 못한다. 고라니·사슴·노루·토끼도 자취를 끊었고, 때때로 새끼 곰이 소나무와 바위의 사이에 거꾸로 매달려 있음을 볼 수 있다. 수풀 밖에 석양이 지면, 오직 검은 까마귀 몇 만 보일 뿐이다.

산 안에는 예부터 여든아홉의 사찰이 있었는데, 지금 남은 것은 몇 개 없다. 층층의 절벽과 깎아지른 언덕 사이에는 이따금 곡기를 끊고 수련하는 승려가 있는데, 산승들은 이를 감추어 두고 그곳으로 인도하지 않는다. 금강대(金剛臺) 위에 학의 둥지가 있었는데, 돌이 떨어져 둥지가 엎어져서 지금은 학이 오지 않은 지가 이미 수십 년이 되었

---

119 호종조: 호종조는 고려에 귀화한 송나라 사람 호종단(胡宗旦)으로, 조선 태조의 휘단(旦)을 피해서 조(朝)라고 한 것이다. 그는 고려의 왕에게 신임을 얻은 뒤 전국을 돌아다니며 비석을 뭉개거나 지세를 약하게 하려고 했는데, 그가 금강산에 이르자 사자가 돌연 일어나 호종단을 쫓아내었다는 전설이 전한다.

다고 한다.

외산은 발연(鉢淵)이 가장 아름다운데, 나는 가보지 못했으며, 은선대도 또한 오르지 못했다. 이번 여행은 마침 바쁜 공무는 다 끝났으나 진정 잡념을 다 떨쳐내지 못하고 여행하는 것이어서, 온 산의 승경을 두루 다 보면서도 눈과 마음을 상쾌하게 하지 못한 것이 큰 아쉬움이다. 비록 그렇다고 하나 굶주린 사람이 큰 창고에 들어가면 먹지 않아도 저절로 배부른 것과 같으니, 마치 선가(禪家)에서 이른바,

"네 입에 가득 넣어 먹지 말라."

라는 것과 같다. 또 구방고(九方皐)[120]가 말의 관상을 보는 것처럼, 여러 말들을 바라보면서 그 정수를 얻는 것이니, 살찌거나 야위거나 암컷·수컷에 유의할 필요는 없을 것이다. 또 남화경을 읽을 때처럼 이해할 수 있는 곳은 성령(性靈)을 촉발하지만, 이해할 수 없는 곳을 억지로 이해할 필요는 없는 것과 같다.

혹자가 말하기를,

"이 산은 1만 2천 개의 봉우리라고 하는데, 산이 비록 크지만 어떻게 이처럼 많은 봉우리를 수용하겠는가."

라고 했다. 내가 말하기를,

"그렇지 않다. 산으로부터 단발령(斷髮嶺)까지는 대체로 모두 단풍

---

120 구방고(九方皐) : 춘추시대의 말 관상을 잘 보았던 사람이다. 진목공(秦穆公)이 구방고에게 천리마(千里馬)를 구해 오게 했다. 3개월이 지난 뒤에 구방고가 천리마를 구했다고 하니, 목공이 어떤 말이냐고 물었다. 구방고가 누런 암말〔牝而黃〕이라고 대답하니, 다른 사람을 시켜 가서 보게 한 결과 검은 숫말〔牡而驪〕이었다. 그러자 목공이 구방고를 천거한 백락(伯樂)을 불러 책망하였다. 백락이 말하기를, "구방고가 본 것은 곧 천기이므로, 그 정(精)한 것만 얻고 추(麤)한 것은 잊어버리며, 내면의 것만 중시하고 외면의 것은 잊어버린 것입니다."라고 하였다. 말을 데려와서 보니, 과연 천하의 양마(良馬)였다.《列子 說符》

나무로 붉은빛과 비췻빛이 울창하여 산에 가득하였고, 내산의 동쪽 기슭이 바다를 아우르다가 삼엄하게 늘어선 것은 모두 바위로 된 봉으로 마치 사람이 사람을 업고 선 것 같으며, 상(床)에 상(床)을 첩첩이 올린 것 같으며, 공중에 상감(象嵌) 무늬를 놓은 듯하기에 기이함과 변화가 백여 리를 가도 끝나지 않는다. 우리나라 사람들은 진실로 안목이 저속하여 산의 체세를 분변하여 알지 못하니, 단발령 동쪽과 총석(叢石) 서쪽이 모두 하나의 산임을 알지 못한다. 이런 것을 헤아려보면 어찌 다만 일만이천 개의 봉우리에 그치겠는가."

라고 했다.

안문령鴈門嶺

하얀 길 돌아가 푸른 숲에 들었는데
드넓은 바다에 외로운 새 난다네.
대나무 가마 정지하니 중은 다시 재촉하는데
일어나 서천을 보니 이미 석양이라오.

白道縈廻入翠微 백도영회입취미
滄溟水濶鳥孤飛 창명수활조고비
筍輿停處僧還促 순여정처승환촉
起視西天已夕暉 기시서천사석휘

묘길상 妙吉祥[121]

천 년이나 된 서축(西쯕)의 부처

책상다리하여 진형(眞形)과 같다네.

깨끗한 절벽에는 흰 구름도 없는데

가사에는 푸른 이끼 드리웠네.

항상 쓸쓸하게 입정(入定)[122]하는데

몸 일으키면 신령함 드날리겠지.

빈 계단에 새 발작 있으니

종횡의 발자국이 경서인가 크게 깨달았다네.

---

121 묘길상(妙吉祥) : 강원도 금강군 내강리 금강산의 만폭동 골짜기 높은 곳에 있는 고
려시대의 마애불(磨崖佛)이다. 높이 40m의 붉은 성벽에 양각으로 새긴 마애미륵불
좌상은 현재 한국에서 가장 큰 마애불로 앉은 높이 15m, 무릎 넓이 9.4m, 얼굴 높
이 3.1m, 눈길이 1m, 귀길이 1.5m, 발길이 3.2m, 손길이 3m이다. 지금으로부터
600여 년 전(고려 말) 나옹조사가 큰 바위벽을 그대로 다듬어 조각했다고 하는데,
손가락 하나의 크기가 사람보다 크며 두 다리를 포개놓은 높이가 사람의 키를 훨씬
넘는다. 삼단으로 불담을 쌓아 만들고, 위에는 지붕 처마를 만들어 석굴암 형태의
구조를 띠고 있다. 석상 왼쪽에 "妙吉祥"이란 글자가 새겨져 있다. 경주 석굴암 불
상에 비해 정교하지는 않지만, 그 크기가 어마어마할뿐더러 그 표현 수법이 소박하
면서도 능숙한 것이 특징이다. 특히 금방 웃는 듯한 눈매와 입맵시는 생동하고 미
묘한 느낌을 준다. 묘길상이란 미륵불의 별칭으로, 묘길상 앞에는 돌로 쌓은 축대
가 있었는데, 옛날에는 여기에 묘길상암이 있었으나 현재는 석등(높이 3.7m, 북한
국보급 문화재 제47호)만 남아 있다.

122 입정(入定) : 수행하기 위하여 방안에 들어감.

254

千年西竺佛 천년서축불

盤礴化眞形 반박화진형

净壁虛雲白 정벽허운백

垂袈繡蘚靑 수가수선청

寥寥常入定 요요상입정

剡剡欲揚靈 섬섬욕양령

鳥跡空階上 조적공계상

縱橫大覺經 종횡대각경

묘길상암 妙吉祥庵　성현成俔

구름 자욱하여 사방의 산 어두운데
그림 병풍이 들쭉날쭉 벌여 있네.
선방의 삶 참으로 적적한데
마음은 저절로 깨닫게 된다네.
오솔길엔 붉은 단풍나무 비치는데
소나무엔 백학의 깃이 번득이네.
가사 입은 스님이 나와서 읍하는데
서로 대하니 반갑게 맞아준다네.

靉靆四山冥 애애사산명
粲差列畵屛 참치렬화병
禪居眞寂寂 선거진적적
心地自惺惺 심지자성성
路映丹楓樹 노영단풍수
松飜白鶴翎 송번백학령
袈裟僧出揖 가사승출읍
相對雙眼靑 상대쌍안청

불지암 佛地庵[123]

동남으로 울창한 혈망봉(穴望峰) 있는데
저무는 해 높은 소나무에 걸렸다네.
나그네 와서 바위 사이 물 마시는데
절경에 흐르는 안개 종소리 타고 내린다네.

積翠東南穴望峰 적취동남혈망봉
蒼蒼斜日掛長松 창창사일괘장송
客來細吸巖間水 객래세흡암간수
絶勝流霞倒玉鍾 절승류하도옥종

---

123 불지암(佛地庵) : 강원도 금강군 내금강리 백운동에 위치하고, 금강산 불지암은 조
선 세조 때 창건됐으나 이후 폐허로 변했고, 1619년에 중건됐다고 전한다. 묘길상
인근에 있으며 앞면 6칸, 측면 3칸의 합각식 건물이다.

마하연摩訶衍[124]

소객(騷客)이 청산에 오니 날 이미 저무는데
녹음에 덮인 길 다시 희미하다네.
안개 가득한 구렁에는 천 길의 나무들
외길 시내에 거친 다리 석등(石燈)이라네.
작은 집 밝은 등불에 화상이 나오는데
달빛에 빈 숲에서 두견이 운다네.
명일 아침 동성(東城)역으로 가야 하는데
상머리에 취한 몸 일으켜 시고(詩稿) 검토한다네.

客到靑山日已西 객도청산일이서
洞陰冪冪路還迷 동음멱멱로환미
烟雲古壑千章木 연운고학천장목
石磴荒橋一道溪 석등황교일도계
小閣分燈和尙出 소각분등화상출
空林見月子規啼 공림견월자규제
東城驛使明朝去 동성역사명조거
醉起床頭檢赫蹄 취기상두검혁제

---

124 마하연(摩訶衍): 강원도 회양군 내금강면 장연리 금강산에 있는 절. 유점사의 말사(末寺)로, 신라 문무왕 1년(661)에 의상이 창건하였다.

258

마하연摩訶衍 김창협金昌協

등 넝쿨 저쪽에 어떤 경계 있는가!
암자는 산 정상에 있다네.
만폭동 깊은 골짝에 들어오니
그윽한 암자 문이 닫혔네.
붉은 해 비춰는 중향성에 눈발 날리는데
푸른 숲의 계수나무는 가을이라네.
시원한 기운 좋아 잠시 머무를 때
바람결에 귀밑머리 펄펄 날린다네.

何限藤蘿外 하한등라외
諸天在上頭 제천재상두
吾窮萬瀑到 오궁만폭도
僧閉一菴幽 승폐일암유
赤日香城雪 적일향성설
靑林桂樹秋 청림계수추
少留貪爽氣 소류탐상기
風鬢臥颼颼 풍빈와수수

만회암 萬灰庵[125]

걸어서 흰 구름 속에 들어가니
멀리 들려오는 석경(石磬) 소리 듣는다네.
깎아지른 언덕 어찌 높이 솟아있고
흐르는 내 스스로 얽혀 돌아가는가!
시냇가의 새 울다 다시 그쳤는데
수림의 꽃 떨어지고 다시 핀다네.
노승은 긴 시간 고요히 앉아
차가운 화로에 많은 생각 붙인다네.

步八白雲去 보팔백운거
閒聽遠磬來 한청원경래
懸崖何崱屴 현애하즉력
流水自縈廻 유수자영회
澗鳥啼還歇 간조제환헐
林花落復開 임화락복개
老僧長寂寂 노승장적적
萬念付寒灰 만념부한회

125 만회암(萬灰庵): 가섭봉 동쪽으로 언덕 하나를 넘으면 만회암(萬灰庵)이 있다. 만회암 동쪽은 백운대(白雲臺)이고, 백운대 아래는 백운동(白雲洞)이다.

백운대白雲臺에서 운자雲字로 시를 짓다

徐福樓船海水濆
서 복 누 선 해 수 분
서복(徐福)[126]의 누선(樓船)에 바닷물이 분출하는데

蓬萊不見惟白雲
봉 래 부 견 유 백 운
봉래산 보이지 않고 흰 구름만 한가해.

白雲來去長蕭索
백 운 래 거 장 소 삭
흰 구름 오가는데 오래도록 쓸쓸한데

列仙披作六銖裙
열 선 피 작 육 수 군
신선 여럿이 육수(六銖)의 치마[127] 펴 만들었네.

山靈厭俗勤撝呵
산 령 염 속 근 휘 가
세속 싫어하는 산령(山靈)이 부지런히 보호하니

一塵不敢侵其垠
일 진 부 감 침 기 은
더러운 티끌 감히 그 모습 침범 하지 못한다네.

我身本是香案吏
아 신 본 시 향 안 리
나는 본시 향안리(香案吏)[128]이니

126 서복(徐福) : 중국, 진대의 방사(方士). 제나라(산동성) 출신으로, 제나라에 전해지는 신선설이 진시황제에게 받아들여져서 동해 중의 삼신산에 선인이나 불사의 선약을 구하는 탐험에 거액의 원조를 받았다. 어린아이 수천 명을 데리고 항해하는 것 외에, 후에는 해신과 싸운다고 해서 병사도 받았는데 그는 해상에 널리 펼쳐진 토지를 발견하고 그 땅의 왕이 되었다고 한다.

127 육수(六銖)의 치마 : 불가어(佛家語)로 매우 가벼운 옷을 일컫는 말. 도리천의(忉利天 衣)는 무게가 육수(六銖)이고, 염마천의(炎摩天衣)는 무게가 삼수(三銖)이고, 도솔천의 (兜率天衣)는 무게가 이수(二銖)이고, 화락천의(化樂天衣)는 무게가 일수(一銖)이고, 타 화자재천의(他化自在天衣)는 무게가 반수(半銖)라고 한다.《長阿含經》

128 향안리(香案吏) : 원진(元稹)의 시에 "나는 옥황의 향안리(香案吏)이니, 인간에 귀양살 이 왔어도 오히려 소봉래(小蓬萊)에 와 사네.[我是玉皇香案吏, 謫居猶得住蓬萊.]"라 는 구절이 있다.

九重賜衣衣繡紋
구 중 사 의 의 수 문
구중궁궐에서 수놓은 비단의 옷 하사했네.

五月行度衆香城
오 월 행 도 중 향 성
오월의 나그네 중향성을 건너는데

月明松鶴惺惺聞
월 명 송 학 성 성 문
명월과 송학(松鶴)이 깨어 듣는다네.

蓮燈一宿摩訶衍
연 등 일 숙 마 가 연
연등 켠 마하연에서 하룻밤 묵었는데

夢見安期與慇懃
몽 견 안 기 여 은 근
꿈속에서 무슨 은근한 기약을 보겠는가!

起來細嗽瓊瑤水
기 래 세 수 경 요 수
일어나 옥수에 양치질하니

五陰新淨口氛氳
오 음 신 정 구 분 온
오월의 새로운 그늘 쾌한 기운이라네.

借得山人九節杖
차 득 산 인 구 절 장
산 사람에게 아홉 마디 지팡이 얻었으니

踏盡恒沙日未曛
답 진 항 사 일 미 훈
항사(恒沙)[129] 다 다녀도 해는 비춰지 않는다네.

嵽嵲丹梯百尺頭
체 얼 단 제 백 척 두
높다란 붉은 계단 백 척의 머리에 있는데.

舉手捫天天五雯
거 수 문 천 천 오 문
손들어 하늘 어루만지니 오색구름 피어나네.

泠泠自馭赤心風
영 령 자 어 적 심 풍
맑은 물소리 스스로 충심의 바람 어거하는데

上開閶闔排遊氛
상 개 창 합 배 유 분
창합문에 올라 문 열어 요기 물리친다네.

---

129 항사(恒沙) : 항하(恒河)의 모래라는 뜻으로, 인도(印度)의 갠지스강을 한음(漢音)으로 항하라 하는데, 불경(佛經)에서 많은 수량을 말할 때 항사에 비유한다.

玉虯灑雨先淸道
옥 규 쇄 우 선 청 도
규룡이 비 뿌리니 길은 깨끗한데

華盖高擁太乙君
화 개 고 옹 태 을 군
높은 일산이 태을군[노자] 가리고 있다네.

蒼官揖我瑤臺下
창 관 읍 아 요 대 하
소나무 누대 아래서 나에게 읍하는데

未交一語先欣欣
미 교 일 어 선 흔 흔
한 마디 건네지 않았는데 먼저 기뻐한다네.

勸酌流霞碧玉鍾
권 작 유 하 벽 옥 종
유하주(流霞酒) 푸른 술잔에 권하는데

軒然笑傲顔微醺
헌 연 소 오 안 미 훈
껄껄 웃으며 오상한 얼굴이 붉게 물든다네.

下視齊州功利客
하 시 제 주 공 이 객
넓은 땅 내려다보니 공리(功利)의 나그네뿐

六根沈濁烟火熏
육 근 심 탁 연 화 훈
가라앉은 육근(六根)[130]이 연기에 탄다네.

紛紛促促行不休
분 분 촉 촉 행 부 휴
분방하게 재촉하여 쉬지 않고 가는데

舜善跖惡誰能分
순 선 척 오 수 능 분
착한 순임금과 악한 도척 누가 구분하나!

嗚呼趢趗無堪語
오 호 녹 촉 무 감 어
아! 국량 좁아 말 감당하지 못하는데

何如木石與之羣
하 여 목 석 여 지 군
어찌 목석(木石)이 그들과 무리 짓나!

---

130 육근(六根): 이를 통해 대상을 깨닫는 작용인 육식(六識)을 낳는 눈, 귀, 코, 혀, 몸, 뜻의 여섯 가지 근원을 말한다.

가섭동 迦葉洞[131]

바위 기운 푸르고 백일이 허무한데
먼 숲엔 항상 빗소리 들린다네.
정양사 아래 서루(西樓)의 인경소리
고을의 입구에서도 역력히 들린다네.

石氣蔥蘢白日虛 석기총롱백일허

遠林常作雨聲踈 원림상작우성소

正陽寺下西樓磬 정양사하서루경

歷歷遙聞入洞初 역력요문입동초

팔담을 지나 가섭동을 찾은 뒤
저녁에 마하연에서 묵다 서영보徐榮輔

緣澗躡危磴
연 간 섭 위 등
시냇물 인연해 위험한 비탈길 오르는데

陟厓穿幽林
척 애 천 유 림
암벽 오르며 어두운 숲길도 뚫었다네.

茲洞蘊靈異
자 동 온 령 이
이 골짜기 신령한 기운 쌓였는데

冥搜轉邃森
명 수 전 수 삼
찾아볼수록 더더욱 신비스럽기만

層鳴瓊瑤流
층 명 경 요 류
맑고 청아한 물소리 겹으로 울리는데

夾岸羅奇岑
협 안 라 기 잠
언덕 끼고 늘어선 기이한 봉우리들

淸聽觸琮琤
청 청 촉 종 쟁
쟁그랑 부딪는 옥구슬 소리 두 귀에 들리는데

肆矚延嶇嶔
사 촉 연 구 금
높고 험하게 뻗은 능선 눈으로 쳐다본다네.

懸溜噴石齦
현 류 분 석 간
돌부리에서 분출한 샘물 폭포되어 내리는데

自然咸韶音
자 연 함 소 음
저절로 울리는 함소(咸韶)[132]의 음악이라네.

泓滙蓄黛膏
홍 회 축 대 고
용소에는 검푸른 물 저장하는데

---

132 함소(咸韶) : 요(堯)의 음악인 대함(大咸)과 순(舜)의 음악인 대소(大韶)의 병칭이다.

下有虯龍吟
하 유 규 룡 음
그 아래서 규룡이 읊조리고 있다오.

丹葉耀林景
단 엽 요 림 경
붉은 잎 햇빛에 반짝이는 수림의 경치인데

玄氷結厓陰
현 빙 결 애 음
음지 벼랑에 엉겨 있는 얼음 현묘하다네.

盤陀輒坐憩
반 타 첩 좌 게
반타(盤陀)[133] 만나서 문득 앉아 휴식하는데

愜我遊賞心
협 아 유 상 심
유람하며 감상하는 내 마음 흡족하다네.

窮源更異境
궁 원 경 이 경
금강산 근원 찾을수록 경치 기이한데

盡日恣奇探
진 일 자 기 탐
온종일 여기저기 마음껏 돌아다닌다네.

暝投藤蘿外
명 투 등 라 외
저녁에 등나무 넝쿨 너머 바라보는데

白雲招提深
백 운 초 제 심
흰 구름만 절간 속에 자욱하다네.

---

133 반타(盤陀) : 울퉁불퉁 튀어나온 큰 바윗돌을 말한다.

중향성衆香城[134]

운모(雲母)[135]의 병풍 비취의 담장인데

구천(九天)에서 흩어 내리는 꽃 구슬의 향기라네.

과아(夸娥)[136]의 흰 눈썹 삼청의 달인데

반고(盤古)[137]의 골수엔 만겁의 세월 쌓였다네.

많은 보물 자랑하니 모두 신기루인데

일천 몸 부처로 화하니 모두 호광(毫光)[138]이라네.

---

134 중향성(衆香城) : 내금강 마하연(摩訶衍) 뒤를 병풍처럼 에워싸고 있는 하얀 바위 봉우리들을 일컫는 명칭이다.

135 운모(雲母) : 철, 망간, 마그네슘 등으로 이루어진 규산염 광물(硅酸鹽鑛物)의 한 가지. 얇은 층으로 쪼개지는 구조에 육각의 판 모양이며, 화성암, 변성암 등에서 나온다. 백운모, 흑운모 등이 있으며 전기 절연재나 단열 재료로 많이 쓰인다.

136 과아(夸娥) : 옛날 선인(仙人)의 이름으로, 산을 등에 지고 옮긴 고사로 유명하다.

137 반고(盤古) : 천지가 개벽할 당시에 맨 먼저 나와서 세상을 다스렸다는 중국 신화 속의 인물로, 최초의 인간인 동시에 세상을 창조하는 조물주의 역할을 수행했다고 하는데, 일명 혼돈씨(混沌氏)라고도 한다. 반고가 죽을 때에 숨기운은 풍운이 되고, 목소리는 뇌정(雷霆)이 되고, 좌우의 눈은 각각 해와 달이 되고, 사지와 오체는 각각 사극(四極)과 오악(五嶽)이 되고, 근맥(筋脈)은 지리(地理)가 되고, 기육(肌肉)은 전토(田土)가 되고, 머리카락과 수염은 성신(星辰)이 되고, 피모(皮毛)는 초목이 되고, 치골(齒骨)은 금석이 되고, 정수(精髓)는 주옥이 되고, 땀은 우택(雨澤)이 되었다는 기록이 《오운역년기(五運曆年記)》에 나온다.

138 호광(毫光) : 석가모니의 이마에 있는 흰 털에서 내쏘는 빛을 말함. 《識小編》에 "영락(永樂) 연간에 불경을 반포하여 대보은사(大報恩寺)에 이르렀는데 그날 밤에 본사(本寺)의 탑이 사리(舍利)의 빛을 발하여 보주(寶珠)와 같았고 다음으로는 오색의 호광이 나타났다." 하였음.

산에서 처음으로 이 같은 신기함 보았으니
참 모습 그리지 못하고 꿈도 자세하지 않다네.

雲母爲屛翡翠墻 운모위병비취장

九天散下藥珠香 구천산하예주향

夸娥眉老三淸月 과아미노삼청월

盤古髓寒萬刼霜 반고수한만겁상

百寶炫人皆蜃市 백보현인개신시

千身化佛盡毫光 천신화불진호광

於山始見奇如此 어산시견기여차

畫未眞形夢未詳 화미진형몽미상

마하연에서 중향성을 바라보다 황경원黃景源

맑은 이슬 마르지 않아 계수나무 차가운데
중향성 그림자가 난간에 밀려오네.
근원 따라 오르니 비로소 신선의 지역 밟았는데
험준함 잊고 무궁한 산수 다 구경하였네.
사찰의 병과 향로는 시는 풀 더미 속에 뒹구는데
일천 봉우리 소나무 저문 구름 너머에 있다네.
만 리 푸른 하늘엔 뇌우(雷雨) 내리지 않는데
맑은 밤에 퉁소 불며 돌단에 오른다네.

白露未晞桂樹寒 백로미희계수한
衆香城影壓蘭干 중향성영압난간
緣源始踐神仙境 연원시천신선경
忘險邃窮山水觀 망험수궁산수관
一院瓶爐秋草裏 일원병로추초리
千峰松櫪暮雲端 천봉송력모운단
碧天萬里無雷雨 벽천만리무뇌우
淸夜吹簫上石壇 청야취소상석단

보덕암 普德庵¹³⁹

영롱한 진사(辰砂) 토굴에 짙푸름 사라졌는데

하늘 능멸하는 무지개다리 굽어본다네.

백 척을 연한 사다리 온통 남은 곳 없는데

천 년 동안 서 있는 기둥 홀로 하늘 받쳤다네.

산골 속 향기 구름 이는 불탑에서 사는데

창 앞의 밝은 달에 신선의 피리소리 들린다네.

선풍(璇風)¹⁴⁰ 부니 속세의 꿈 깨는데

나그네 옷소매는 춤추는 것 같다네.

丹窟玲瓏積翠消 단굴영롱적취소

凌空結構俯虹橋 능공결구부홍교

連梯百尺渾無地 연제백척혼무지

139 보덕암(普德庵) : 표훈사에 딸린 암자로 내금강의 유명한 만폭8담 중 하나인 분설담의 오른쪽 20m 벼랑에 매달리듯 서 있다. 보덕굴이란 이름은 옛날 이곳에서 마음씨 착한 보덕각시가 홀아버지를 모시고 살았다고 하여 붙여졌다. 원래 2채의 건물이 있었는데 하나는 너비 1.6m, 높이 2m, 깊이 5.3m의 자연 굴인 보덕굴 앞을 막아 절벽에 지은 본전이고, 다른 하나는 벼랑 위 평지에 정면 3칸(6.49m), 측면 1칸(3.47m)으로 지은 판도방(요사채)이다. 현재는 본전과 보덕굴로 내려가는 계단만 남아 있다.

140 선풍(璇風) : 선궁(仙宮)의 바람을 뜻한다. 선궁은 전설 속의 신선이 사는 곳이다.

一柱千年獨擎霄 일주천년독경소

嵌裏香雲棲佛榻 감이향운서불탑

窓前明月度仙簫 창전명월도선소

璇風吹覺塵間夢 선풍취각진간몽

客袂僊僊只欲飄 객메선선지욕표

보덕암普德庵에서 2수 남효온南孝溫

석양 비치는 향로봉에 늦은 녹음 짙은데
쇠사슬이 삐걱대어 높은 봉우리에 울린다네.
허주〔申淮〕의 단청에 동봉〔매월당〕이 기문 지었으니
불문에 머무르니 만고의 마음 기쁘다네.

日照香鑪晚翠深 일조향로만취심
鐵繩咿軋響高岑 철승이알향고잠
虛舟畫手東峰記 허주화수동봉기
留喜沙門萬古心 유희사문만고심

덕이 많은 청한자(淸寒子, 김시습)는 내 벗이자 스승인데
평생 행실 유가 경전에 있었다네.
어찌하여 부처의 얘기를 엉뚱하게 거론하여
도리어 인륜의 사람 오랑캐 되게 하였는가!

飽德淸寒我友師 포덕청한아우사
一生行業在書詩 일생행업재서시
如何賣擧浮圖說 여하매거부도설
反使人倫化入夷 반사인륜화입이

272

구담九潭에 대한 서문

금강산의 물 일천 번 합하고 일만 번 꺾이어서 굽이마다 볼만하다. 비로봉의 일맥이 향로봉을 지나 내려와서 만폭동에 쏟아지는 것을 팔담(八潭)이라 하고, 연못에는 각각 이름이 있으니, 대개 고금의 시인들이 마음 가는 대로 제목을 붙인 것이다.

나도 따라서 관람하면서 흑룡과 청학의 사이에 이르니, 눈처럼 보이는 바위가 열 길이 넘으니, 푸른 절벽, 붉은 꽃술이 맑은 파도로 더불어 교차하여 비춰서 마치 서시(西施)의 완사(浣紗)[141]와 낙신부의 능파(凌波)[142]와 비슷하도다. 그것은 기이한 절경일 뿐이 아니고 모든

---

141 서시(西施)의 완사(浣紗) : 미인 서시(西施)가 일찍이 여기에서 깁을 빨았다 하여 일명 완사계(浣紗溪)라고도 하는데, 예로부터 연(蓮)의 명소이기도 하였다. 이백(李白)의 〈채련곡(採蓮曲)〉에 "약야계 가에 모여 연꽃 따는 아가씨들이, 연꽃을 사이에 두고 서로 웃고 얘기 나누니, 해는 화장한 얼굴을 비춰 물속에 환히 비치고, 바람은 향기론 소매에 불어 공중에 펄럭이네.〔若耶溪傍採蓮女, 笑隔荷花共人語, 日照新粧水底明, 風飄香袖空中擧.〕"라고 하였다. 《李太白集 卷3》

142 낙신부의 능파(凌波) : 상고시대 복희씨(伏羲氏)의 딸 복비(宓妃)가 낙수(洛水)에서

연못에 형과 아우가 된다. 그러나 어찌 옛사람들이 이름을 붙이지 않았는가! 어찌 한유(韓愈)가 말한 "별 만을 줍고 희아(羲娥)는 빠뜨렸는가!"[143]함이 아닌가!

나는 이에 생각이 손에 이르러서 빠르게 "영화담(映花潭)"이라는 세 자를 썼으니, 이것이 아홉이다. 아! 나는 어찌 연못을 나타내려 하는가! 진실로 나의 뒤를 쫓아 유람하는 자는 나의 소광(疎狂)함을 비웃을 것을 알되, 그러나 탐색하는 데는 해로움이 되지 않고 일조(一助)가 될 것이다.

■ 익사하여 수신(水神)이 되었다는 전설에 의거해 조식(曹植)이 지은 낙신부(洛神賦)에 "그 형체가 경쾌함은 마치 놀란 기러기 같고, 유순함은 마치 헤엄치는 용 같으며, 빛난 광채는 가을 국화 같고, 무성함은 봄 소나무 같은데, 어렴풋함은 마치 가벼운 구름이 달빛을 가린 듯도 하고, 흩날림은 마치 실바람에 눈발이 돌아 날리는 듯도 하네. 멀리서 바라보면 깨끗함이 마치 아침놀 속의 태양 같고, 가까이서 자세히 보면 곱기가 마치 맑은 물결 위에 나온 연꽃 같도다. …… 물결 헤치며 사뿐사뿐 거닐면 비단 버선에 안개 먼지가 일도다."라고 한 데서 온 말로, 전하여 미인의 사뿐한 몸매와 고운 자태를 비유한다.

143 별 만을 줍고 희아(羲娥)는 빠뜨렸는가!: 이 글귀는 한퇴지의 석고가에, "孔子西行不到秦, 掎摭星宿遺羲娥!"라는 데서 온 문장이다. 희(羲)는 희화(羲和) 즉 해[日], 아(娥)는 상아(嫦娥) 즉 달[月]이니, 이 글귀의 뜻은 공자가 시서(詩書)를 산정(刪定)할 때 별처럼 시시한 시만을 수집하고, 일월처럼 빛난 이 석고문은 수집하지 못했다는 것이다.

화룡담 火龍潭

일곡이라 맑은 연못에 화룡(火龍)이 보이고
달 같은 구슬 머금어 천봉(千峰)을 비춰네.
아홉 수레 몰면서 상서로운 해 맞으니
파문 이는 곳에 붉은 구름 따른다네.

一曲淸潭見火龍 일곡청담견화룡

頷珠如月照千峰 함주여월조천봉

宛駕九軸迎瑞日 완가구주영서일

波紋開處絳雲從 파문개처강운종

화룡담 火龍潭　허균 許筠

깊은 웅덩이와 물굽이 검푸른데
굽어보니 어찌 그리 그윽한가!
양쪽 벼랑 미끄럽고 또 기울어져
오싹하여 오래 섰기 어렵다네.
그 밑에는 독룡이 도사리고 있어서
단풍잎을 던져서는 안 된다네.
구경꾼들 부디 발 조심하여
주린 용의 먹이가 되지 말기를.

深泓渟黛綠 심홍정대록

俯瞰何幽幽 부감하유유

兩崖滑而仄 양애활이측

竦身難久留 송신난구류

其下毒龍蟠 기하독룡반

霜葉不得投 상엽불득투

遊者愼跼足 유자신국족

毋爲龍所求 무위룡소구

선담 船潭

이곡이라 시내 가에 돌배가 평평하니
하늘이 창생을 구제하려는 것 같다네.
온종일 옆으로 흐르는 물 맑으니
어느 때에 노 저어 가는가!

二曲溪頭石艦平 이곡계두석함평
天心如欲濟蒼生 천심여욕제창생
盡日自橫淸淺水 진일자횡청천수
幾時能得副梢行 기시능득부초행

구담 龜潭

삼곡이라. 신령한 거북이 푸른 물에서 나오니
천년 머문 거북이 껍질 언덕에 있다네.
바위 가의 푸른 이끼 꿈틀대며 움직이니
오늘 여기 오니 낙서(洛書)[144]가 많다네.

三曲靈龜出碧波 삼곡령구출벽파

千年留殼在山阿 천년유각재산아

困蠢石頭蒼蘚點 균준석두창선점

如今還此洛書多 여금환차낙서다

진주담 眞珠潭

사곡이라. 밝은 구슬 삼나무에 비춰니
종횡으로 흐르는 많은 물 층층의 바위에 부딪치네.
흩어져 들어오니 물결의 중심 찾을 수 없는데
향기로운 안개 되어 봄 적삼을 적신다네.

四曲明珠映翠杉 사곡명주영취삼
縱橫千斛激層巖 종횡천곡격층암
散入波心無覓處 산입파심무멱처
盡成香霧浥春衫 진성향무읍춘삼

분설담 噴雪潭

오곡이라. 찬물이 나그네 마음 시원케 하는데
눈 같은 놀란 물결 푸른 언덕에 분출한다네.
아마도 이 꽃이 한낮의 해 능멸하는 것 같으니
일찍이 퇴적된 흙 계단에 있지 않다네.

五曲寒流爽客懷 오곡한류상객회
驚瀾如雪噴蒼崖 경란여설분창애
縱是瓊花凌白日 종시경화릉백일
不曾堆積在山階 부증퇴적재산계

벽파담 碧波潭

육곡이라 머무른 웅덩이에 만상이 비취는데
한 줄기 맑은 하늘 짙고 푸르다네.
낚시터 가에 있는 백로 물들까 두려워서
몸 일으켜 봉우리 남쪽으로 날아간다네.

六曲渟泓萬象涵 육곡정홍만상함
晴天一色碧於藍 청천일색벽어람
白鷺磯頭還恐染 백로기두환공염
飜身飛去玉峰南 번신비거옥봉남

비파담 琵琶潭

칠곡이라 비파 바위 위 면(面)이 기이한데
비스듬히 명월 안고 있는 때라네.
산창의 그윽한 밤 목메어 우는 소리 들리는데
수선은 예전처럼 비파 줄 조롱한다네.

七曲琵琶石面奇 칠곡비파석면기
正堪斜抱明月時 정감사포명월시
夜夜山窓幽咽響 야야산창유인향
水仙從古弄寒絲 수선종고농한사

흑룡담 黑龍潭

팔곡이라 깊은 연못 검은 용이 잠자는데
짙고 검은 구름 맑은 물에 떴다네.
일찍이 밤비 내린 검은 연못을 빌었는데
지금도 검은 흔적 불어남을 본다네.

八曲深湫隱睡驪 팔곡심추은수려
玄雲靆霴泛淸漪 현운담대범청의
曾借硯池行夜雨 증차연지행야우
至今猶見墨痕滋 지금유견묵흔자

영화담 映花潭

구곡이라 구름 병풍에 꽃은 아름다운데
붉고 푸른 물 맑은 모래에 일렁이네.
이는 거울 속의 가인(佳人)인가 의심하는데
새벽에 단장한아름다운 얼굴 비친다네.

九曲雲屛窈窕花 구곡운병요조화
淡紅濃碧漾晴沙 담홍농벽양청사
疑是佳人菱鏡裏 의시가인릉경이
曉粧婥約照鉛華 효장작약조연화

세두분 洗頭盆[145]

구천(九天)의 선녀는 구름 치마 끄는데
한가히 흐르는 물 새벽 화장 씻는다네.
지금도 바위 위에 그 자취 보이는데
수정의 소반 안에 연지의 향기 풍긴다네.

九天仙女曳雲裳 구천선녀설운상
閒向瓊流洗曉粧 한향경유세효장
石上至今猶見迹 석상지금유견적
水晶盤裏粉脂香 수정반이분지향

---

145 세두분(洗頭盆) : 만폭동에서 계곡을 따라 북쪽으로 가면 청룡담(青龍潭)과 세두분(洗頭盆), 백룡담(白龍潭)에 이른다. 이곳의 물은 매우 맑고 투명하였고 바위는 몹시 희고 깨끗하였다.

만폭동 萬瀑洞[146]

시내로 가는 길 위태한 비탈 비스듬히 도는데
걸어서 흐르는 물 따라가니 붉은 안개 나온다네.
은하의 일만 길이 신선 고을로 돌아가는데
월굴(月窟)[147] 천년에 불가 만들었네.
절벽의 영롱한 구름 비단 같은데
많은 봉우리에 푸른 새싹 나온다네.
나무꾼의 도낏자루 다 썩고 산 빛도 저물었는데
다만 바둑판 위 이끼가 꽃수 놓았다네.

※ 시내 위에 석각(石刻)한 기국(碁局)이 있다.

危磴縈廻澗路斜 위등영회간로사

步隨流水出丹霞 보수유수출단하

銀河萬道歸仙洞 은하만도귀선동

月窟千年作佛家 월굴천년작불가

絶壁玲瓏雲似錦 절벽영롱운사금

---

146 만폭동(萬瀑洞) : 내금강에 있는 계곡.
147 월굴(月窟) : 달의 궁전.

羣峰葱鬱玉生芽 군봉총울옥생아

樵柯爛盡山暉暮 초가난진산휘모

惟見殘枰繡蘚花 유견잔평수선화

만폭동萬瀑洞에서
율곡선생의 시에 차운하다   윤증尹拯

쌍학대는 만폭동에 들어가는 문인데
화룡담은 흑룡 향하여 달려간다네.
돌사자는 우측의 향로봉 기운 받았는데
오로봉은 남쪽의 혈망봉과 구름이 연하네.
진불암 골 깊어 여름에도 눈이 있는데
관음굴 으슥하여 낮에도 어둡다네.
벼랑에 큰 글자 새긴 사람 어디로 갔는가!
그의 영혼 아마도 이 골 속에 와 있으리.

雙鶴臺爲萬瀑門 쌍학대위만폭문

火龍潭向黑龍奔 화룡담향흑룡분

石獅右挹香爐氣 석사우읍향로기

五老南連穴網雲 오로남련혈망운

眞佛深庵夏留雪 진불심암하류설

觀音幽窟晝猶昏 관음유굴주유혼

鐫崖大字人何去 참애대자인하거

應有歸來洞裏魂 응유귀래동리혼

만폭동 어귀 김창협金昌協

수많은 산새들 여기저기 지저귀는데
나그네는 가다 쉬고 물길은 동서로 흐른다네.
노을 진 붉은 기운 붉은 산 에워쌌는데
단풍잎 쌓인 푸른 숲이 푸른 계곡 덮었다네.
나 홀로 찾아와서 안락한 마음 펼치는데
다시 유람해도 황홀한 무릉도원인지 알지 못한다네.
예로부터 흥취 함께한 이 몇 사람인가!
두루 암벽 돌아가며 전에 각자한 시 찾아본다네.

山鳥千啼復萬啼 산조천제부만제
幽人行坐水東西 유인행좌수동서
霞標絳氣扶丹嶂 하표강기부단장
楓疊靑林覆綠溪 풍첩청림복록계
獨往聊申康樂意 독왕료신강악의
重游未覺武陵迷 중유미각무릉미
古來幾許同吾興 고래기허동오흥
巡徧蒼厓覓舊題 순편창애멱구제

289

만폭동 허균許筠

兩峽擘層崖
양 협 벽 층 애
층층 벼랑 갈라져 두 계곡되었는데

百川潰其中
백 천 궤 기 중
많은 시내 그 안에서 어지럽게 흐른다네.

噴流日澒洞
분 류 일 홍 동
분출하며 흐르는 물 날마다 넘실거리는데

濺沫常溟濛
천 말 상 명 몽
흩뿌리는 포말이 늘 자욱하다네.

初驚蒼壁拆
초 경 창 벽 탁
푸른 벼랑 갈라짐이 놀라운데

飛出雙白龍
비 출 쌍 백 룡
하늘 나는 두 마리 하얀 용이라네.

細看天罅破
세 간 천 하 파
자세히 하늘 보니 틈이 벌어져

倒掛萬玉虹
도 괘 만 옥 홍
많은 무지개 거꾸로 걸렸다네.

轟霆當畫起
굉 정 당 주 기
대낮에 뇌성벽력 일어나고

亂石薄雷風
난 석 박 뇌 풍
어지러이 나는 돌 뇌풍에 난다네.

潭潭曲相潴
담 담 곡 상 저
굽이치는 웅덩이들 물 쌓이는데

咫尺跳波通
지 척 도 파 통
지척에서 파란 일며 소통한다네.

壯觀駴我心
장 관 해 아 심
그 장관(壯觀) 내 마음 떨리게 하는데

巍哉造化功
위 재 조 화 공

아름답도다! 조화의 공이라네.

康樂遊石門
강 악 유 석 문

사강락[148]은 석문에 노닐었다면

謫仙望爐峯
적 선 망 로 봉

적선(謫仙, 이백)은 향로봉을 바라보았다네.

未知千載後
미 지 천 재 후

천 년이 지난 뒤에는

此景誰雌雄
차 경 수 자 웅

이 경치 누구와 겨룰지 알지 못하겠네.

---

148 사강락 : 강락공(康樂公)에 봉해진 남조 송(南朝宋) 때의 문장가 사영운(謝靈運)을 가
리킨다.

청호연青壺淵[149]

많은 신선들 자하주에 함께 취했는데
술병 쥐고 웃으며 푸른 이끼에 넘어지네.
시내 위 벽라(薜蘿)에 밝은 달 비춰는데
지금도 오히려 기이한 향기 온다네.

羣仙同醉紫霞杯 군선동취자하배
笑把瓊壺倒碧苔 소파경호도벽태
明月薜蘿清澗上 명월벽라청간상
至今猶有異香來 지금유유이향래

---

149 청호연(青壺淵) : 금강산 계곡물의 명칭.

표훈사 表訓寺¹⁵⁰

운산(雲山) 곳곳에 시내 길게 흐르는데

절에 이르니 시흥이 미친 듯 일어나네.

옛 절 천년에 금부처 늙었는데

5월 조용한 수림에 녹음이 서늘해

청호연의 시 모임에 연꽃이 소중한데

백탑(白塔)에 경서 저장하니 패엽(貝葉)¹⁵¹의 향기라네.

술 취하여 그윽이 바라봄이 두려운데

헐성루 내려오니 석양이라 말하네.

雲山處處玉流長 운산처처옥류장

---

150 표훈사(表訓寺) : 표훈사는 금강산 4대 사찰(유점사, 장안사, 신계사, 표훈사) 중 유일하게 남아 있는 사찰이다. 670년 신라의 승려 능인·신림·표훈이 처음 세우고 신림사라 하였다가 3년 후 이름을 고쳤다. 불에 타버리거나 쇠락한 것을 1682년(숙종 8)과 1778년(정조 2) 두 차례에 걸쳐 복원하였다. 원래 20여 동의 많은 전각이 있었지만 현재 경내에는 반야보전(般若寶殿), 명부전, 영산전, 어실각(御室閣), 칠성각, 능파루(凌波樓) 등의 전각과 7층석탑이 남아 있다. 7층석탑을 중심으로 본전인 반야보전과 입구인 능파루가 남북의 중심축을 따라 마주 보고, 반야보전을 중심으로 명부전과 영산전이 양쪽에 나란하게 있으며, 석탑을 중심으로 동서 양쪽에 극락전터와 명월당터가 있다. 또 능파루를 중심으로 동서 양쪽에는 요사채인 판도방(判道房)과 어실각이 있다.

151 패엽(貝葉) : 불교의 책을 말함.

行到禪家興轉狂 행도선가흥전광

古寺千年金像老 고사천년금상노

空林五月翠陰凉 공림오월취음량

靑壺結社蓮花重 청호결사연화중

白塔藏經貝葉香 백탑장경패엽향

一醉恐敎幽眺晩 일취공교유조만

歇惺樓下報斜陽 헐성루하보사양

표훈사表訓寺 허균許筠

영롱한 푸른빛이 수풀 끝에 맺혔는데
넓은 전각에 사람 없고 저녁 종만 남았다네.
아마도 용천(龍天)[152]이 와 청소하는가!
자욱한 화로 연기 오색구름 서린다네.
폐한 절 다시 새로우니 이 또한 인연인데
노승의 신력이 암자 움직이네.
전각에서 연화 솟아나니
생각건대 담무갈[153]은 벙실벙실 웃어댄다네.

玲瓏金碧纈林端 영롱금벽힐림단

廣殿無人夕磬殘 광전무인석경잔

疑有龍天來洒掃 의유용천래쇄소

爐煙霏作裔雲盤 노연비작예운반

寺廢重新亦有緣 사폐중신역유연

老師神力動諸天 노사신력동제천

珠宮忽湧蓮花地 주궁홀용련화지

想被曇無笑輾然 상피담무소전연

---

152 용천(龍天) : 불법(佛法)을 수호하는 신인 천룡팔부(天龍八部)를 가리킨다.

153 담무갈 : 보살(菩薩) 이름으로, 산스크리트어 다르모드가타(Dharmodgata ; 達摩鬱伽陀)의 음역이다.

표훈사 노수신盧守愼

한가롭게 흩어진 돌 거두니 비스듬한 베개 되었는데
일부러 비천을 가로막으려고 소금을 뿌렸다네.
책 읽기 지겨워서 서서히 걸어가니
금강대 밖에 두 뾰족한 봉우리 보인다네.

閑收亂石欹成枕 한수란석의성침
故閉飛泉散作鹽 고폐비천산작염
待倦讀書徐步去 대권독서서보거
金剛臺外看雙尖 금강대외간쌍첨

표훈사 조경趙絅

명산은 숨기기 어려워 중국에 알려지니
훈사란 깃발 제왕이 하사했네
불귀신이 자주 재주 부려 불태웠는데
솜씨 좋은 목수들이 다시 문에 가득 모였다네.
향 태우니 향연(香煙)이 금선좌에 도달하는데
머리 감은 사람 옥녀분에 이르렀네.
잠시 마루에 두 다리 뻗고 생각하니
지난날 무슨 일로 대궐에 출입했는가!

名山難祕聞中國 명산난비문중국
表訓招提帝賜幡 표훈초제제사번
回祿鬱攸頻逞恌 회록울유빈령기
工倕繩墨又盈門 공수승묵우영문
供香煙達金仙座 공향연달금선좌
沐髮人臨玉女盆 목발인림옥녀분
暫借禪床伸兩脚 잠차선상신량각
向來何事騁高軒 향래하사빙고헌

표훈사 임춘 林椿

山日將昏雨不微   날 저문 황혼에 굵은 빗발 떨어지는데
산 일 장 혼 우 불 미

細路無人唯鳥飛   사람 없는 좁은 길에 산새만 날아가네.
세 로 무 인 유 조 비

溪流百折石齧足   시냇물 구불대며 흐르고 돌부리 발에 차이는데
계 류 백 절 석 설 족

水底戢戢群羊肥   물밑에 많은 양들 모여든다네.
수 저 집 집 군 양 비

山深路黑迷所向   깊은 산 길 침침하여 갈 곳이 희미한데
산 심 로 흑 미 소 향

欲問古寺行人稀   고찰(古刹) 물어보려는데 행인이 드물다네.
욕 문 고 사 행 인 희

悲風颯颯吹我裳   쓸쓸히 바람 불어 나의 옷자락 펄럭이는데
비 풍 삽 삽 취 아 상

僕夫顚僵馬又飢   마부는 넘어지고 말은 굶주렸다네.
복 부 전 강 마 우 기

咫尺長安不得渡   지척의 장안사 건너갈 수가 없어서
지 척 장 안 불 득 도

隔林孤村夜叩扉   수풀 너머 외로운 마을에서 사립문 두드리는 밤이라네.
격 림 고 촌 야 고 비

一夜窓間度雨聲   하룻밤 창가에 비 오는 소리 들리는데
일 야 창 간 도 우 성

平明欲出猶陰霏   평일에 나가려 해도 오히려 비 뿌린다네.
평 명 욕 출 유 음 비

逶迤始訪表訓寺   돌고 돌아 표훈사 찾아가니
위 이 시 방 표 훈 사

澗水松風聲合圍
간 수 송 풍 성 합 위
시냇물 소리 솔바람 소리 합주한다네.

沙門迎我坐佛堂
사 문 영 아 좌 불 당
절에서 영접하여 불당에 앉히고서는

僧粥充飢火燎衣
승 죽 충 기 화 료 의
죽 끓여 허기 채우고 화롯불로 옷 말려준다네.

嗟余此行豈偶然
차 여 차 행 기 우 연
아, 나의 이 걸음이 어찌 우연한 일이겠는가,

數月幸脫紅塵覊
수 월 행 탈 홍 진 기
다행히 몇 달 동안 세상 일 벗어날 수 있었다네.

我願山靈速放晴
아 원 산 령 속 방 청
산령이 속히 쾌청하게 해 주기를 나는 원하니

不窮此山吾不歸
불 궁 차 산 오 불 귀
이 산 다 구경하지 못해 나 돌아가지 못한다네.

표훈사 김창흡金昌翕

세 누각을 산영(山影)이라 부르는데
표훈사가 그 중간에 장엄하다네.
많은 바위들 가파른데
뭇 신선들이 나들이하는 관문이라네.
구름은 알 품은 학의 둥우리 덮었는데
우레 치니 용들 포구에서 싸운다네.
율곡선생의 장편시가 아직 남아 있는데
청사초롱이 벽 사면에 둘려있다네.

三樓山影號 삼누산영호
表訓壯中間 표훈장중간
萬玉崢嶸圃 만옥쟁영포
群仙出入關 군선출입관
雲棲胎鶴穴 운서태학혈
雷吼鬪龍灣 뇌후투룡만
栗老長篇在 율로장편재
紗籠四壁環 사롱사벽환

표훈사   박장원朴長遠

높고 낮은 층계 길에 푸른 덩굴 덮였는데
벌려선 하얀 봉우리들 높기만 하다네.
여산(廬山)의 진면목을 이곳에서 찾을 수 있는데
천모산[154] 안개는 꿈에 견주어 많다네.
이 몸 진세에서 벗어난 것 잠시 기뻐하는데
묵묵히 전의 일 생각하며 마냥 읊조린다네.
누가 세상에서 장편의 글 지어서
동국 유람한 한 곡조에 화답하겠는가!

梯逕高低關碧蘿 제경고저관벽라

玉峯羅列白峩峩 옥봉나열백아아

廬山面目尋眞在 여산면목심진재

天姥煙霞較夢多 천모연하교몽다

乍喜此身超汗漫 사희차신초한만

嘿思前事費吟哦 묵사전사비음아

誰堪海內爲長句 수감해내위장구

解和東遊一曲歌 해화동유일곡가

---

154 여산―천모산 : 여산은 중국 강서성에 있는 유명한 산 이름이고, 천노산은 옛날 황
제가 노닐었다는 전설상의 산이다.

표훈사 최창대崔昌大

골짜기 안 바위산이 하늘 둘러 꽂혔는데
산 앞 은밀한 누각에 안개 끼었다네.
맑은 연못에 아름다운 꽃 그림자 비춰는데
옛 바위에 늙은 잣나무 그늘 드리웠다네.
높은 절집의 향로는 몹시 고요한데
푸른 숲에 서리 내려 곱게 물들었다네.
심오한 이치 무언 속에 있는 법인데
홀로 한가한 승려와 함께 팔베개하고 존다네.

洞裏巖巒環揷天 동리암만환삽천
山前樓觀密含煙 산전누관밀함연
淸潭寫影幽花細 청담사영유화세
古石垂陰老柏圓 고석수음로백원
寶殿香爐深寂寂 보전향로심적적
碧林霜旭淨娟娟 벽림상욱정연연
玄機只在無言地 현기지재무언지
獨伴閒僧枕肘眠 독반한승침주면

정양사 正陽寺[155]

천봉이 고요 속에 서 있고 바람소리 높은데
귀밑머리 희끗한데 가을바람 보낸다네.
고사(古寺)에는 금불전의 향기 그윽한데
석양에 취하여 한 사람 청포(靑袍)[156]의 말 듣는다네.

千峰寂立碧聲高 천봉적립벽성고
欲遣秋風到鬢毛 욕견추풍도빈모
古寺寒香金佛殿 고사한향금불전
夕陽聞醉一靑袍 석양문취일청포

■

155 정양사(正陽寺) : 신라시대에 창건된 사찰로, 내금강의 표훈사 북쪽 방광대(放光臺)
     숭턱에 자리 잡고 있으며, 산의 정맥이 양지바른 곳에 놓였다고 하여 정양사라 이
     름 붙였다고 전한다. 고려 태조 왕건과 법기보살(法起菩薩)의 전설이 있는 방광대와
     태조가 절을 했다는 배점(拜帖)이 남아 있다. 일제 강점기의 31본산 중 하나였던 금
     강산 유점사의 말사였다. 반야전, 약사전, 삼층석탑과 석등이 일직선상에 배치되어
     있고 앞쪽 좌우에 부속 건물들이 있다. 이외에 헐성루, 영산전, 명부전, 승방 등의
     건물들이 있었으나 6·25 때 소실되었다.

156 청포(靑袍) : 예전에, 푸른 빛깔의 도포(道袍)를 이르던 말. 조선시대에 사품(四品), 오
     품(五品), 육품(六品)의 관원들이 공복(公服)으로 입던 옷이다.

비 온 뒤에 정양사正陽寺에서 최립崔岦

비로봉의 빼어난 자태 맑은 하늘에 떠있는데
일만이천 봉우리 대체로 같은 모습이라네.
금강산의 진정한 근골(筋骨) 운 좋게 보았는데
온 산 돌아본 발자취 어찌 남기겠는가!

毘盧秀色泛晴空 비로수색범청공
萬二千峯大略同 만이천봉대략동
正見金剛眞骨相 정견금강진골상
何須足迹遍山中 하수족적편산중

정양사에서
신광한申光漢의 시에 차운하다 　윤증尹拯

묻노라, 그대 산이여 몇천 년을 살았는가!
분단장 떨어지니 늙은 자태도 어여쁘다네.
부질없이 사람들은 삼생 인연 원하지만도
학 떠난 빈 누대도 백 년이나 되었다네.

問爾爲山壽幾千 문이위산수기천
粉粧零落老嬋姸 분장령낙로선연
人間漫結三生願 인간만결삼생원
鶴去臺空亦百年 학거대공역백년

※ 산의 바위가 원래는 검푸른색이었는데 그중에서 흰빛을 띠고 있는 것은 이끼
　가 끼어 그런 것이니, 옥이라는 이름에 부끄러움이 있은 지가 이미 오래이다.
　또 옛날에는 금강대(金剛臺) 위에 푸른 학이 와서 놀았는데, 지금은 보이지 않은
　지가 이미 백 년이 다 되어 간다 한다. 그래서 장난삼아 기재의 말을 뒤집어서
　조롱한 것이다.

헐성루 歇惺樓[157]

지팡이 멈춘 곳에서 홀연 정신이 드니
금강산의 면면이 새롭게 보인다네.
몽접(夢蝶)[158]하여 처음으로 도니 백일도 희미해
마려(磨驢)[159]의 남은 자취 속세를 비웃는다네.
일천 봉에 바위 서 있고 누대에는 눈 덮였는데
일만 골짜기 안개 끼니 나무는 봄이라네.
석양에 누상(樓上)의 외로운 나그네

---

157 헐성루(歇惺樓) : 정양사 절 경내의 오른쪽에는 자그마한 누각이 있는데, 헐성루(歇惺樓)라고 한다. 금강산 일만이천봉을 한꺼번에 구경할 수 있다고 하며, 금강산에서 가장 유명한 누각이다.

158 몽접(夢蝶) : 나비를 꿈꾼다는 뜻으로, 인간의 굴레를 벗어나 자유롭게 노니는 것을 비유한 말이다. 《장자(莊子)》〈제물론(齊物論)〉 마지막에 "언젠가 장주가 꿈속에서 나비가 되었다. 나풀나풀 잘 날아다니는 나비의 입장에서 스스로 유쾌하고 만족스럽기만 하였을 뿐 자기가 장주인 것은 알지도 못하였는데, 조금 뒤에 잠을 깨고 보니 몸이 뻣뻣한 장주라는 인간이었다.〔昔者莊周夢爲胡蝶, 栩栩然胡蝶也, 自喩適志與, 不知周也, 俄然覺則蘧蘧然周也.〕"라는 나비의 꿈 이야기가 나온다.

159 마려(磨驢) : 빙글빙글 돌면서 맷돌을 끄는 나귀라는 뜻으로, 발전하지 못하고 답습만 하는 상태를 표현할 때 쓰는 말이다. 소식(蘇軾)의 시에 "나의 생계가 졸렬하기 그지없어서, 맷돌 끄는 나귀처럼 돌기만 하는 것을 비웃겠지.〔應笑謀生,拙 團團如磨驢.〕"라고 하였고, 또 "돌고 도는 것이 맷돌 끄는 소와 같아서, 걸음걸음마다 묵은 자국만 밟노라.〔團團如磨牛, 步步踏陳跡.〕"라고 하였다. 《蘇東坡詩集 卷21 伯父送先人下第歸蜀詩云, 卷35 送芝上人游廬山》

자신이 그림 속 사람임을 알지 못하네.

遊節歇處忽惺神 유공헐처홀성신
面面金剛着眼新 면면금강착안신
夢蝶初回迷白日 몽접초회미백일
磨驢餘迹笑紅塵 마려여적소홍진
千峰石立瑤臺雪 천봉석립요대설
萬壑烟籠錦樹春 만학연롱금수춘
樓上斜陽孤坐客 누상사양고좌객
不知身是畫中人 부지신시화중인

이튿날 아침 비가 개어
헐성루에 오르다   채제공 蔡濟恭

일찍 일어나 난간에 기대어 보니 시야가 툭 트였는데
고을에 구름 피어오르고 하늘엔 해 걸렸다네.
허명(虛明)한 본체가 어찌 손상되겠는가!
예전처럼 하늘 향해 무수히 솟은 일만이천봉이라네.

早起憑欄始豁然 조기빙란시활연
洞雲寥廓日輪懸 동운요곽일륜현
虛明本體何曾損 허명본체하증손
依舊叢霄萬二千 의구총소만이천

천일대天一臺[160]

동천(洞天)[161]이 열린 곳에 하나의 높은 누대
나조(羅照)[162]의 많은 광채 현란하게 보인다네.
만일 화가 시켜 그려가게 한다면
수레에 가득한 가는 비단 어찌 다 재단할까!

洞天開處一高臺 동천개처일고대
羅照千光炫眼來 나조천광현안래
如使畫師摹瀉去 여사화사모사거
滿車霜絹不勝裁 만차상견부승재

---

160 천일대(天一臺) : 정양사(正陽寺) 앞의 천일대는 내금강의 전경이 잘 보여 전망이 좋기로 이름난 곳이다. 이곳에서 마하연암(摩訶衍庵) 뒤를 병풍처럼 둘러싼 바위 봉우리들인 중향성(衆香城)이 보인다고 한다.

161 동천(洞天) : 하늘에 이어짐, 또는 하늘과 통합.

162 나조(羅照) : 새나 갈대를 한 자쯤 잘라서 묶은 다음 붉은 종이로 감아서 초처럼 불을 켜는 것으로, 나조(羅照)라고도 한다.

천일대天一臺[163] 황경원黃景源

수정같이 빛나는 바윗골 삼면이 동일한데
선방(禪房)은 멀리 계수나무 숲속에 있다네.
하늘에 흘러가는 구름 숲 너머 이어지는데
들쭉날쭉한 대나무 석양에 반사한다네.
멀리 산길에 처음으로 달 떠오르는데.
멀리서 바람 불어 가을 심경 쓸쓸하다네.
다시 천일대 앞에서 젓대 불며 노는데
나는 신선이 푸른 하늘 건넌다고 누가 말했나!

巖谷晶熒三面同 암곡정형삼면동
禪房遙在桂花叢 선방요재계화총
游雲寥廓連林外 유운요곽연림외
寒玉參差返照中 한옥참차반조중
山徑迢迢初上月 산경초초초상월
秋懷颯颯遠臨風 추회삽삽원림풍
笙簫更向臺前弄 생소경향대전롱
誰謂飛仙度碧空 수위비선도벽공

163 천일대(天一臺): 정양사에 있는 누각 이름.

310

백화암白華庵¹⁶⁴에서
완성법사玩悭法師에게 써서 주다

백화암 안 백발의 스님

일찍이 옛 백련사의 벗이라네.

당년에 세상 피해 왔다 들리니

풍우만 오가는 공산에서 전등(傳燈)¹⁶⁵을 읽는다네.

白華庵裏白頭僧 백화암이백두승

曾是白蓮舊社朋 증시백련구사붕

聞說當年來避世 문설당년래피세

空山風雨讀傳燈 공산풍우독전등

※ 완사(玩師)는 일찍이 서울 서쪽 백련사(白蓮寺)에 살았다. 내가 어렸을 적에 그 선
   방을 빌어서 공부하였다. 이별한 지 20여 년인데 여기에서 상봉했다.

---

164 백화암(白華庵) : 강원도 회양군 내금강면 장연리 금강산 표훈사(表訓寺)에 있었던
   암자. 31본산(本山) 때에는 유점사(楡岾寺)의 말사였다.

165 전등(傳燈) : 중국 송나라의 도언(道彦)이 1004년에 엮은 불교 서적. 석가모니 이래
   여러 조사(祖師)들의 법맥(法脈)과 법어(法語)들을 모아서 엮은 것으로, 모두 30권으
   로 되어 있다.

지장암 地藏庵¹⁶⁶

그윽한 풀길 따라 암자 찾았는데
5월의 소나무소리 가을처럼 냉랭하다네.
스님은 산에 구름 낀다 말하는데
시내 가엔 비 먼저 오려 한다네.

蘭若行尋草徑幽 난약행심초경유
松聲五月冷如秋 송성오월냉여추
居僧報說山雲起 거승보설산운기
雨意先濃碧澗頭 우의선농벽간두

---

166 지장암(地藏庵) : 장안사 북쪽 기슭에 있는 극락암(極樂菴)을 지나 업경대(業鏡臺)로
가는 도중에 있는 암자 이름이다.

지장암에서 이의현李宜顯

돌길은 가마가 편안하더니
나무 부여잡고 올라가 절에 이르렀네.
붉은 난간이 구름 위로 솟아 있는데
자줏빛 산골짜기에 가을빛이 비췬다네.
쓸쓸함이 참으로 견줄 데 없는데
시끄러운 세상 저절로 잊는다네.
초연하게 편안히 앉았는데
푸르른 산 빛이 술잔에 뚝뚝 떨어진다네.

石路肩輿穩 석로견여온
攀登得上方 반등득상방
朱欄出雲杪 주란출운초
丹壑映秋光 단학영추광
蕭灑眞無比 소쇄진무비
囂喧自覺忘 효훤자각망
超然燕坐處 초연연좌처
山翠滴霞觴 산취적하상

옥경대 玉鏡臺

높은 기둥이 하늘에 꽂혔는데
그림자 맑은 물에 들어오고 담담한 하늘이라네.
양강의 외로운 배 내려가는 것 같은데
서린 용이 물속의 동(銅) 들어 올리네.

岹嶢玉柱揷天中 초요옥주삽천중
影入澄泓澹澹空 영입징홍담담공
宛似楊江孤棹下 완사양강고도하
盤龍擎出水心銅 반용경출수심동

장안사 長安寺

흰 구름 가에 높고 푸른 봉우리 나오고

그윽한 오솔길에 푸른 숲 짙은 그늘

명산을 빌어 유숙한 지 며칠이나 되었는가!

평지에 돌아오니 또 신선루가 있다네.[167]

칠불암에 꽃 피고 옷깃이 젖는데

만천교 새벽달 밝은데 종(鐘)이 물에 떠왔다네.[168]

비 온 뒤 장정(長亭)에서 길 재촉하는데

총마 탄 서행 길 마음은 유유하다네.

---

167 금강의 모든 지역이 험하고 높지 않음이 없으나, 그러나 이곳에 이르러서 비로소 평지의 절을 보는데, 또한 신선루가 있다.

168 종(鐘)이 물에 떠왔다네 : 고려 때 민지(閔漬)가 찬한 〈유점사기(楡岾寺記)〉에 의하면, 서역(西域)의 월지국(月支國)에서 일찍이 53구(軀)의 부처가 무쇠의 종(鐘)을 타고 서해(西海)에 떠와서 안창현(安昌縣)의 포구(浦口)에 대었는데, 이때 현재(縣宰) 노춘(盧偆)이 관속들을 거느리고 가보니, 부처는 보이지 않고 부처가 나뭇가지에 종을 걸어 놓고 쉰 흔적만 있었다. 이리저리 부처를 찾던 도중 한편에서 종소리가 나는 것을 듣고는 그곳으로 가보니, 못이 하나 있고 못 위에 느릅나무가 있는데, 느릅나무 가지에 종을 걸어 놓고 여러 부처들이 못 언덕에 죽 벌여 있으면서 이상한 향기를 풍겼다. 그러므로 노춘이 관속들과 함께 부처 앞에 나아가 예배하고, 돌아가서 왕께 아뢴 다음, 이 자리에 절을 창건하여 그 부처들을 봉안(奉安)하고 유점사(楡岾寺)라고 이름 지었다고 한다.

蔚藍高出白雲頭 울람고출백운두

綠樹陰濃古徑幽 녹수음농고경유

借宿名山幾旅榻 차숙명산기여탑

歸來平地又仙樓 귀래평지우선루

七佛巖花春袂濕 칠불암화춘몌습

萬川橋月曉鍾浮 만천교월효종부

雨後長亭催去路 우후장정최거로

西行驄馬意悠悠 서행총마의유유

장안사長安寺에서 묵다　이곡李穀

새벽안개에 반걸음 앞도 분간하기 어렵다가
해 둥실 떠 환해지니 용천(龍天)[169]이 얼마나 고마운가!
구름으로 이어진 산 멀리 서·남·북으로 치닫는데
눈 속에 서 있는 봉우리 일만이천이라네
한번 보니 곧바로 참다운 면목 알았는데
수많은 사람들과 좋은 인연 맺은 덕분이라네,
날 저물어 다시 승방 찾아 하룻밤 묵었는데
계곡물 소리 솔바람 소리 모두 선(禪)을 말한다네.

曉霧難分跬步前 효무난분규보전

日高淸朗謝龍天 일고청랑사용천

雲連山遠西南北 운련산원서남북

雪立峯攢萬二千 설립봉찬만이천

一見便知眞面目 일견편지진면목

---

169 용천(龍天): 불법(佛法)을 수호하는 신인 천룡팔부(天龍八部)를 가리키는데,《화엄경
(華嚴經)》에 나오는 법기보살(法起菩薩)이 금강산을 주처(住處)로 삼는다는 기록이
있기 때문에 이렇게 말한 것이다. 천룡팔부는 천(天)·용(龍)과 야차(夜叉)·건달바
(乾闥婆)·아수라(阿修羅)·가루라(迦樓羅)·긴나라(緊那羅)·마후라가(摩睺羅伽) 등
이다.

多生應結好因緣 다생응결호인연

晩來更向蓮房宿 만래경향련방숙

溪水松風摠說禪 계수송풍총설선

장안사에 머무르며 읊다   이규보 李奎報

산에 이르니 찌든 때 씻을 수 있는데
더구나 고승(高僧) 지도림[170]을 만났음에랴.
긴 칼 차고 멀리 유람하는 외로운 나그네 생각하는데
한잔 술로 서로 웃으니 고인의 마음이라네.
맑게 갠 집 북쪽 시내에 구름 흩어지는데
달 지는 성 서쪽 대나무밭 안개 자욱하다네.
병으로 세월 보내니 부질없이 졸음만 오는데
꿈속 동산에서 소나무와 국화를 찾는다네.

到山聊得滌塵襟 도산료득척진금
況遇高僧支道林 황우고승지도림
長劍遠遊孤客思 장검원유고객사
一杯相笑故人心 일배상소고인심
天晴舍北溪雲散 천청사북계운산
月落城西竹霧深 월낙성서죽무심
病度流年空嗜睡 병도유년공기수
古園松菊夢中尋 고원송국몽중심

---

170 지도림(支道林): 진(晉)의 고승 지둔(支遁)으로, 자는 도림(道林), 지형산(支硎山)에 은
둔하여 수도했으며 세상에서는 지공(支公), 또는 임공(林公)이라 하였다.

장안사 기행시 허균許筠

化城眺生臺 화 성 조 생 대	절에서 생대(生臺)[171]를 바라보는데
洞宮依崇岫 동 궁 의 숭 수	동궁(洞宮)[172]은 높은 봉우리 의지했다네.
突兀騫鳳甍 돌 올 건 봉 맹	우뚝한 용마루 나를 듯한데
參差列雲構 참 치 렬 운 구	들쭉날쭉 구조물 줄지어 있다네.
藻井倒垂蓮 조 정 도 수 련	조정(藻井)[173]에는 연꽃이 거구로 매달렸는데.
虹梁屈承霤 홍 량 굴 승 류	구부러진 무지개 들보 처마에 이었다네.
纏龍覆金龕 전 룡 복 금 감	서린 용으로 감실 덮었는데
伏猊蹲瑤甃 복 예 준 요 추	엎드린 사자 담벽에 웅크렸다네.
法像煥巍崇 법 상 환 외 숭	빛나는 법상 높고 높은데
鬼物紛決驟 귀 물 분 결 취	귀물은 어지럽게 달아날 듯하다네.

171 생대(生臺): 불교(佛敎)의 용어로, 선사(禪舍)에서 여러 스님의 생반(生飯: 선종에서 언제나 밥을 먹을 때에 밥을 조금씩 떼어 광야귀(曠野鬼) 등에게 주는 밥)을 모아 새나 짐승에게 주는 대(臺)이다.

172 동궁(洞宮): 도사나 신선이 사는 곳을 가리킨다.

173 조정(藻井): 화재를 예방하는 뜻으로 수초를 그린 천장.

玉毫絢彤霄 옥호(玉毫)[174]는 붉은 하늘에 비치는데
옥 호 현 동 소

紺霞弄晴晝 비갠 날 감색 놀이 휘날린다네.
감 하 롱 청 주

貝葉當午翻 대낮이면 불경을 뒤적이는데
패 엽 당 오 번

洪鍾候晨扣 새벽이면 큰 쇠북 두들겨대네.
홍 종 후 신 구

旃檀妙香焚 전단목의 향불 묘하게 피어오르는데
전 단 묘 향 분

闥婆天樂奏 건달파왕이 하늘 음악 연주한다네.
달 파 천 악 주

珪幣萃捨施 시주한 폐백이 모여드니
규 폐 췌 사 시

人天極趨走 사람들 자연히 몰려온다네.
인 천 극 추 주

夙齡遐賞違 이른 나이에 멀리 구경하며 돌아가는데
숙 령 하 상 위

玆遊壯觀富 이번 유람 기절한 장관이 많다네.
자 유 장 관 부

探奇情始愜 기이함에 나의 마음 상쾌한데
탐 기 정 시 협

---

174 옥호(玉毫) : 여래(如來) 32상(相)의 하나로, 미간(眉間)에 있다는 백옥과 같은 흰 털을
말하는데, 거기에서 대광명(大光明)을 발산하여 시방세계(十方世界)를 비춘다고 한다.

討幽計方售
토 유 계 방 수
그윽한 곳 찾을 계획 이뤄졌다네.

稽首不動尊
계 수 불 동 존
존좌의 부처님께 머리 조아리노니

天眼非虛覯
천 안 비 허 구
천리안은 헛되이 보지 않는다네.

空花捐起滅
공 화 연 기 멸
공화(空花)[175]는 기멸(起滅)[176]을 떨어버리는데

正法無聲臭
정 법 무 성 취
정법이란 소리도 냄새도 없는 법이라네.

洗心願歸依
세 심 원 귀 의
마음 씻고 귀의하길 원하지만

燈燈在傳授
등 등 재 전 수
등불은 전수함에 달려 있다오.

---

175 공화(空花) : 공중의 꽃이란 뜻으로, 허공 중에는 본디 꽃이 없는 것이지만, 눈병 있는 사람이 혹시 이를 보는 수가 있다. 본디 실재하지 않는 것을 실재한 것이라고 잘못 아는 것을 비유한 말로, 즉 망상(妄想)을 의미한다.

176 기멸(起滅) : 출현(出現)과 소멸(消滅), 또는 시작과 종지부를 뜻한다.

장안사 입구에서 최익현崔益鉉

단발령 지나니 발걸음 가벼운데
장안사 동구에는 석양빛이 밝다네.
이곳에 사는 사람들 유람하는 사람 좋아하여
다투어 호응하여 길 인도한다네.

斷髮嶺過步屧輕 단발령과보섭경
長安洞口夕陽明 장안동구석양명
居民不厭江山客 거민불염강산객
呼應爭傳路引聲 호응쟁전로인성

장안사長安寺 벽의 이정李楨이 그린
영상화影像畵와 산수山水에 대한 노래 허균許筠

古來幾人能畵佛 고 래 기 인 능 화 불	예부터 몇 사람이나 불화(佛畵)를 잘 그렸는가!
道玄已仙公麟沒 도 현 이 선 공 린 몰	도현[177]은 신선되고 공린[178]은 죽었다네.
東方最稱李將軍 동 방 최 칭 리 장 군	동국에선 가장 먼저 이장군[179]을 일컫는데
其孫阿楨尤奇絶 기 손 아 정 우 기 절	그 손자 이정[180]이 더욱 기이하고 절륜했다네.
長安粉壁深潭潭 장 안 분 벽 심 담 담	장안사 하얀 벽이 깊고도 넓은데
楨也畵時年十三 정 야 화 시 년 십 삼	정이 30세에 이 그림 그렸다네.
元氣淋漓壁猶濕 원 기 림 리 벽 유 습	기운이 넘치고 벽은 항상 습했는데
日月照耀煙雲含 일 월 조 요 연 운 함	해와 달은 빛나고 연기와 구름 아련하네.

177 도현 : 당(唐)나라 때의 화가인 오도현(吳道玄)을 가리키는데, 불화(佛畵)와 산수화(山水畵)에 뛰어나 화성(畵聖)으로 알려졌다.

178 공린 : 송(宋)나라 때의 이공린(李公麟)을 말하는데, 이공린은 박학한데다 특히 시(詩)·서(書)·화(畵)에 모두 뛰어났다.

179 이장군(李將軍) : 당(唐)나라 때의 종족(宗族)으로 북종화(北宗畵)의 비조가 되는 이사훈(李思訓)을 가리킨다. 좌무위대장군(左武衛大將軍)을 지냈다.

180 이정(李楨) : 조선 선조(宣祖) 때의 화가(畵家). 증조부 때부터 화가의 가정으로 10세 때에 이미 그림으로 이름이 알려졌고, 13세 때에 장안사(長安寺)가 개수되자 벽화(壁畵)를 그려 절찬을 받았다. 산수화·인물화에 뛰어났고, 글씨도 잘 썼다.

給孤獨園金布地　　급고독의 동산[181]에는 땅에 금이 널려 있다네.
급 고 독 원 금 포 지

祇陀之林簷蔔氣　　기타의 수풀에는 첨복의 향기로세.[182]
기 타 지 림 첨 복 기

亭亭彩暈射初暾　　아름다운 채색에 갓 뜬 햇살 비춰는데
정 정 채 훈 사 초 돈

功德莊嚴不思議　　말로 못 다할 장엄한 공덕이네.
공 덕 장 엄 불 사 의

諸天列侍趨龍神　　제천(諸天)[183]은 열 지어 섰고 용신[184]은 따르는데
제 천 렬 시 추 용 신

衆香縹緲天樂陳　　뭇 향기 가물가물 하늘 음악이 울린다네.
중 향 표 묘 천 악 진

妙諦已囑舍利子　　오묘한 법체[185] 이미 다 사리자[186]에 맡겼는데
묘 체 이 촉 사 리 자

181 급고독(給孤獨)의 동산 : 중인도(中印度) 사위성에 있는 동산. 기원정사가 있는 곳으로 부처가 설법(說法)한 유적지이다. 이곳은 본디 바사닉왕의 태자 기타(祇陀)가 소유한 원림(園林)이었으나, 급고독 장자(給孤獨長者)가 이 땅을 사서 석존(釋尊)에게 바쳤다.

182 기타(祇陀)의—향기로세 : 기타의 수풀은, 곧 중인도 사위성 남쪽에 있던 기타태자의 숲 동산을 말하며, 첨복(簷蔔)은 황화수(黃花樹) 또는 금색화수(金色花樹)라는 나무로, 이 나무는 높고 크며 꽃향기는 바람 따라 멀리 퍼진다고 한다.

183 제천(諸天) : 불교에서 말하는 모든 천상계(天上界), 또는 하늘에 있는 신(神)을 말한다.

184 용신(龍神) : 불교에서 말하는 8부중(部衆)의 하나인 용속(龍屬)의 왕(王)으로, 바다에 살며 비와 물을 맡고 또 불법(佛法)을 수호한다고 한다.

185 법체(法諦) : 불교에서 말하는 진실한 도리, 즉 영원히 변하지 않는 진리를 말한다.

186 사리자(舍利子) : 부처의 제자 가운데 지혜(智慧) 제일(第一)인 사리불(舍利佛)을 말하는데, 맨 처음에는 외도(外道)인 사연(沙然)을 스승으로 섬기다가, 뒤에 석존(釋尊)에게 귀의하자 석가(釋迦)의 교단 가운데 중요한 인물이 되었다.

拈花微笑知何人 누가 꽃 들고 살며시 웃는가![187]
념 화 미 소 지 하 인

華鯨吼地鐵鳳舞 화경[188]은 고함치고 봉황은 춤추는데
화 경 후 지 철 봉 무

空外天花散如雨 창밖에 하늘 꽃이 빗발같이 흩날리네.
공 외 천 화 산 여 우

寶座暫轉紫金山 보좌[189]는 잠깐 사이 자금산에 돌아드니
보 좌 잠 전 자 금 산

奕奕兜羅爲誰竪 빛나는 저 도라[190] 누구 위해 세운 건가!
혁 혁 도 라 위 수 수

就中灌頂孰醍醐 그 가운데 어느 분이 제호[191]를 관정[192] 하는가!
취 중 관 정 숙 제 호

白衣大士摩尼珠 백의대사[193]가 마니주[194]를 가지고
백 의 대 사 마 니 주

---

187 누가—웃는가! : 석가가 연꽃을 따서 제자들에게 보였는데, 아무도 그 뜻을 해득하
는 자가 없고 다만 가섭(迦葉)이 그 뜻을 알아차리고 미소를 짓자, 석가가 그에게 불
교의 진리를 전수하였다.

188 화경(華鯨) : 화는 종(鐘), 경은 동목(橦木)으로, 곧 종과 장대를 말한다.

189 보좌(寶座) : 금강좌(金剛座) · 사자좌(獅子座) 등 불(佛) · 보살(菩薩) 등의 상을 모시는
상좌(床座)를 말한다.

190 도라(兜羅) : 초목(草木)의 화서(花絮)를 일컫는 말인데, 여기서는 어떤 뜻으로 쓰인
것인지 자세하지 않다.

191 제호(醍醐) : 우유를 잘 정제하여 만든 음식. 전하여 불성(佛性)을 비유한 말이다.

192 관정(灌頂) : 여러 부처가 대자대비(大慈大悲)의 물로써 보살의 정수리에 붓는 것. 등
각(等覺)보살이 묘각위(妙覺位)에 오를 때에 부처가 그에게 관정하여 불과(佛果)를
증득(證得)케 한다.

193 백의대사(白衣大士) : 33관음(觀音) 가운데 하나인 백의관음을 말하는데, 항상 흰옷
을 입고 흰 연꽃에 앉은 관음보살이다.

瀾飜萬偈法螺舌
난 번 만 게 법 라 설
물결이 세차게 흐르는 듯 온갖 게송 법라[195]소리

六趣盡度群魔誅
육 취 진 도 군 마 주
육취[196] 다 사라지고 뭇 마귀 벌 받는다네.

偉哉意匠信豪縱
위 재 의 장 신 호 종
거룩하다 그 의장 진실로 종횡무진

細看毛髮森欲動
세 간 모 발 삼 욕 동
자세히 보니 세 털도 치솟을 듯 생동하네.

當其槃博役神功
당 기 반 박 역 신 공
당시 그가 옷을 벗고 신공을 부릴 적엔

千佛八部俱環拱
천 불 팔 부 구 환 공
팔부의 일천 부처 모두 함께 둘러섰네.

西廊煙雨晝糢糊
서 랑 연 우 주 모 호
서랑의 안개비에 대낮에도 모호한데

餘事更寫滄洲圖
여 사 경 사 창 주 도
시간 내어 다시 창주도를 그렸다네.

郭熙春山韋偃樹
곽 희 춘 산 위 언 수
곽희[197]의 봄 산과 위언[198]의 나무들은

194 마니주(摩尼珠) : 보주(寶珠) 혹은 여의주(如意珠)를 말한다. 이 구슬은 용왕(龍王)의 뇌 속에서 나온 것이라 하며, 사람이 이 구슬을 가지면 독이 해칠 수 없고, 불에 들어가도 타지 않는 공덕이 있다고 한다.

195 법라(法螺) : 불교에서 수험도(修驗道)에 쓰는 일종의 악기. 금속(金屬)으로 만든 취구(吹口)가 있는 것으로 경행(經行) · 법회(法會) 때에 사용한다.

196 육취(六趣) : 육도(六道)라고도 한다. 미(迷)한 중생(衆生)이 업인(業因)에 따라 나아가는 곳을 육처(六處)로 나눈 것. 지옥취(地獄趣) · 아귀취(餓鬼趣) · 축생취(畜生趣) · 아수라취(阿修羅趣) · 인간취(人間趣) · 천상취(天上趣)이다.

197 곽희(郭熙) : 송(宋)나라 때 하남(河南) 사람으로, 산수화(山水畫)로 당시 제일인자였다.

198 위언(韋偃) : 당(唐)나라 때 두릉(杜陵) 사람으로 그림을 잘 그렸는데, 특히 소나무와 돌을 잘 그렸다.

327

功與造化爭錙銖
공 여 조 화 쟁 치 수
그 공력 조화로워 치수[199]를 다투누나!

吾聞台橡及摩詰
오 문 태 연 급 마 힐
내 진작 들어보니 태연[200]과 마힐[201]

開元相國俱晩筆
개 원 상 국 구 만 필
개원의 정승[202] 역시 모두가 만필[203]인데

妙年渲染最超倫
묘 년 선 염 최 초 륜
묘령부터 그림 솜씨 가장 뛰어나서

能幻紫摩秋毫末
능 환 자 마 추 호 말
털끝으로 자마를 어려움 없이 바꿔 놓았네.

楨乎楨乎抱才雄
정 호 정 호 포 재 웅
정아! 정아! 큰 재주 품었으니

盛名之下其途窮
성 명 지 하 기 도 궁
위대한 이름 아랜 그 운명 궁할 밖에

對此令我氣颯爽
대 차 령 아 기 삽 상
이 그림 마주 보니 내 기운 삽상한데

日落廣殿生長風
일 락 광 전 생 장 풍
해 떨어진 넓은 절에 긴 바람 인다네.

---

199 치수(錙銖) : 아주 가벼운 무게를 이르는 말.

200 태연(台橡) : 당(唐)나라 시대 어떤 화가를 가리킨 듯하나, 자세하지 않다.

201 마힐(摩詰) : 성당(盛唐) 시대 대표적인 시인(詩人) 왕유(王維)의 자. 왕유는 벼슬이 우승(右丞)에 이르렀고, 음악(音樂)에 뛰어났으며 산수화에도 능했다.

202 개원(開元)의 정승 : 개원은 당 현종(唐玄宗)의 연호로서, 개원 연간의 재상이었던 어떤 서화가를 가리킨 듯하나 자세하지 않다.

203 만필(晩筆) : 늘그막에 쓴 글씨나 그림을 가리킨다.

장안사長安寺에서 고을을 나오면서 구호口號[204]하다

열흘 동안 가람에서 두 번 자고 돌아오는데
흰 구름 사이 동문(洞門)에서 멀리 떠나네.
산중에는 많은 금강석이 있는데
절반은 청나라 조정의 옥순반(玉筍班)[205]이네.

十日伽藍信宿還 십일가람신숙환

洞門迢遞白雲間 동문초체백운간

山中多少金剛石 산중다소금강석

半是淸朝玉筍班 반시청조옥순반

장안사를 나가면서 채제공蔡濟恭

五步謝一石
오 보 사 일 석
다섯 걸음 걸어 바위 하나 이별하고

十步謝一峯
십 보 사 일 봉
열 걸음 걸어 봉우리 하나 이별하네.

老僧爲送我
노 승 위 송 아
노승이 나를 전송하기 위하여

偕度五里松
해 도 오 리 송
오 리의 소나무 길 함께 걸었네.

臨辭問前期
임 사 문 전 기
이별하며 예전 기약 물었는데

前期在秋葉
전 기 재 추 엽
가을날 단풍 지면 온다 하였네.

重到已六載
중 도 이 륙 재
다시 온 것도 벌써 여섯 해인데

百年能幾入
백 년 능 기 입
백 년 인생에 몇 번이나 찾을까.

出洞已惘然
출 동 이 망 연
골짝 나오니 벌써 아득한데

將奈斷髮疊
장 내 단 발 첩
단발령 첩첩의 고개 어찌 넘을까!

所愧四大身
소 괴 사 대 신
나의 몸 부끄럽기만 한데

不及名在外
불 급 명 재 외
명성이 밖에 있을 때 미치지 못한다네.

名揭正陽壁
명 게 정 양 벽
정양사 벽에 이름만 걸어둔 채

身去入霧蓋
신 거 입 무 개
몸은 안개 덮인 속세로 들어간다네.

그 두 번째 시

出山何太戀
출 산 하 태 련
산 나오며 어떤 연모함이 그리 많았는지

入山何太喜
입 산 하 태 희
산에 들어가며 어찌 그리 기뻐하였나!

吾心吾自求
오 심 오 자 구
내 마음 내가 스스로 찾았으니

吾不得所以
오 불 득 소 이
그 까닭 나도 모른다네

輿下百川洞
여 하 백 천 동
남녀가 백천동을 내려가는데

怒焉如有失
녁 언 여 유 실
잃은 것 같아 허전하다네.

早蓋與駟騎
조 개 여 일 기
수레와 역말 타고 가는데

滿眼始俗物
만 안 시 속 물
비로소 속세의 세상 가득 보인다네.

豈不懷終老
기 불 회 종 로
어찌 이곳에서 여생 보낼 생각 없었을까마는

奈此不自由
내 차 불 자 유
자유롭지 못한 이 몸 어찌하리오.

親老遊有方
친 로 유 유 방
부모님 연로하시니 놀아도 방소가 있는데

主聖恩未酬
주 성 은 미 수
거룩하신 임금님 은혜 갚지 못함이 아쉽다네.

331

성의상인性義上人에게 주다

곧 신계사 서기스님이 표훈사 서기
거문巨門과 같이 시종始終 따라다녔다.

我來曹溪入翠微　나 조계(曹溪)²⁰⁶에 와 푸른 숲에 들어오니
아 래 조 계 입 취 미

淡雲如絮滴林霏　솜털 같은 옅은 구름이 숲에 물방울 진다네.
담 운 여 서 적 림 비

伽藍日暮鍾聲稀　저무는 가람(伽藍)²⁰⁷에 종소리 드문데
가 람 일 모 종 성 희

沙彌白衲曲葛巾　사미(沙彌)²⁰⁸는 흰옷에 굽은 갈건이라네.
사 미 백 납 곡 갈 건

206 조계(曹溪): 중국 광동성 곡강현 동남쪽에서 발원하여 진수(溱水)로 흘러 들어가는 물 이름. 당(唐)나라 때 선종(禪宗)의 육조(六祖) 혜능(慧能)이 보림사(寶林寺)를 세우고 불법(佛法)을 크게 일으킨 곳임. 여기서는 그냥 절이라는 뜻으로 쓴 것.《傳燈錄》

207 가람(伽藍): 승원(僧院)·승원(僧園)이라고도 한다. 본래 의미는 중원(衆園)으로 여러 승려들이 모여 불도를 닦는 숲 등의 장소를 가리켰는데 나중에는 사원의 건축물을 일컫게 되었다. 절은 대개 7종의 건물을 갖추어야 하나의 가람으로 완성되는데 이것을 칠당가람(七堂伽藍)이라 한다. 그러나 반드시 7종으로만 제한되지는 않으며 약간의 가감(加減)이 있을 수 있다. 칠당은 보통 사람의 몸, 즉 머리[頂]·코[鼻]·입[口]·눈[兩眼]·귀[兩耳], 또는 머리[頭]·마음[心]·음부[陰部]·팔[兩手]·다리[兩脚]에 비유되기도 한다. 칠당의 배치와 명칭은 시대·종파에 따라 다르다. 일반적으로 교종사찰(敎宗寺刹)은 탑(塔)·금당(金堂)·강당(講堂)·종루(鐘樓)·장경루(藏經樓)·승방(僧房)·식당(食堂)으로 구성되고, 선종사찰(禪宗寺刹)은 불전(佛殿)·법당(法堂)·승당(僧堂)·고방(庫房)·산문(山門)·서정(西淨)·욕실(浴室)로 구성된다.

208 사미(沙彌): 출가하여 십계(十戒)를 받은 어린 사내아이. 정식의 승려가 되기 위한 구족계(具足戒)를 받기 위하여 수행(修行)하고 있는 어린 중을 이른다.

向前义手慰苦辛
향 전 의 수 위 고 신

예전에 깍지 끼고 어려운 일 위로했는데

兩瞳矏眜秋水神
양 동 면 록 추 수 신

두 눈동자 가을 물 같이 신채 난다네.

媚嫵不似出家人
미 무 불 사 출 가 인

아름다워 출가한 사람 같지 않은데

六疊烟雲畵幛子
육 첩 연 운 화 장 자

여섯 겹구름은 병풍의 그림이라네.

坐對禪房花木裏
좌 대 선 방 화 목 이

선방의 꽃나무 속에 앉아 대하는데

知爾翩翩能書記
좌 대 선 방 화 목 이

그대 재주 있어 능히 기록할 줄 안다네.

爾乎爾乎我故憐
이 호 이 호 아 고 련

그대여! 그대여! 나는 그렇기 때문에 사랑하여

爾□携手入洞天
이 □ 휴 수 입 동 천

그대의 손잡고 동천(洞天)에 들어왔다네.

仄磴絶梯扶危顚
측 등 절 제 부 위 전

절벽의 사다리 부여잡고 위태한 꼭대기 오르니

衆香城下靑壺淵
중 향 성 하 청 호 연

중향성 아래 청호연이라네.

行處隨捧端石硏
행 처 수 봉 단 석 연

행하는 곳 따라와 벼루에 먹 갈아 올리고

忽來聽我驪駒曲
홀 래 청 아 여 구 곡

갑자기 와서 나의 여구곡(驪駒曲)[209]을 듣는다네.

---

209 여구곡(驪駒曲):《대대례(大戴禮)》에만 나타나는 일시(逸詩)의 편명으로, 손님이 떠
나려 하면서 이별의 정을 표시하는 노래이다. 손님이 "검정 망아지 문밖에 있고 마
부 모두 대기하오. 검정 망아지 길 위에 있고 마부 멍에 올리었소.[驪駒在門, 僕夫
具存. 驪駒在路, 僕夫整駕.]"라고 노래를 부르면, 주인은 '손님이여 돌아가지 마오'
라는 뜻의 〈객무용귀곡(客無庸歸曲)〉을 불렀다 한다.《漢書 卷88 王式傳》

歸雲過鳥何爭促
귀 운 과 조 하 쟁 촉
가는 구름과 지나는 새 어찌 재촉하나!

春山無色皺碧玉
춘 산 무 색 추 벽 옥
청산이 무색하게 벽옥(碧玉)이 주름졌다네.

千仞一孤鳳
천 인 일 고 봉
천 길에 하나의 외로운 봉황

曉罷丹穴夢
효 파 단 혈 몽
새벽이라 단혈(丹穴)[210]의 꿈 깨었다네.

飜然飛去出雲洞
번 연 비 거 출 운 동
펄럭이며 날듯이 구름 고을 나가는데

天風拍拍吹相送
천 풍 박 박 취 상 송
바람 몰아치니 서로 부르며 전송한다네.

毘盧峰上今夜月
비 로 봉 상 금 야 월
비로봉 위에는 오늘밤 달 떠오르니

也應回照入林樾
야 응 회 조 입 림 월
날 밝아 다시 숲에 들어왔다네.

爾有三生綠葉於
이 유 삼 생 녹 엽 어
너는 삼생(三生)[211]에 있어서 푸른 잎이니

悢惺須問老菩薩
기 달 수 문 노 보 살
금강산에서 단지 늙은 보살에게 물으시게나.

---

210 단혈(丹穴): 단사(丹砂)를 내는 산의 구멍. 단혈이 있는 산을 단산(丹山)이라 하며, 그 곳에 봉황이 깃들인다.

211 삼생(三生): 불가(佛家)의 말로 전세(前世) · 현세(現世) · 후세(後世)를 가리킨다.

거문巨門이라는 스님에게 주다

爾是眞闍黎 이 시 진 도 려	그대는 진정 사리(闍黎, 스승)이니
我爲憨頭陀 아 위 감 두 타	나는 어리석은 두타(頭陀)[212]가 되었다네.
相遇碧溪上 상 우 벽 계 상	서로 푸른 시내 위에서 만났으니
帶雨入烟蘿 대 우 입 연 라	비 오니 안개 넝쿨에 들어간다네.
三日空門宿 삼 일 공 문 숙	3일을 빈 집에서 잤는데
臨別發浩歌 임 별 발 호 가	이별함에 임해서 호탕한 노래 부른다네.
山上有雲□ 산 상 유 운 □	산 위에는 구름이 있고
水中月両看 수 중 월 량 간	물속에는 달이 둘로 보인다네.
心緖悠悠多 심 서 유 유 다	마음의 회포 유유하고 많은데
雲歸山獨在 운 귀 산 독 재	구름 돌아가니 산만 홀로 있다네.
月移水空波 월 이 수 공 파	달 옮기니 물은 공연히 파도치는데

---

212 두타(頭陀) : 속세의 번뇌(煩惱)와 의식주(衣食住)에 대한 탐욕을 버리고 청정(淸淨)하
게 불도를 수행하는 것.《頭陀行儀編》

自有重來時
자 유 중 래 시

스스로 다시 올 때에는

可與同婆娑
가 여 동 파 사

함께 너울너울 춤을 추리.

西望驛樹長程遠
서 망 역 수 장 정 원

서쪽 역의 나무 바라보니 길은 먼데

莫須留勸金叵羅
막 수 유 권 금 파 나

머무르라 술잔 권하지 말게나.

묵포령 墨浦嶺

오늘의 행차 묵포령에 올랐는데
머리 돌리니 청산엔 구름뿐이라네.
비록 연하(煙霞) 즐기는 성벽 있을지라도
어찌 성스런 임금님 저버리겠는가!

行登墨浦嶺 행등묵포령

回首靑山雲 회수청산운

縱有烟霞懕 종유연하벽

那堪負聖君 나감부성군

도중에서 고열苦熱이 있었다

붉은 해 중천에 있어 무더운데
수림에 안개 없고 단지 단풍만 붉다네.
어찌하면 샘물 만나 시원하게 씻을까!
흰 구름 걷히고 누우니 달 밝은 밤이네.

炎炎紅日在中霄 염염홍일재중소
野樹無烟只欲燒 야수무연지욕소
安得神泉快洗髓 안득신천쾌세수
白雲披臥月明宵 백운피와월명소

밤에 회양부淮陽府에 들어가다

황혼 무렵 푸른 시냇가로 말 달려
장정(長亭)[213]에 이르니 주위는 침침하다네.
녹채(鹿砦)[214]에 돌아가니 모든 길 어두운데
두견새 우는 달 떨어진 깊은 밤이라네.
하나의 몸으로 보국하려니 방법 없는데
백성 걱정하는 많은 계책에 마음 쓰인다네.
갑자기 뿔피리 소리 서쪽 언덕에서 들리는데
이 산 아문(衙門)의 푸른 숲에 막혔음을 안다네.

黃昏驅馬碧溪潯 황혼구마벽계심

却到長亭夜色沈 각도장정야색심

鹿砦人歸千徑暗 녹채인귀천경암

鵑聲月落五更深 견성월락오경심

---

213 장정(長亭): 길의 이수(里數)를 나타내는 말. 단정은 오 리(里)이고, 장정은 십 리이다.

214 녹채(鹿砦): 대나 목재를 엮되 가지를 사슴뿔처럼 밖으로 향하게 하여 적병의 접근에 대비하는 방어 시설을 녹시(鹿柴)·녹채(鹿寨)·녹채(鹿砦)·녹각채(鹿角砦) 등으로 부른다.

一身報國元無述 일신보국원무술

百計憂民獨費心 백계우민독비심

忽聞畫角來西岸 홀문화각래서안

知是山衙隔翠林 지시산아격취림

보리판 菩提坂

육추(六騶)[215]가 맑은 야외에 나왔는데
문득 가벼운 안장 얹어 먼 길 가려 한다네.
처음 와서는 천 리 길 천천히 답사했는데
홀연 위태하고 먼 성에 왔다네.
산은 굴 바람 머금어 깊이 잠겼는데
물은 운애(雲崖) 부딪치며 굴곡으로 흐른다네.
석양에 보리타작소리 나는데
몇 집 작은 나무로 울타리 했다네.

六騶呵退野塵淸 육추가퇴야진청

便服輕鞍度遠程 편복경안도원정

初來緩踏長千路 초래완답장천로

忽見危臨億丈城 홀견위임억장성

山含風隱沈深色 산함풍수심심색

---

215 육추(六騶) : 6개의 마구간을 담당하는 사람들이다. 제후(諸侯)는 육한(六閑)을 소유한다.

水嚙雲崖屈曲行 수교운애굴곡행

打麥聲邊斜日裏 타맥성변사일이

數家因樹短籬橫 수가인수단리횡

보리판菩提坂　박태상朴泰尙[216]

보리판이 얼마나 험한가 물으니
살마(殺馬)[217]한 행인들 많다고 말하네.
왕존처럼 급하게 말을 몰아서[218]는 안 되니
생각하면 구절판이 단지 험해서라네.

菩提坂險問如何 보제판험문여하
見說行人殺馬多 견설행인살마다
不是王尊輕叱馭 불시왕존경질어
思量九折但坡陀 사량구절단파타

---

216 박태상(朴泰尙) : 1636~1696. 본관은 반남(潘南), 자는 사행(士行), 호는 만휴당(萬休堂)
으로 우승지 박세견(朴世堅)의 아들이다. 홍문관 제학, 세자우빈객을 거쳐 양관대제
학(兩館大提學)으로 중궁복위 옥책문(中宮復位玉册文)을 찬진하였다. 시호는 문효(文
孝)이다. 1687년(숙종 13)과 1688년 사이에 정쟁 때문에 함경도 관찰사로 나갔다.

217 살마(殺馬) : 벼슬을 그만두고 은거함을 뜻한다. 후한(後漢)의 풍량(馮良)이 나이 30
세에 현위(縣尉)의 보좌관이 되어 독우(督郵)를 영접하러 가다가 미천한 일을 하는
것을 부끄럽게 생각하였다. 이에 수레를 부수고 말을 죽이고 의관을 찢어버리고 도
망쳐서 건위(犍爲)에 가서 두무(杜撫)에게 수학하였다. 《後漢書 卷83 周燮列傳》

218 왕존(王尊)처럼—몰아서 : 왕존은 한(漢)나라 때 충직함으로 이름을 떨친 관리이다.
왕존이 사천성(四川省) 공래산(邛郲山)의 구절판(九折阪)을 넘을 때 마부를 꾸짖으며,
"왕양(王陽)은 효자라서 자기 몸을 아꼈지만, 나는 충신이니 말을 빨리 몰아라."라
고 하였던 고사가 있다. 《漢書 卷76 王尊傳》

343

창도역昌道驛[219]에서
밤에 집으로 보내는 서신을 쓰다

침침한 밤 산속 주점인데

촛불 아래 잠 못 든다네.

집에 편지 쓰려고 하는데

할 말 잊고 막연히 앉아있다네.

沉沉山店夜 침침산점야

一燭耿無眠 일촉경무면

欲作家書去 욕작가서거

忘言坐漠然 망언좌막연

창도역昌道驛에서 자다　임영林泳

入峽幾何晘　협곡에 들어온 지 얼마나 되나!
입 협 기 하 시

漸多氷與雪　점차 얼음과 눈이 많아진다네.
점 다 빙 여 설

我僕足流血　종놈은 발에서 피가 흐르는데
아 복 족 류 혈

我馬骨正折　내가 탄 말 뼈가 부러졌다네.
아 마 골 정 절

徑危泥濘凍　가파른 길 곤죽되어 얼어붙는데
경 위 니 녕 동

谷深橋梁絶　깊은 골에 다리마저 끊겼다네.
곡 심 교 량 절

雖免徒行苦　비록 걷는 고생 면하려고
수 면 도 행 고

攬轡盆愁絶　말고삐 잡으면 깊은 시름만 더해진다네.
람 비 익 수 절

天陰水驛昏　하늘 흐리고 역참은 어두운데
천 음 수 역 혼

日落寒霜結　해 떨어지니 찬 서리 맺힌다네.
일 락 한 상 결

前途更險絶　앞길은 또 너무도 험난하여
전 도 경 험 절

曉起不能出　새벽에 일어나도 나갈 수 없다네.
효 기 불 능 출

창도역에서 이민구李敏求

동쪽 들판에 나오니 갑자기 하늘 열리는데
그윽한 경계 깊고 서린 산맥이 둘렀다네.
한 줄로 뻗은 시내 계곡 따라 흐르는데
천 겹의 산세 구름과 함께 뻗어 온다네.
햇살이 산 덮으니 단풍 더욱 아름다운데
휙휙하는 바람소리에 골짜기 더욱 애달프다네.
열반과 선계가 가까이 있을 것인데
감상하니 시흥 일어 벌써 읊조린다네.

東臨原野忽天開 동림원야홀천개
幽境深蟠地脈廻 유경심반지맥회
一道川流隨硤去 일도천류수협거
千重嶽勢竝雲來 천중악세병운래
浮陽羃岫楓逾染 부양멱수풍유염
虛籟生林壑轉哀 허뢰생림학전애
爲是涅槃仙界近 위시열반선계근
賞心詩興已相催 상심시흥이상최

옥동玉洞의 창사倉舍에서 자다

행인들 더위 피하여 그늘 찾는데
구름 낀 숲 황량한데 옛 관사 그윽하네.
관곡 없으니 산새도 오지 않는데
쓸모없는 잡초만 뜰 가운데 가득하다네.

行人避暑更幽尋 행인피서경유심
雲樹荒凉古廨深 운수황량고해심
鳥雀不來官糴盡 조작부래관조진
空餘碧草滿庭心 공여벽초만정심

옥동玉洞에서
시냇물이 불어나는 것을 보며   김창협金昌協

急雨山溪漲
급 우 산 계 창
소낙비에 계곡물 금세 불어났는데

淸流變濁涇
청 류 변 탁 경
맑은 물 흙탕물로 변해버렸다네.

乘凌爭一路
승 릉 쟁 일 로
길 위에도 세찬 물 내닫는데

蕩潏極殊形
탕 휼 극 수 형
변화무쌍한 그 형세 갖가지 모습이네.

回坻旋爲轂
회 지 선 위 곡
섬에 감도는 물결 수레바퀴인데

高厓建似瓴
고 애 건 사 령
높은 언덕이 벽돌 쌓음 같다네.

崩雲籠疊巘
붕 운 롱 첩 헌
구름비 쏟아져 산봉에 쌓이는데

振鷺起遙汀
진 로 기 요 정
백로는 날아올라 멀리 강변 난다네.

末力吹沙礫
말 력 취 사 력
힘쓰지 않아도 자갈 굴리는데

橫波濫戶庭
횡 파 람 호 정
옆으로 흐르는 물 마당에 넘치네.

未愁掀老樹
미 수 흔 로 수
고목나무 흔들리는 걱정보다는

直恐簸虛亭
직 공 파 허 정
빈 정자 밀어낼까 염려 앞서네.

348

石漱菖蒲紫　바위 가 붉은 창포 씻겨 내리는데
석 수 창 포 자

池漂荇藻靑　연못 안 푸른 마름 떠내려가네.
지 표 행 조 청

雪霜侵夏令　서리같이 찬 기운 여름 침범하는데
설 상 침 하 령

霆霹奪人聽　벽력같은 우렛소리 귀청 때린다네.
정 벽 탈 인 청

快觀充俄頃　잠시 동안 통쾌하게 구경하는데
쾌 관 충 아 경

長懷騁杳冥　이내 긴 시간 생각에 잠기었다네.
장 회 빙 묘 명

不須河渭大　황하 위수 큰물은 아닐지라도
불 수 하 위 대

似有鬼神靈　귀신과 정령이 있는 것 같다네.
사 유 귀 신 령

洶洶終餘怒　세찬 물살 마침내 노기 남는데
흉 흉 종 여 노

源源豈少停　끊임없는 물살 잠시라도 멈출 수 있나.
원 원 기 소 정

朝宗萬里意　조정은 멀리 있는데
조 종 만 리 의

一日到滄溟　하루에 푸른 바다 당도하겠네.
일 일 도 창 명

길 떠나 이천에 이르러서
이윤복의 정사精舍에서 더위를 피했다

먼 길에 날마다 바람 불고 안개 일어 고단한데
더구나 한낮의 찌는 더위라네.
10리 길 다리에서 말에 물 먹이는데
몇 칸의 초가집에 잔치가 있다네.
두루 헤어졌다가 합한 서너 사람
칠천 리 길 돌아가려 생각한다네.
많은 사람 동국의 민사(民社)[220] 헤아려서
번번이 와 새벽에 자는 사람 번거롭게 한다오.

長程日日困風烟 장정일일곤풍연
又是蒸炎抵午天 우시증염지오천
十里溪橋休渴馬 십리계교휴갈마
數間林屋有清筵 수간림옥유청연
周流散合人三四 주류산합인삼사
商畧回還路七千 상략회환로칠천
多少東州民社計 다소동주민사계
每來煩攪曉窓眠 매래번교효창면

---

220 민사(民社): 백성과 사직을 말함.

고우 苦雨[221]

지루하게 여행하는 나그네
장맛비 스무날 만에 만났네.
작은 버섯 어느새 부엌에서 자라는데
그윽한 딸기 쑥밭을 수놓는다네.
산속의 집 세상과 절연했는데
황차 물 천지에 오는 사람 있을까!
어느 날에 가을바람 불어
먹구름 걷고 푸른 하늘을 볼까!

支離羈旅客 지이기여객
炎雨遇兼旬 염우우겸순
細菌侵生竈 세균침생조
幽莓繡滿茵 유매수만인
山家因絶世 산가인절세
水國況來人 수국황래인
何日秋風至 하일추풍지
褰雲見翠旻 건운견취민

아우의 고우시苦雨詩에 화답하다 김돈중金敦中

열흘도 넘는 장맛비 거센 바람 타고 왔는데
모든 고을에 뿜어대는 물 기세등등하다네.
누가 하늘의 바가지 빌어 모두 퍼부어 대는가!
교룡의 방 휘말아 텅 비게 만들었나 의심한다네.
가난한 살림에 어찌 섶이 아니고 계수나무 쓰겠는가![222]
습기 막으니 다시 보리와 궁궁이 생각난다네.
아침저녁으로 창공의 독한 안개 거두니
곧 남은 혜택은 풍년이 드는 거네.

連旬密雨駕盲風 연순밀량가맹풍

百谷狂噴氣勢雄 백곡광분기세웅

誰借天瓢傾倒盡 수차천표경도진

却疑蛟室捲來空 각의교실권래공

居貧豈免薪爲桂 거빈기면신위계

禦濕還思麥與藭 어습환사맥여궁

早晚蒼空收毒霧 조만창공수독무

便將餘澤及農功 편장여택급농공

---

222 소진(蘇秦)이 초왕(楚王)에게 하는 말에, "나라의 쌀이 옥보다 귀하고, 섶[薪]이 계수보다 귀하다." 한 말이 있으니, 이를 인용한 것이다.

양구의 늙은 기생이
객관에 백화주를 보내왔다

어여쁜 미인 이미 늙어 10년 세월인데
봄 잔치에 가무 다하니 푸른 적삼이 차갑다네.
아직도 행인들 갈증 많음을 염려하여
은근히 백화주를 보내어 취하게 한다네.

青蛾已老十年霜 청아이노십년상
舞盡春筵翠袖凉 무진춘연취수량
猶惜行人多病渴 유석행인다병갈
慇懃送醉百花香 은근송취백화향

장마가 한 달 동안 개지 않아서
절구 한 수를 짓다

이번 여행의 기일 이미 반인데
괴롭게 내리는 비 그치지 않는다네.
아마도 비 개는 날이 온다면
가을바람이 나그네 수심 도울 거네.

行期期已半 행기기이반

苦雨雨難休 고우우난휴

復恐初晴日 복공초청일

秋風助客愁 추풍조객수

비 개인 날 회포를 읊다

지루한 비 개어 낮잠이 서늘한데
나무에 많은 매미들 석양에 울어댄다네.
1년의 절반을 동쪽으로 행한 나그네
또한 대관령으로 가는 길이 길다네.

積雨初晴午睡涼 적우초청오수량
蟬聲滿樹見斜陽 선성만수견사양
一年將半東行客 일년장반동행객
又是關山道路長 우시관산도로장

노교점蘆橋店²²³에서 자다

벌레소리 요란한 밤이라
가을 나그네 쓸쓸하다오.
황산(荒山)에 비바람 친 뒤에
초목도 모두 나처럼 수심이라오.

喞喞蟲聲夜 즐즐충성야

蕭蕭客意秋 소소객의추

荒山風雨後 황산풍우후

草木盡吾愁 초목진오수

---

223 노교점(蘆橋店): 속초 대포에 있는 가게를 말함.

북관정北寛亭(철원)에서 포 연습함을 보다

서생이 한 자 검으로 경계병 따라 시험해보는데
높은 정자의 깃발 삭풍 향해 나부낀다네.
병사 행렬 정연하고 언덕의 깃발 펄럭이는데
하늘 울리며 오른 무기 포성이 웅장하다네.
마을의 고목 맑은 안개 밖인데
평평한 들 10리 연하고 물은 동으로 흐른다네.
또한 정인(情人) 있어 만추의 홍취 아는데
취하여보니 비단 치마 끄는 아름다운 여인인 것을.

書生尺劍試從戒 서생척검시종계

樹羽高亭向朔風 수우고정향삭풍

連岸繡旟行隊整 연안수기행대정

轟天飛磤戰聲雄 굉천비철전성웅

一村古木晴烟外 일촌고목청연외

十里平郊逝水東 십리평교서수동

也有情人知晚興 야유정인지만흥

羅裙引醉錦嫣紅 나군인취금언홍

김화金化에 가는 도중에

총마 타고 동으로 골짜기 물가 지나는데
석양에 피리 불며 서쪽 숲 향한다네.
가련한 부로(父老)들 다투어 길을 막는데
마침 가마 타고 고목나무 그늘에 머문다네.

驄馬東過峽水潯 총마동과협수심
高笳斜日向西林 고가사일향서림
爲憐父老爭遮道 위련부노쟁차도
旌盖時停古樹陰 정개시정고수음

피금정披襟亭[224]

저물녘에 외로운 배 띄어 푸른 물 건너는데
강 하늘 찬데 작은 정자 아늑하다네.
높은 수림에 달 뜨고 산중 관아는 고요한데
고풍의 골짜기 가을 되니 물가 역참은 춥다네.
계단과 초원에는 벌레소리 요란한데
제방에 가득한 안개 숲에 새들 편안히 존다네.
또한 관에서 준 술로 부질없이 서로 상대하는데
행인들 이미 안장을 풀었다 말한다네.

※ 당시 읍중에 어사가 출두하니 화들짝 놀랐다.

薄暮孤舟渡碧瀾 박모고주도벽란

江天踈冷小亭寬 강천소냉소정관

高林月出山衙靜 고림월출산아정

古峽秋生水驛寒 고협추생수역한

傍砌露莎虫語亂 방체로사충어난

---

224 피금정(披襟亭): 강원도 금성현(金城縣) 남대천(南大川) 가에 있던 정자이다.

滿堤烟樹鳥眠安 만제연수조면안

也知官酒空相待 야지관주공상대

爲報行人已解鞍 위보행인이해안

피금정披襟亭 채제공蔡濟恭

도화원(桃花源)은 바라봐도 다 보지 못하는데
하늘은 푸르고 먼 물가도 푸르다네.
떨기나무 속에서 물새 우는데
소리 들리지만 어디 있는지 보이지 않는다네.

花源望不窮 화원망불궁
空翠生遙渚 공취생요저
灌木水禽啼 관목수금제
聞聲不知處 문성불지처

피금정 석벽石壁에
어떤 무명씨無名氏가 쓴 시

사람에게 무슨 좋은 게 있다고
머리 돌려 사람 향하여 오는가!
가소롭다 산중에 흐르는 물들
누구 따라 또 산에서 나오는가!

人間有何好 인간유하호
回首向人間 회수향인간
可笑山中水 가소산중수
隨人亦出山 수인역출산

피금정　박세당朴世堂

피금정에서 잠깐 쉬니
남쪽 시내 맑은 줄 알겠네.
주인이 어회(魚膾) 차려 내니
돌아갈 날이 아마도 청명에 가까울 거네.

少憩披襟亭 소게피금정
因知南澗淸 인지남간청
主人能設鱠 주인능설회
歸恐近淸明 귀공근청명

문소각기 聞韶閣記 이민구 李敏求

　우리나라는 산과 바다에 끼어 있으니, 군과 읍의 곳곳마다 산수의 승경(勝景)을 간직하지 않은 곳이 없다. 더욱이 영동과 영서의 여러 고을은 그 아름답기가 다른 도에 비해 그 첫째로 일컬어진다. 그 가운데서도 춘천은 가장 뛰어난 곳으로 유명하다. 대개 그 소재지의 동쪽에는 봉의산이 우뚝 솟았고, 소양강과 장양강이 그 서쪽에서 합해져 푸른 물빛을 반짝이며 흘러간다.

　산수의 아름다움은 국내에서 영동과 영서가 가장 아름답고, 가장 아름다운 영동과 영서에서도 춘천이 제일로 아름다우니, 이곳에는 마땅히 정자와 누대 등 올라가 전망할 수 있는 곳이 있어서 그 좋은 경치를 아울러 볼 수 있고, 관청과 해사(廨舍)는 구릉의 깊숙한 가운데 위치하니, 각각 그 지형을 살펴 지은 것이다. 그러므로 공관에 머무는 사람은 봉의산이 있는 줄은 알지만 소양강과 장양강이 있는 줄은 모르고, 요선당(邀仙堂)에 거처하는 사람은 소양강과 장양강이 있는 줄은 알지만 봉의산이 있는 줄은 모른다. 이는 마치 왼쪽에서 보는 것이 있으면 반드시 오른쪽을 놓치는 것이 있고, 앞쪽에서 얻는 것이 있으면 반드시 뒤쪽을 잃는 것이 있어서, 저것과 이것이 서로를 가려 양쪽 모두 그 아름다움을 온전히 보지 못하는 것과 같다. 그러므로 완전함을 갖추어 볼 수 있기를 바라는 사람들은 항상 이를 안타깝게 여겼다.

지금 부사 엄황(嚴愰)[225]이 고을을 맡은 지 3년인데, 윗사람이 평안하고 아랫사람이 화목하였다. 이에 공관과 요선당 사이에 대지를 마련하여 작은 각(閣)을 세우고, 이를 문소(聞韶)라고 명명(命名)하였으니, 주위에 높은 구릉이 없으므로 사방이 확 트여 두 가지 즐거움을 다 갖추었으니, 봉의산 서쪽과 소양강과 장양강 동쪽에 바위 봉우리가 그 면목을 드러내고 큰 물줄기가 띠를 벌려놓은 것처럼 뻗어 있다.

구름과 안개가 일어났다 사라지는 기후와 배들이 모여드는 모습과 사시의 경관과 기상의 변화가 처마 너머에서 모두 펼쳐지니, 반걸음이나마 걷는 노력과 애써 찾아가는 수고를 하지 않아도 의자에 기대어 눈동자를 돌리는 사이에 보이지 않는 곳이 없다. 이것은 마치 파사(波斯)[226]의 거상이 많은 보물을 진열해 놓고 있으면 전방을 이리저리 옮겨 다니지 않아도 다른 나라의 특이한 보석들이 종횡으로 눈에 가득 들어오는 것과 같다. 대단하다. 엄 부사의 계획한 바가 진실로 크

---

225 엄황(嚴愰) : 1580~1653. 본관은 영월(寧越), 자는 명보(明甫)이다. 춘천 부사를 역임하였다.

226 파사(波斯) : 나라 이름. 서남아(西南亞)에 위치한 나라로, 고대 중국인들에게 세상에서 가장 값진 보물이 많이 나는 나라로 알려져 전하여 보물을 가리키는 대명사로 쓰였음. 《三寶太鑑 西洋記》

고 날마다 새롭구나.

아아, 춘천의 봉의산과 소양강과 장양강이 있게 된 것은 우주가 생겨난 때부터인데, 이곳을 소재지로 삼은 지가 얼마나 오래되었는지는 알지 못하고, 이곳에 관리로 부임한 사람들이 또 얼마나 현달한 사람들이었는지도 알지 못한다. 천지가 은밀하게 감추어 둔 것과 산천이 꼭꼭 숨겨두었던 것들이 이때에 이르러 비로소 남김없이 다 드러나게 되었다. 이것은 어쩌면 엄 부사의 구상하는 솜씨가 홀로 빼어나고, 천기(天機)가 홀로 심오하여 형세를 잘 살펴 경영한 것이니, 사람의 힘으로 이를 수 있는 바가 아니라 귀신과 이물(異物)이 암암리에 그 일을 도왔던 것인가. 아니면 조화옹(造化翁)과 진재(眞宰)가 조금도 그 솜씨를 아끼지 않은 것이란 말인가.

이 산을 봉의라고 부른지도 오래되었다. 봉황은 반드시 소악(韶樂)을 기다린 뒤에 춤을 추는 것이니, 소악이 없는데도 봉의라고 부른 것은 대개 오늘을 기다린 것일 것이다.

내가 숭정 을해년(1635, 인조 13) 가을에 감사의 신분으로 춘천에 이르러 공관에서 왕명을 선포하고 밤에 요선당에서 묵었는데, 당시에는 문소각이라는 것이 없었다. 여기저기 다니기에 지쳐서 그곳의 형승을 다 구경하지 못하였으므로, 항상 오고가면서 마음에 걸렸던 것이 지금까지 14년이나 되었는데, 이 각이 완성되었다는 소식을 들으니, 그 위치를 손가락으로 가리킬 수 있을 만큼 정확히 그려진다. 그 대략을 간략히 써서 엄 부사의 요청에 갈음한다.

문소각 聞韶閣²²⁷

어느 해에 누각에서 운소(雲韶)²²⁸ 연주하나!
봉황이 간 난간 들 빛도 떨어진다네.
삼 일 동안 관가에서 고기 맛 잊었는데
단지 공무 아침까지 마칠까 고민한다오.

何年高閣奏雲韶 하년고각주운소
鳳去欄空野色凋 봉거난공야색조
三日官厨忘肉味 삼일관주망육미
秪緣公務惱終朝 지연공무뇌종조

227 문소각(聞韶閣) : 춘천(春川)에 있다.
228 운소(雲韶) : 황제(黃帝)의 음악인 운문(雲門)과 우순(虞舜)의 음악인 대소(大韶)의 합
　　 칭이다.

봉래각 蓬萊閣[229]

아득히 보이는 연못의 정자 봉호정과 같은데
수놓은 병에 운연(雲煙)의 그림 그렸다네.
한 곡의 노래는 아만자(阿滿子)인데
푸른 난간의 가을 달이 높은 오동나무 올랐다네.

池亭縹緲似蓬壺 지정표묘사봉호
繡壺雲烟入畫圖 수호운연입화도
一曲淸歌阿滿子 일곡청가아만자
碧欄秋月上高梧 벽난추월상고오

229 봉래각(蓬萊閣) : 원주 감영에 있던 누각의 하나이다.

봉래각 蓬萊閣　무명자無名子

누각 이름 봉래라 명명하였으니
신선 사는 누각인가 의심한다네.
둥그렇게 삼도(三島)²³⁰의 형상 만들었는데
연못 하나가 거친 띠로 둘렀다네.
아름다운 배 고운 달빛과 어울리는데
도가서의 시운(詩韻)에 책갈피 꽂았다네.
쟁그랑대는 병 속에 화살 있는데
이 풍류 어떤가²³¹를 여인에게 묻는다네.

閣以蓬萊號 각이봉래호

樓疑羽客居 누의우객거

團成三島象 단성삼도상

---

230 삼도(三島): 발해(渤海) 가운데에 있는 삼신산(三神山).

231 쟁그랑—어떠한가: 투호는 화살을 던져 투호 병에 넣는 일종의 놀이이다. 옥녀는 신선 세계에 사는 여인인데, 봉래각이 바로 신선 세계이므로 이렇게 표현한 것이다. 《신선전》에 "동황산(東荒山) 가운데 큰 석실(石室)이 있는데, 동왕공(東王公)이 여기에 산다."

縈帶一池疏 영대일지소

綵艇宜芳月 채정의방월

牙籤韻道書 아첨운도서

錚錚壺有矢 쟁쟁호유시

玉女問何如 옥녀문하여

관찰사 조구하 趙龜夏[232]가
밤에 춤을 보자고 청했다

고당(高堂)에서 나그네 맞이하는 초저녁인데

열두 난간 가에서 피리 연주한다네.

책상의 배 그림에 밝은 달이 있는데

수놓은 등잔 연기 가늘게 옆으로 퍼지네.

쌍으로 도는 나비 너울너울 춤추는데

부드럽게 걷는 원앙 무리 지어 간다네.

진중한 청산 나를 오래 머물게 하는데

다시 한가히 태평하다 보고한다네.

高堂迎客夜初淸 고당영객야초청

十二欄頭奏管聲 십이난두주관성

玉案金舟明月在 옥안금주명월재

---

232 조구하(趙龜夏) : 1815(순조 15)~? 조선 후기의 문신. 본관은 풍양(豊壤). 자는 기서 (箕敍). 병현(秉鉉)의 아들이다. 1840년(헌종 6) 유학(幼學)으로서 식년전시문과에 갑과로 급제하고, 1871년 한성부판윤이 되었고, 전강원도관찰사로서 강원도에서 시정되고 보완되어야 할 정사 6조목을 상주하였다. 1874년에는 의정부우참찬 · 공조판서를 역임하였다.

繡燈香篆細烟橫 수등향전세연횡
雙廻蛺蝶偓偓舉 쌍회협접선선거
軟步鴛鴦隊隊行 연보원앙대대행
珍重靑山留我久 진중청산유아구
更將閒話報升平 경장한화보승평

청허루淸虛樓²³³에서 두 조정의 어제御製의 시 추모하고 이어서 읊다

맑고 그윽한 고을 옛적 주천현인데
태평한 유풍이 순전하여 기쁘다네.
처마 끝에 해 걸리고 갈대 물가 따뜻한데
합문의 성긴 연기 대나무 길로 연했다네.
열 무(畝)의 뽕나무 밭에 비 내리는 중인데
늦은 서리 내리기 전 마을의 벼 익었다네.
미천한 신하 가는 곳 백성의 걱정 소리 많은데
문득 어부 옆에서 조는 해오라기가 부럽다네.

峽氣淸幽古酒泉 협기청유고주천

太平遺俗喜淳全 태평유속희순전

璇題麗日蘆漪暖 선제려일로의난

寶閣踈烟竹徑連 보합소연죽경연

十畝桑閒恩雨裏 십무상한은우이

一村禾熟晚霜前 일촌화숙만상전

微臣行處民憂重 미신행처민우중

却羨漁人傍鷺眠 각이어인방로면

---

233 청허루(淸虛樓) : 원주 주천에 있는 누각이다.

영월 보덕사 報德寺[234]

세 잔 술 사양함은 요순보다 더한데
백성에 베푸는 지극한 은혜 잊지 못한다네.
무성하던 백월(百粵)[235]에 황량한 절 남았는데
외로운 중이 적막한 밤에 향불 사른다네.

三杯揖遜盛虞唐 삼배읍손성우당

至德於民不可忘 지덕어민부가망

蓁蓁百粵餘荒寺 진진백월여황사

寂寞孤僧夜爇香 적막고승야설향

234 보덕사(報德寺): 강원도 영월군 영월읍 발봉산(鉢峰山)에 있는 사찰로, 옆에 장릉(莊陵)이 있다. 668년(문무왕 8)에 의상(義湘)이 창건하여 지덕사(旨德寺)라 하였는데, 1457년(세조 3)에 단종이 노산군(魯山君)으로 강봉, 유배되자 노릉사(魯陵寺)로 개칭하였으며, 그 뒤 단종 장릉의 원찰(願刹)로 지정되면서 지금의 이름이 되었다.

235 백월(百粵): 백월(百越)과 같은 뜻으로, 고대 남방 월인(越人)의 총칭이다.

보덕사 누각에서
현판 위의 시에 차운하다 홍직필洪直弼

차가운 구름과 노을빛에 시름겨운데

울창한 소나무와 측백나무 가을 서리 견디네.

늙은 승려도 진찰(塵刹)[236]에 보답할 줄 아니

백 년 동안 종과 풍경이 주구(珠丘)[237] 보호하네.

※ 절의 이름이 보덕(報德)이니, 장침(莊寢)을 보호하기 위해 이렇게 이름한 것이라
한다. 절에 최담(最淡)이라는 승려가 있는데, 나이가 93세였다. 단종이 손위할
때의 일을 말하면서 슬픈 한을 견디지 못하여 거의 눈물을 흘릴 지경이었다.

冷雲殘照使人愁 냉운잔조사인수

松栢蕭森耐九秋 송백소삼내구추

老宿能知塵刹報 노숙능지진찰보

百年鍾磬護珠丘 백년종경호주구

236 진찰(塵刹) : 본래 불교에서 국토(國土)의 수가 헤아릴 수 없이 많음을 티끌에 비유한
것으로, 곧 무한한 세계를 이르는 말인데, 여기서는 불가 밖의 세계인 속세를 이른
것으로 보이는바, 노승이 단종이 손위될 때의 정황을 제대로 알고 있으므로 말한
것이다.

237 주구(珠丘) : 왕릉을 가리키는 말로, 순(舜)임금을 창오(蒼梧)에 장사 지냈을 때에 참
새처럼 생긴 작은 새들이 입에 푸른 사주(砂珠)를 물고 와 구슬 언덕을 만들었다는
전설에서 유래하였다. 《拾遺記 虞舜》

금몽암 禁夢庵[238]

연이어 구부린 가을 산이 모두 구의(九疑)[239] 같은데
작은 집에 초라한 좌불 슬픔 머금었다네.
어찌 당일에 화서(華胥)의 꿈[240]을 알까!
강호의 낙월(落月) 같은 시 되었다네.

秋岫連蜷盡九疑 추수연권진구의
小堂寒佛坐含悲 소당한불좌함비
那知當日華胥夢 나지당일화서몽
遂似江湖落月詩 수사강호낙월시

---

238 금몽암(禁夢庵) : 단종이 영월에 대한 꿈을 꾸고는 터를 잡아 절을 짓고 금몽사(禁夢寺)라 하였다. 임진왜란 때 훼손되었으나 1610년(광해군 2)에 영월 군수 김택룡(金澤龍)이 건물을 보수하고 노릉암(魯陵菴)으로 고쳐 불렀다. 1662년(현종 3)에 영월 군수 윤순거(尹舜擧)가 다시 중수하고 지덕암(旨德菴)으로 고쳐 불렀다. 1698년(숙종 24)에 단종이 복위되고, 보덕사(報德寺)가 원당(願堂)이 되자 폐사(廢寺)되었다가 1745년(영조 21)에 당시 단종의 능인 장릉(莊陵)을 관리하던 나삼(羅蔘)이 옛터에 암자를 다시 세우고 금몽암이라 하였다.

239 구의(九疑) : 중국 호남성(湖南省)에 있는 산 이름. 아홉 봉우리가 모양이 모두 비슷해서, 보는 사람이 어느 것이 어느 봉우리인지를 모른다 한다. 즉 분간하기 어려움을 이름.

240 화서(華胥)의 꿈 : 낮잠을 뜻한다. 황제(黃帝)가 낮잠을 자다가 꿈에 화서란 나라에 가서 그 나라가 잘 다스려진 것을 보고 왔다는 고사에서 온 말이다.

장릉 莊陵(단종의 릉)을 봉심奉審[241]하다

아득한 창오(蒼梧)[242]에 저녁 구름이 찬데
천년의 상죽(湘竹)[243]은 눈물 마르지 않는다네.
생사의 육신(六臣)은 모두 한 몸인데
하늘에 달린 별과 달 사당을 비춘다네.

蒼梧縣邈暮雲寒 창오면막모운한
湘竹千年淚未乾 상죽천년루미건
生死六臣同一體 생사육신동일체
長懸星月照祠壇 장현성월조사단

---

241 봉심(奉審) : 임금의 명을 받들어 능이나 종묘(宗廟)를 보살피는 일을 이르던 말.

242 창오(蒼梧) : 일명 구의(九疑)로, 순(舜)임금이 남쪽을 순행하다가 이곳에서 죽어 장사 지냈다고 한다. 《史記 卷1 五帝本紀》

243 상죽(湘竹) : 소상강(瀟湘江) 가에서 자라는 반죽(斑竹)으로, 순(舜) 임금이 남방에 갔다가 죽자, 순임금의 비(妃)인 아황(娥皇)과 여영(女英)이 울다가 죽었는데, 그 눈물이 소상강 가의 대〔竹〕에 떨어져 아롱진 점이 되었다고 한다.

자규루 子規樓[244]

상왕의 거처인 하나의 외로운 누각
옛 주초에 핀 잔화(殘花)가 400년이라네.
지금도 두견 울고 빈 산에 달 떴는데
멀리 유민들 걱정 다하지 않았다네.

上王居處一孤樓 상왕거처일고루
古礎殘花四百秋 고초잔화사백추
至今杜宇空山月 지금두우공산월
越絶遺民不盡愁 월절유민부진수

---

244 자규루(子規樓): 강원도 영월군 영월읍 영흥리에 있는 누각으로, 원래 이름은 매죽
루(梅竹樓)이다. 1456년 단종이 노산군(魯山君)으로 강등되어 영월의 청령포(淸泠
浦)에 유배되었을 때, 여기에 자주 올라 소쩍새의 구슬픈 울음소리에 자신의 처지
를 견준 〈자규사(子規詞)〉를 지은 데서 '자규루'라는 이름이 붙여졌다. 1428년(세
종 10) 영월 군수 신권근(申權根)이 창건한 것으로, 그 뒤 허물어져 민가가 들어섰다
가 1791년(정조 15) 강원도 관찰사 윤사국(尹師國)이 영월을 순시하다 그 터를 찾아
중건하였다.

벽파령 碧坡嶺(계방산)

길은 구름 속을 따라가는데
사람은 태양 옆에서 오는 것 같다네.
절벽에는 벌집 드러나 보이는데
거친 숲에는 호랑이 길 열렸다네.
오리나무 푸르고 많은 골짜기에 비 오는데
시냇물 다투어 흐르고 일만 봉우리 우레가 친다네.
구름 낀 산 저물어 가는데
수레 재촉하여 멀리 돌아감을 바라본다네.

路從雲裏去 노종운이거
人似日邊來 인사일변래
峭壁蜂房露 초벽봉방로
荒林虎徑開 황림호경개
橝濃千谷雨 기농천곡우
溪鬪萬峰雷 계투만봉뢰
曖曖山將暮 애애산장모
催車望遠廻 최차망원회

벽파령 碧坡嶺　정내교 鄭來僑

하늘 가운데 푸른 고개 솟았는데
오르면 오를수록 더욱 어렵다네.
반쯤 오르니 비 내리는데
높은 회나무는 추운 봄 보낸다네.
가마 타고 그 옆 지나며 수심에 젖는데
나무꾼이 두렵게 돌아본다네.
단지 조심하는 마음 의지할 뿐인데
마침내 편안히 고개 넘었다네.

碧嶺天中起 벽령천중기
登登路益難 등등로익난
半岑生晝雨 반잠생주우
高檜送春寒 고회송춘한
籃輿愁側過 남여수측과
樵子怵回看 초자겁회간
只賴存兢惕 지뢰존긍척
終能度得安 종능도득안

380

도화유수관桃花流水舘²⁴⁵에서 현판의 시운을 차운하다

굽이굽이 도는 고갯길 온종일 오르는데
도원(桃源)은 흰 구름 사이에 있다네.
고깃배 노래하고 마을은 고요한데
언덕 옆 산 누각에 물길 돌아 흐르네.

嶺路縈廻盡日攀 영로영회진일반
桃源定在白雲間 도원정재백운간
漁舟唱罷村容靜 어주창파촌용정
漁舟唱罷村容靜 어주창파촌용정

245 도화유수관(桃花流水舘): 강원도 정선에 있다.

백봉령白峰嶺²⁴⁶

가마 타고 백봉령에 오르니
푸른 바다 동쪽 넓은 땅에 떠있다네.
태양 아래 장안(長安)은 어디에 있는가!
행인들 머리 돌려 누각 바라본다네.

鳴藍引上白峰頭 명람인상백봉두
滄海東臨大地浮 창해동임대지부
日下長安何處是 일하장안하처시
行人回首望瓊樓 행인회수망경루

<hr>

246 백봉령(白峰嶺) : 정선과 강릉을 잇는 고개이다.

백봉령에 올라 정범조丁範祖

청신한 새벽 백봉령에 말 세웠는데
묶은 안개 벗겨지니 파도가 하늘 때린다네.
비로소 이 군읍의 많은 고개 평평히 뻗어 가는데
삼한의 험한 곳이 이곳 산천이라네.
나그네 고국(古國)의 잔설에 헤맴을 걱정하는데
동풍 부니 진달래꽃 꺾는다네.
유객(遊客) 봄 지나도록 많은 경치 돌아보는데
돌아가는 배낭에는 응당 기행록이 있다네.

淸晨立馬白峰巓 청신립마백봉전

宿霧新開海拍天 숙무신개해박천

萬嶺平來初郡邑 만령평래초군읍

三韓險處此山川 삼한험처차산천

客愁古國迷殘雪 객수고국미잔설

時候東風折杜鵑 시후동풍절두견

行役經春多勝覽 행역경춘다승람

歸裝應有遠遊篇 귀장응유원유편

산행山行하며 눈앞의 경치를 읊다

일만 산 석양 속에 있는데
어여쁜 붉은 단풍이 많다네.
비록 이 꽃 다시 농염할지라도
그 단풍이 쓸쓸하게 느껴짐은 어쩜인가!

萬山夕陽裏 만산석양이
娟娟赤葉多 연연적엽다
縱此花更艶 종차화경염
其如簫瑟何 기여소슬하

월송정越松亭 평해平海에 있다

월송진 북쪽 옛 누각이 너그러운데
유유한 역 길에는 석양빛이 남았다네.
가을 풀 마르니 성채 파괴되었는데
외로이 난간에 들어오니 차가운 밤 파도친다네.
땅 끝 동예(東濊)는 다른 풍습이 많은데
하늘 가까운 남쪽 바다 비로소 크게 보인다네.
말 타고 돌아가며 긴 둑에서 달 기다리는데
태수는 술 따르며 잠시 머무르라 환대한다네.

越松鎭北古亭寬 월송진북고정관
驛路悠悠夕照殘 역로유유석조잔
破堞因隨秋草沒 파첩인수추초몰
孤欄虛入夜濤寒 고난허입야도한
地窮東濊多殊俗 지궁동예다수속
天近南瀛始大觀 천근남영시대관
歸馬長堤聊待月 귀마장제료대월
使君樽酒暫留歡 사군준주잠유환

망양정望洋亭 울진蔚珍에 있다

발해 동쪽 가의 백 척의 누대
울릉의 외로운 섬 작은 술잔 같다네.
눈 하늘 연한 파도 층층이 말아 올리는데
온종일 우레 치니 땅도 솟아오른다네.
노래하는 어옹(漁翁) 낚싯줄 거둬 돌아가는데
석양의 기러기 떼 멀리 돛단배 짝하여 온다네.
앞마을 송진불 어지러운 길에서 맞이하는데
황혼에 역(驛) 수림에서 호로라기 불어댄다네.

渤澥東頭百尺臺 발해동두백척대

鬱陵孤嶼小如杯 울릉고서소여배

層濤捲起連天雪 층도권기연천설

大陸飜騰鎭日雷 대륙번등진일뢰

漁唱竝收長釣去 어창병수장조거

鴈羣斜伴遠帆來 안군사반원범래

前村松火紛迎路 전촌송화분영로

驛樹黃昏畫角催 역수황혼화각최

죽서루기竹西樓記　허목許穆

　관동지방에는 이름난 곳이 많다. 그중에 경광이 뛰어난 곳이 여덟 곳인데, 통천의 총석정, 고성의 삼일포와 해산정, 속초의 영랑호, 양양의 낙산사, 강릉의 경포대, 삼척의 죽서루, 평해의 월송포이다.

　그런데 유람하는 사람들이 유독 죽서루를 제일로 손꼽는 이유는 무엇 때문인가. 해변에 위치한 주(州)와 군(郡)들이 동으로 대관령(大關嶺) 밖의 큰 바다와 접해 있고 그 너머는 끝이 없으며, 해와 달이 번갈아가며 뜰 때에는 괴이한 기상의 변화가 무궁하다. 해안은 모두 모래사장인데, 어떤 곳은 물이 고여 큰 못을 이루고, 어떤 곳은 기묘한 바위가 쌓여 있고, 어떤 곳은 울창한 소나무 숲으로 되어 있는데, 통천 이북에서 평양 남쪽까지 700리가 대체로 모두 이렇다.

　다만 죽서루의 경치는 동해와의 사이에 높은 봉우리와 깎아지른 벼랑이 있으며, 서쪽으로는 두타산과 태백산이 우뚝 솟아 험준한데, 안개가 짙게 깔려 산봉우리가 묘연히 보인다.

큰 시내가 동으로 꾸불꾸불 흐르면서 오십천(五十川)이 된다. 그 사이에는 울창한 숲도 있고 사람이 사는 마을도 있다. 누각 아래에는 층층 바위와 벼랑이 천 길이나 되고 맑고 긴 여울이 그 밑을 휘감아 돈다. 석양이면 푸른 물결이 반짝이며 바위 벼랑에 부딪쳐 부서진다. 이곳의 빼어난 경치는 큰 바다의 볼거리와는 매우 다르다. 유람하는 자들도 이런 경치를 좋아해서 제일 가는 명승지라 한 것이 아니겠는가.

관부(官府)에서 기록한 고서를 살펴보면, 누대를 어느 때 세웠는지 알 수 없으나, 대략 다음과 같은 사실을 엿볼 수 있다. 명나라 영락(永樂) 원년(1403, 태종 3)에 부사(府使) 김효종이 옛터를 다듬어 죽서루를 세웠고, 홍희(洪熙) 원년(1425, 세종 7)에 부사 조관이 단청을 입혔다. 그 뒤 46년이 지난 성화(成化) 7년(1471, 성종 2)에 부사 양찬이 중수하였고, 가정(嘉靖) 9년(1530, 중종 25)에 부사 허확이 남쪽 처마를 증축하였다. 또 그 뒤 61년이 지나 만력 19년(1591, 선조 24)에 부사 정유청이 다시 중수하였다. 청 태종 영락 원년 계미년에서 청나라 강희(康熙) 원년 임인년(1662, 현종 3)까지는 260년이 된다. 옛날에 누대 밑에 죽장사(竹藏寺)란 절이 있었으니, 죽서루라고 이름 붙인 것은 아마도 이 때문인 듯하다. 이것을 기록하여 죽서루기로 삼는다.

죽서루竹西樓

해전(海甸)의 가을에 실직(悉直)²⁴⁷의 옛터 생겼는데

고강(古江)의 석양이라 푸른 난간이 비었다네.

동림(東林)에서 나그네 전송하러 부석(鳧鳥)²⁴⁸이 찾아오는데

서쪽 고개에서 집 생각하며 편지 바라본다네.

호각 불어대는 외로운 성 단풍나무가 찬데

거친 길의 작은 수레는 대나무 그늘이 쓸쓸하다네.

오늘 아침 행차한 부서 공무 쉬는데

술잔 들고 누각에 올라 잠시 심회를 편다네.

海甸秋生悉直墟 해전추생실직허

古江斜日碧欄虛 고강사일벽란허

247 실직(悉直) : 실직은 국명(國名)이다. 신라 파사왕(婆娑王) 때 실직이 항복하여 지증왕
   (智證王) 6년(505) 실직 군주(悉直軍主)를 두었고, 고려 성종 때 척주로 만들었는데,
   지금의 삼척(三陟)이다.《新增東國輿地勝覽 卷44 江原道 三陟都護府》

248 부석(鳧鳥) : 후한 현종(顯宗) 때에 왕교(王喬)가 섭현(葉縣)의 원이 되었는데 신술(神
   術)이 있었다. 그가 매달 초하루와 보름에는 반드시 와서 조회하니 명제(明帝)는 그
   가 자주 오는데도 거마(車馬)를 볼 수 없으므로 태사(太史)를 시켜 지켜보게 했다.
   쌍오리가 남쪽에서 날아오기에 그물로 잡았는데 한 쌍의 신[鳥]을 얻었다는 고사가
   있다. 이곳에서는 이 고장 태수를 말한다.

東林送客來梟鳥 동림송객래부석

西嶺思家望鴈書 서령사가망안서

畵角孤城楓樹冷 화각고성풍수냉

小車荒徑竹陰踈 소차황경죽음소

今朝行部休公事 금조행부휴공사

樽酒登臨意暫舒 준주등임의잠서

죽서루竹西樓에서 판상 시에 차운하다　윤증尹拯

천 리 먼 죽서루에 올라 봉영(逢迎)하는데
공기 서늘하여 오월에도 가을이라네.
긴 대나무 맑은 시내 진정 절경인데
눈썹 길고 머리 흰 자 자칭 명류라 한다네.
세상 밖의 구름 낀 산 바라보면 즐거운데
천락의 인간사[249]는 걱정이라 말한다네.
평지풍파 일으켜 놓았는데
문득 한가로운 곳에 와 갈매기와 벗하다니.

逢迎千里陟州樓 봉영천리척주루

爽氣冷冷五月秋 상기냉랭오월추

脩竹晴川眞絶境 수죽청천신절경

秀眉華髮自名流 수미화발자명류

雲山世外看來樂 운산세외간래악

---

249 천락(川洛)의 인간사 : 천락은 송나라 때의 천당〔川黨 : 촉당(蜀黨)〕과 낙당(洛黨)인데,
여기서는 기해 복제(己亥服制)로 남인(南人)과 서인(西人)의 대립이 격화되었던 일을
가리킨다.

川洛人間說着愁 천락인간설착수

作底風波滿平地 작저풍파만평지

却歸閑處伴沙鷗 각귀한처반사구

평릉역平陵驛에서 밤에 앉아서 비 오는 소리 듣다

나그네의 가을밤 쓸쓸한 비 내리는데
이어지는 수심 사라지지 않는다네.
명일에는 청산도 수척해질 것인데.
거센 바람 낙엽에 부니 찬가지 떨어진다네.

羈燈秋夜雨蕭蕭 기등추야우소소
愁緒聯緜不肯銷 수서연면부긍소
明日靑山應瘦削 명일청산응수삭
長風吹葉下寒條 장풍취엽하한조

구부九夫[250]의 묘지에서 장난삼아 짓다

※ 강릉(江陵)의 여인이 연이어서 구부(九夫)를 잃어서 한 산에 장사하였고, 구부
(九夫)가 각기 하나의 아들이 있었으니, 그 어미가 죽음에 그 아래에 부장(附葬)
했다.

같이 잉태한 아홉 사람 고묘(古墓)에서 곡하는데
늦은 가을 백양나무 아래 열 묘가 연해있네.
오늘밤 묘지에는 조각달 뜨는데
꽃다운 혼령 누구 집에 연이어 가는가!

九姓同胎哭古阡 구성동태곡고천

白楊秋暮十塋連 백양추모십영연

今夜泉臺一片月 금야천대일편월

芳魂去續誰家緣 방혼거속수가연

---

250 구부(九夫) : 즉 정전법(井田法)을 말한다. 정전제도에 의해 여덟 집[八家]에서 각기
사전(私田) 1백 묘(畝)씩을 받아 농사를 짓는데, 여기에다 공전(公田) 1백 묘를 합해
서 구부가 된다.

이른 봄을 추억하며, 2수

※ 기생 도향(桃香)을 애도하다.

　　도향(桃香)은 강릉 기생이다. 그의 부드럽고 아름다움을 사랑하여 가을 이후에 아름다운 기약으로써 그를 희롱하였고, 그도 또한 나를 잊지 못하였는데, 가을이 다시 이름에 미쳐서 이미 요서(夭逝)했다는 소문이 들렸다. 그러므로 절구 두 수를 지었다.

　　일찍이 봄날에 요지(瑤池)[251]에서 취함을 기억하는데
　　서왕모의 창가 첫째 가지라네.
　　나그네 봉래산에 가니 청조(靑鳥, 桃鄕임)는 멀리 있는데
　　백운의 남은 곡조 예전 기약을 슬프게 한다네.

　　憶曾春色醉瑤池 억증춘색취요지
　　王母窓頭第一枝 왕모창두세일지
　　客去蓬山靑鳥遠 객거봉산청조원
　　白雲餘曲悵前期 백운여곡창전기

251 요지(瑤池) : 하늘에 있는 못이요, 그 못 위에는 반도(蟠桃)라는 복사가 있는데, 3천 년 만에 한 번씩 열린다는 것이다. 그 복사가 익으면 서왕모(西王母) 옥황상제의 후궁이 큰 연회를 열어서 많은 신선들을 초대한다고 한다.

일찍이 봄빛이 천태산에 있음을 기억하는데
봉우리 진 꽃 나 기다려 핀다고 말하네.
전번의 행인 오늘 또 이르렀는데
적막한 그림 누대에 푸른 구름만 떠있네.

憶曾春色在天台 억증춘색재천태
謂是留花待我開 위시유화대아개
前度行人今又至 전도행인금우지
綠雲寂寞畫樓臺 녹운적막화누대

대관령大關嶺

얽혀 도는 백도(白道)[252] 산머리에 나왔는데
끝없는 푸른 바다 만 리가 가을이라네.
중국의 행인 와서 말을 매는데
국화 비로소 옛 강변에 피었다네.

縈廻白道出山頭 영회백도출산두
滄海無邊萬里秋 창해무변만리추
上國行人來駐馬 상국행인내주마
黃花初發古江州 황화초발고강주

---

252 백도(白道) : 달이 다니는 길로서, 황적도와 더불어 비스듬히 어울리는데 오직 춘
분·추분 절서에는 적도와 교점(交點)을 이룸.

대관령 大關嶺 허균許筠

닷새 동안 아스라한 잔도(棧道) 걸었는데
오늘 아침 대관령을 벗어났다네.
우리 집 어느새 눈에 보이는데
멀리 있는 나그네 갑자기 얼굴 풀린다네.
넓은 들 뭇 봉우리 아래 있는데
긴 하늘은 쌓인 물 사이에 있다네.
희미하고 아득한 안개 밖에는
한 점 솟은 산 저게 바로 사명산이라네.

五日行危棧 오일행위잔

今朝出大關 금조출대관

弊廬俄在眼 폐려아재안

遠客忽開顏 원객홀개안

鉅野諸峯底 거야제봉저

長天積水間 장천적수간

微茫煙靄外 미망연애외

一點四明山 일점사명산

월정사 月精寺

쓸쓸한 나그네 중양절 지나왔는데
월정사 종소리에 많은 나뭇잎이 가을이라네.
반야각에서 하룻밤의 등불이 깊은데
백 년의 늙은 나무엔 보리(菩提)의 향기라네.
안개 갇힌 석탑엔 이끼만 쌓이는데
탑에 해 뜨고 풍경소리 길다네.
잠시 호화로운 가마 타고 행하는 길 생각하는데
빈산 초목에는 아직 남은 빛이 있다오.

蕭蕭客馬度重陽 소소객마도중양
月寺寒鍾萬葉霜 월사한종만엽상
一夜燈深槃若閣 일야등심반약각
百年樹老菩提香 백년수노보리향
烟封石塔苔文積 연봉석탑태문적
日出雲龕磬語長 일출운감경어장
遙想翠華行處路 요상취화행처로
空山草木尙餘光 공산초목상여광

월정사月精寺 이행李荇

보배로운 이곳 천년의 승지인데
한 가닥 오솔길 그윽이 뚫렸다네.
이곳 사는 스님 세월을 가벼이 여기는가!
지나는 나그네 머무는 시간이 아깝다네.
날아가는 새 영험한 탑 피해 가는데
신령한 용은 옛 못에 잠겨 있다네.
오대산이 막히지 않음을 알겠나니
훗날 다시 와 유람할 수 있을 거네.

寶地千年勝 보지천년승
潛通一徑幽 잠통일경유
居僧輕歲月 거승경세월
過客惜淹留 과객석엄류
飛鳥避靈塔 비조피령탑
神龍藏古湫 신룡장고추
五臺知不隔 오대지불격
他日得重遊 타일득중유

오대산 월정사에서　이민구李敏求

천년 고찰 월정사인데
흐르는 물 한강의 근원이라네.
나그네 흰 구름과 같이 이르렀는데
승려 찾아와 맑은 밤에 담소하네.
탑의 광채 창문에 어른대는데
풍경 소리 마음을 일깨운다네.
내일 호계(虎溪)²⁵³ 건너면
이 고독원(孤獨園)²⁵⁴ 잊지 못하리라.

千年月精寺 천년월정사

---

253 호계(虎溪) : 절을 떠난다는 말이다. 호계는 여산(廬山) 동림사(東林寺) 앞에 있는 개
울 이름이다. 진(晉)나라 고승 혜원(慧遠)이 손님을 전송할 때 호계를 절대로 건너지
않았는데, 도잠(陶潛)과 육수정(陸修靜, 406~477)을 배웅할 때에는 서로들 뜻이 맞아
무심코 호계를 건넜으므로, 세 사람이 크게 웃었다는 호계삼소(虎溪三笑)의 고사가
전한다. 《山堂肆考 卷24 虎號》

254 고독원(孤獨園) : 기수급고독원(祇樹給孤獨園)의 준말로 사원의 별칭이다. 옛날 인도
의 기타태자(祇陀太子) 소유의 원림(園林)을 급고독(給孤獨) 장자가 구입하여 정사를
세운 다음 석가에게 기증한 승원(僧院)으로, 기원(祇園) 혹은 기환(祇桓)이라고도 한
다. 여기서는 월정사를 말한다.

水號漢江源 수호한강원

客與白雲到 객여백운도

僧來淸夜言 승래청야언

塔光搖戶牖 탑광요호유

鈴語警心魂 영어경심혼

明日虎溪渡 명일호계도

依依孤獨園 의의고독원

중양일重陽日에 내원內院²⁵⁵에 들어가다

가마 타고 삐걱거리며 산루(山樓) 지나는데
국화와 단풍은 이미 늦은 가을이라네.
적막한 중양절 마을에서 막걸리 마시는데
부질없이 오대산에서 고향 바라보며 시름한다네.

鳴藍伊軋度山樓 오람이알도산루

赤葉黃花已晚秋 적엽황화이만추

寂寞重陽村酒薄 적막중양촌주박

五臺空作望鄕愁 오대공작망향수

255 내원(內院) : 원이 붙은 기관을 방문함.

사각史閣²⁵⁶

천가(天家, 왕실)의 비밀상자 명산에 저장했는데

구름 깊은 석실(石室)에 온종일 잠겨있다네.

성현의 공덕은 천세(千世) 뒤로 이어지는데

유문(遺文)과 고사(故事)는 백 년간이라네.

누가 연려각(燃藜閣)²⁵⁷의 교정을 맡았는가!

모사한 그림 응당 아롱진 글씨 많다네.

가을의 운향(芸香)²⁵⁸ 시렁에 가득 걸었는데

우릉(羽陵, 울릉도)에서 어느 날에 책 말려 돌아오나.

天家秘籙貯名山 천가비록저명산

石室雲深盡日關 석실운심진일관

聖德賢功千世後 성덕현공천세후

遺文故事百年間 유문고사백년간

---

256 사각(史閣) : 조선시대, 사고 안의 실록을 넣어 두던 곳.

257 연려각(燃藜閣) : 연려(燃藜)는 천록각(天祿閣)을 말하는데, 여기서는 규장각의 미칭(美稱)이다.

258 운향(芸香) : 향초 이름으로, 좀먹는 것을 방지하는 효과가 있다.

校讐誰掌燃藜閣교수수장연려각

摸畫應多秉筆班모화응다병필반

秋旭芸香淸滿架추욱운향청만가

羽陵何日曬書還우릉하일쇄서환

중대中臺

하늘 가운데 뾰족이 나온 옥대봉에
금 사리의 몸 저장하고 일만 소나무 심었지.
보배의 구덩이 천 년 동안 찾을 수 없는데
다만 오늘날 흰 구름이 봉하고 있다네.

※ 대상(臺上)에 적멸궁(寂滅宮)이 있으니, 곧 여래(如來)의 정골(頂骨)을 수장한 곳이
  라 한다.

中天嶄嵲玉臺峰 중천체얼옥대봉
金粟藏身萬樹松 금속장신만수송
寶窞千年無覔處 보담천년무멱처
秖今惟有白雲封 지금유유백운봉

금강연金剛淵²⁵⁹에서

우연히 시인 해사海史 조원교趙元敎를 만나서
잠시 앉아서 함께 읊다

청산에 머무르며 먼 사람과 정 나누었는데
수레 머물러 반일의 행차 멈추었네.
나는 멀리 가는 푸른 바다의 나그네인데
그대는 한양 조씨의 교목(喬木)²⁶⁰이라오.
시는 맑은 구름 같다 익숙히 들었는데
갑자기 거문고 안고 맑은 녹수에 왔다네.
이별한 뒤 반형(班荊)²⁶¹의 앉은 곳에는
쓸쓸히 낙엽만 바스락거린다네.

青山留得遠人情 청산유득원인정
傾盖須停半日行 경개수정반일행

259 금강연(金剛淵) : 오대산 하류에 있는 월정(月井) 아래에 이르러 금강연(金剛淵)이 된
다.

260 교목(喬木) : 몇 대에 걸쳐서 크게 자란 나무라는 뜻으로, 누대에 걸쳐 경상(卿相)을
배출한 명가를 비유할 때 쓰는 말이다. 《맹자》

261 반형(班荊) : 옛 친구를 만난 기쁨을 표현할 때 쓰는 말이다. 춘추시대 초(楚)나라 오
거(伍擧)가 채(蔡)나라 성자(聲子)와 세교(世交)를 맺고 있었는데, 두 사람이 우연히
정(鄭)나라 교외에서 만나 형초(荊草)를 자리에 깔고 앉아서[班荊] 옛날이야기를 주
고받았다는 고사에서 유래한 것이다. 《春秋左傳 襄公26年》

我馬長程滄海客 아마장정창해객

君家喬木漢陽城 군가교목한양성

慣聞詩似空雲淡 관문시사공운담

忽抱琴來淥水淸 홀포금래녹수청

別後班荊相坐處 별후반형상좌처

蕭蕭黃葉自爲聲 소소황엽자위성

밤에 길을 걸으며 읊다

가을바람 거세어 더욱 어려운데

천 리 먼 밤길이 한가하지 않다네.

멀리 명월과 함께 물을 건너고

가로지른 구름 막막하여 의산(疑山)²⁶² 같다네.

먼 마을 개 짖는 소리 허공 속에 들리고

그윽한 숲의 새 아득히 먼 곳에서 난다네.

연약한 노복 길가 주저앉아 일어나지 못하는데

어느 주점에서 수심의 얼굴 펴지나!

高秋風露路尤艱 고추풍로로우간

千里長程夜未閒 천리장정야미한

明月迢迢同渡水 명월초초동도수

橫雲漠漠盡疑山 횡운막막진의산

---

262 의산(疑山) : 구의산(九疑山)을 말하니, 지금의 호남성 영원현(寧遠縣) 남쪽에 있는 주
명(朱明)·석성(石城)·석루(石樓)·아황(娥皇)·순원(舜源)·여영(女英)·소소(蕭
韶)·계림(桂林)·자림(梓林) 등 아홉 봉우리의 산으로 모두가 모양이 같이 생겨서
보는 사람이 누구나 어느 봉이 어느 봉인지 어리둥절하여 의심을 내게 되므로 구의
(九疑)라 이름했다고 한다.

遙村犬吠虛空裏 요촌견폐허공이

幽樹禽飛旮篠間 유수금비요조간

痛僕蹊邊蹲不起 부복혜변준부기

酒帘何處破愁顔 주렴하처파수안

진사 최병윤崔秉潤의 내운정萊雲亭에서 읊다

새 정자에 비 그치니 작은 연못 출렁이는데
해학(海鶴)이 깊은 마을에 나그네 지나간다 말하네.
묵은 농사(農舍)에 자형화[263] 피어 화기 단란한데
봄 뜰 푸른 대나무에 그늘이 많다네.
금곡(金谷)[264]에서 시 이루고 술 전해왔는데
풍습 아름다운 고당(高唐)[265]에선 노래도 잘한다네.
물길 북쪽에 산 사람 말 타고 가는데
송라(松蘿)[266]에 달 밝으니 다시 무얼 하는가!

---

263 자형화 : 남조(南朝) 양(梁)나라 경조(京兆) 사람인 전진(田眞) 삼 형제가 각기 재산을 나누어 가지고 마지막으로 뜰에 심어놓은 자형화(紫荊花)를 갈라서 나누어 가지려 하니 자형화가 곧 시들었다. 삼 형제가 이에 뉘우치고 다시 재산을 합하니, 자형화가 다시 무성하게 자랐다 한다.《續齊諧記 紫荊樹》여기서는 형제간의 우애를 상징하고 있다.

264 금곡(金谷) : 금곡원(金谷園)의 준말인데, 진(晉)나라 때 석숭(石崇)이 일찍이 이 금곡원에 빈객들을 모아 놓고 크게 주연(酒宴)을 베풀면서 풍류를 즐겼었다.

265 고당(高唐) : 초회왕(楚懷王)이 고당(高唐)에서 노닐다가 대낮의 꿈속에서 무산의 신녀를 만나 하룻밤의 인연을 맺고 서로 작별했다는 양대(陽臺)의 꿈 이야기가 전국시대 초나라 시인 송옥(宋玉)의 〈고당부(高唐賦)〉에 나온다.《文選 卷19》

266 송라(松蘿) : 소나무에 기생(寄生)하는 여라(女蘿) 덩굴을 말한 것으로, 전하여 은자(隱者)가 머무는 산림(山林)을 가리킨다.

新亭雨歇小塘波 신정우헐소당파

海鶴深村報客過 해학심촌보객과

古舍紫荊和氣暖 고사자형화기난

春庭翠竹晚陰多 춘정취죽만음다

詩成金谷初傳酒 시성금곡초전주

俗美高唐盡善歌 속미고당진선가

水北山人乘馬去 수북산인승마거

松蘿明月更如何 송라명월경여하

도중에서 회포를 기술하다

험준한 영서의 머리까지 다 갔는데
동쪽 해상 아홉 주에 다시 왔다네.[267]
소반 가운데 생선 보면 항상 구토하는데
밤중의 많은 벌레들이 걱정을 더한다네.
장부와 문서 쌓이니 마음 먼저 고뇌하는데
번거롭고 원통함 격려하니 눈물 흐르려 한다네.
미천한 신하 재주 적음이 부끄러운데
성은을 어찌 조정에 보고하나!

崎嶇行盡嶺西頭 기구행진영서두
海上東臨更九州 해상동임경구주
盤裏見魚常反胃 반이견어상반위
夜中多蝎又添愁 야중다갈우첨수
簿書委積心先惱 부서위적심선뇌
鞭撻煩寃涕欲流 편달번원체욕유
慚愧微臣才術少 참괴미신재술소
聖恩何以報瓊樓 성은하이보경누

---

267 영동 해변에는 9개의 군이 있다.

413

흡곡歔谷 태수 박승현朴承顯공에게 부쳐서 올리다

노면(露冕)[268] 어사 동으로 선구(仙區)인 학포에 오니
가을비 내리는 해정(海亭)에서 돌아가는 배 바라본다네.
오두미(五斗米)[269] 견디면서 팽택의 술 사랑하고
소 잡는 칼 잡은 무성의 거문고 탐을 비웃는다네.[270]
벼슬살이 한지 겨우 10년인데
녹봉이 얇아서 일천 전 채우지 못한다네.
따사로운 가을 창에 앉아 공무 없으니

---

268 노면(露冕) : 후한 명제(後漢明帝) 때에 형주자사(荊州刺史) 곽하(郭賀)가 뛰어난 성적을 거두자, 황제가 삼공(三公)의 의복과 면류(冕旒)를 하사하면서, 수레를 타고 다닐 때마다 장막을 걷어 백성들이 그 복장을 볼 수 있게 했던 고사를 말하는데, 여기서는 어사의 복장을 드러냈다는 말이다.

269 오두미(五斗米) : 현령(縣令)의 녹봉을 지칭함. 진(晉)나라 도잠(陶潛)이 팽택 영(彭澤令)이 된 지 80여 일 만에 세종(歲終, 섣달)이 되어 군(郡)에서 독우(督郵)를 파견하여 팽택현에 이르자 아전들이 관복을 입고 뵈어야 한다고 하니, 도잠이, "내가 어찌 오두미(五斗米) 때문에 향리 소배(鄕里小輩)에게 허리를 굽힌단 말이냐." 하고 그날로 인수를 풀어 관직을 버리고 〈귀거래사〉를 읊으며 돌아왔다.《晉書 卷94》

270 소 잡는 칼—비웃는다네 : 닭 잡는 데 소잡는 칼을 쓸 것까지 없다는 뜻. 공자(孔子)가 그의 제자 언언(言偃)이 재(宰)로 있는 무성(武成)에 들러서 현가(絃歌) 소리를 듣고는, 무성 같은 작은 고을에 언언 같은 큰 인물이 다스릴 것까지는 없다는 뜻으로 한 말이다.《論語 卷17 陽貨》

책상 위의 남화경을 몇 번이나 읽었는지.

※ 흡곡 태수 박승현은 공무를 하고 난 나머지 시간에 남화경²⁷¹을 읽었다고 한다.

露冕東來鶴浦仙 노면동래학포선

海亭秋雨望歸船 해정추우망귀선

斗米堪憐彭澤酒 두미감련팽택주

牛刀還笑武城絃 우도환소무성현

吏籍凋零纔有十 이적조령재유십

俸錢淸薄不盈千 봉전청박부영천

秋窓日暖無公事 추창일난무공사

案上南華了幾篇 안상남화료기편

---

271 남화경 : 중국 당(唐)나라의 현종(玄宗)이 《장자(莊子)》를 높이 평가하여 내린 이름.

다시 풍악 楓嶽에 들어와
신계사 新溪寺²⁷²에서 잤다

푸른 미투리 신고 다시 백운교 밟으니
요초(瑤草)는 향기 사라지고 나뭇잎 떨어졌다네.
계산(溪山)의 모임 이별함이 몇 년인가!
울창한 수림에 가을빛 쓸쓸하기 그지없네.

青鞋復踏白雲橋 청혜복답백운교

瑤草捐芳錦樹凋 요초연방금수조

一別溪山會幾日 일별계산회기일

蔚藍秋色盡蕭條 울람추색진소조

---

272 신계사(新溪寺) : 외금강의 유점사(楡岾寺), 장안사, 내금강의 표훈사와 함께 금강산
　　4대 사찰로 꼽히는 절이다

유마암 維摩庵

투박한 종소리에 해 지니 스님은 추운데
어사와 함께 바위 위의 단(壇)에 왔다네.
넓게 전개된 금강산 모두 그림인데
일천 봉우리 푸른 병풍같이 에워있다네.

踈鍾落日一僧寒 소종낙일일승한
衣繡同來石上壇 의수동래석상단
濶展金剛全幅畫 활전금강전폭화
千峰圍作翠屛看 천봉위작취병간

보운암普雲庵

가을밤 외로운 절에 있으니
걱정 많아 숙면 오지 않는다네.
된서리는 늙은 국화를 재촉하는데
비낀 달 소나무에 걸렸다네.
물레방아 깊은 골에 울리는데
종소리 멀리 봉우리에 떨어진다네.
오래도록 조정의 일 급하니
감히 거칠고 게으르게 하지 않는다네.

秋夜孤僧院 추야고승원

愁多睡未濃 수다수미농

厚霜摧老菊 후상최노국

斜月掛寒松 사월괘한송

水碓鳴深谷 수대오심곡

雲鍾落遠峰 운종락원봉

慆慆王事急 도도왕사급

不敢任踈慵 불감임소용

보광암 普光庵

단풍진 가파른 봉우리 아래
새벽 창가에서 외로운 풍경소리 듣는다네.
눈썹이 긴 마른 스님 하나
적막함 속에 마니주[273]는 몇인가!

柘蕚秋峰下 작악추봉하
窓寒曉磬孤 창한효경고
厖眉一枯釋 방미일고석
寂寞數尼珠 적막수니주

만물초 萬物草[274]

아름다운 꽃 기이한 나무 절에 가득한데
신공(神工)의 조각품 몇 해나 허비했나!
허무함 온전히 이룬 가을밤의 달
담담하고 푸름으로 나뉜 석양의 안개라네.
일천 몸이 금강의 부처로 현화(現化)했는데
만겁 넘어온 신선을 본다네.
바위 따라와 술자리 정하고
묵은 뿌리와 단풍으로 자리 삼는다네.

瑤花琪樹滿諸天 요화기수만제천

雕刻神工費幾年 조각신공비기년

虛白全成秋夜月 허백전성추야월

淡靑分作夕陽烟 담청분작석양연

千身現化金剛佛 천신현화금강불

萬刦超來玉觀仙 만겁초래옥관선

隨處巖阿呼酒坐 수처암아호주좌

古根紅葉藉爲筵 고근홍엽자위연

274 만물초(萬物草) : 금강산 동북쪽의 동천(洞天)에 있다.

420

양양襄陽의 김군수에게
풍악산 유람한 시를 주다

밝은 달 연못 비추고 백동제(白銅鞮)[275] 부르는데

태수의 맑은 마음 멀리서 온 나는 안다네.

단지 날마다 산공(山公)[276]의 술 취함을 감내하니

사람들에게 재 머리에 있는 비문 보게 하지 말지라.

사이좋게 훈지(壎篪)[277] 불며 황화절 대하는데

봉황이 찾아와 푸른 대나무 가지에 쉰다네.[278]

금강의 한쪽을 모두 빌렸으니

헐성루 아래 석양이 비췬 때라네.

---

275 백동제(白銅鞮): 이백의 〈양양가〉에 의하면, 진(晉)나라 때 산간(山簡)이 술을 매우
  즐겨 날마다 곤드레가 되도록 취했던 일을 두고 "석양은 현산 서쪽으로 넘어가려
  하는데, 백접리 거꾸로 쓰고 꽃 아래서 길 헤맬 제, 양양의 아동들은 일제히 손뼉 치
  면서, 길거리 가로막고 다투어 백동제를 노래하네. 옆 사람에게 묻노니 무슨 일로
  웃는다나, 곤드레 되게 취한 산옹을 보고 웃는다.〔落日欲沒峴山西 倒著接離花下
  迷, 襄陽小兒齊拍手, 攔街爭唱白銅鞮. 傍人借問笑何事, 笑殺山翁醉似泥.〕"라고 한
  데서 온 말이다.《晉書 卷43 山間列傳》

276 산공(山公): 진(晉)나라 산간(山簡)을 일컫는 말.

277 훈지(壎篪): 형제 혹은 친구 사이의 화목과 조화를 비유할 때 쓰는 표현으로,《시경
  (詩經)》소아(小雅) 하인사(何人斯)의 "맏형은 훈을 불고, 둘째 형은 지를 분다.〔伯氏
  吹壎, 仲氏吹篪〕"는 말에서 나온 것이다.

278 그의 백씨(伯氏)인 시랑(侍郎)과 및 영윤(令胤)이 함께 풍악에 들어왔다.

銅鞮明月照官池 동제명월조관지

太守心淸遠客知 태수심청원객지

只堪日醉山公酒 지감일취산공주

莫使人看峴首碑 막사인간현수비

篪壎好對黃花節 지훈호대황화절

鸞鵠來停翠竹枝 난곡래정취죽지

一面金剛都乞與 일면금강도걸여

歇惺樓下夕陽時 헐성루하석양시

총석정叢石亭에 올라 통천通川의
이석신李奭信 태수에게 사례하다

통주에 새로운 정자 바위에 섰는데

해상의 가을에 태수의 이름 높다네.

땅이 다한 곳 구계(朐界)[279]의 기둥인가 의심하는데

맑은 관직은 울림(鬱林)의 배[280]라 기록되리라.

성조의 은덕이 풍년과 함께 즐거운데

날 빌어 올라왔으니 편하게 쉬는 것 같다네.

부질없이 선비 시켜 술 보내왔으니

국화는 응당 적은 풍류 비웃으리라.

※ 태수가 나의 행차를 알고 정자의 아래에 이르러서 부엌을 만들고 기다리고 있
다고 전해왔기 때문에 공격(公格)의 구애되는 것으로 물리치었다. 뒤에 간략히
주찬(酒饌)과 음악을 보냈기에 시를 지어 사례했다.

---

279 구계(朐界) : 구현(朐縣)의 경계이다. 구현은 현명(縣名)으로 진나라 때 주었고, 성은
강소성(江蘇省) 동해현(東海縣)의 남쪽에 있다. 진시황 35년에 동쪽을 순수하여 돌
을 위 구현 경계 가운데 세워서 동쪽의 문으로 삼았다.

280 울림(鬱林)의 배 : 울림은 중국 광서(廣西) 지방의 고을 이름임. 한말(漢末) 오군(吳郡)
의 육적(陸績)이 울림 태수로 있다가 그만두고 돌아올 때 바다를 건너는데, 가진 짐
꾸러미가 없어 배가 균형을 잡지 못하자 바위를 싣고 건넜다는 데서 나온 말로, 이
석신태수의 청렴함이 이와 같다는 말.

新亭石出古通州 신정석출고통주

太守名高海上秋 태수명고해상추

地盡疑觀胸界柱 지진의관구계주

官淸須載鬱林舟 관청수재울림주

盛朝恩德同豊樂 성조은덕동풍락

暇日登臨似逸休 가일등임사일휴

空使白衣來送酒 공사백의래송주

黃花應笑少風流 황화응소소풍류

추지령楸池嶺

낙엽 날고 구름도 날아 해 떨어지려는데
행인은 층층의 언덕에서 휘파람 분다네.
위태한 바위 서로 버티는 천 길 절벽인데
뒤틀려 뻗은 늙은 뿌리 백 년의 괴화나무라네.
많은 산 내려다보니 일제히 무릎 굽혔는데.
동에 임한 바다 넓고 광활하다네.
멀리 서울 바라보니 어디에 있는지 아는데
서남에 보이는 기러기 아득한 하늘가라네.

葉落雲飛日欲埋 엽락운비일욕매

行人長嘯立層崖 행인장소립층애

危石交揩千仞壁 위석교지천인벽

老根鼢倒百年槐 노근번도백년괴

下視羣山齊屈膝 하시군산제굴슬

東臨滄海浩寬懷 동임창해호관회

遙瞻京國知何在 요첨경국지하재

鴈陣西南渺一涯 안진서남묘일애

회양淮陽에서 돌아오는 길에
다시 표훈사表訓寺에서 잤다

수미산 밖의 길 둥근 고리와 같은데
게으르게 나막신 신고 다시 오니 달빛 한가해
무슨 일로 동남 천 리 밖 나그네가
쓸쓸히 돌아와 백운 사이에서 자는가!

須彌山外路如環 수미산외로여환
倦屐重來月夜閒 권극중래월야한
何事東南千里客 하사동남천리객
蕭蕭還宿白雲間 소소환숙백운간

비 온 뒤에 장안사長安寺를 출발하였다.
많은 봉우리를 돌아보니 모두 눈 속이었다.

산창에 비 오니 추운 소리 들리는데
서풍의 풍경소리 날 갬을 알리네.
돌아가는 길 선교에서 머리 돌리니
많은 꽃 일제히 중향성에 피었다네.

山窓夜雨聽寒聲 산창야우청한성
一磬西風報晚晴 일경서풍보만청
歸馬仙橋回首望 귀마선교회수망
瓊花齊發衆香城 경화제발중향성

단발령斷髮嶺[281]

향성에 운애 끼고 층층이 푸른데
천 불의 환한 빛이 일만 길에 엉겼다네.
이곳에 이르니 풍진세상이 헌신 같은데
예부터 지금까지 열반한 스님 몇이나 되는가!

香城雲靄碧層層 향성운애벽층층
千佛毫光萬道凝 천불호광만도응
到此塵寰如弊屣 도차진환여폐사
古來濟度幾閒僧 고래제도기한승

---

281 단발령(斷髮嶺) : 높이 818m. 태백산맥에 솟아 있는 구단발령봉과 옥발봉의 안부(鞍部)에 해당하며, 양사면은 급경사를 이룬다. 동사면은 금강천의 상류계곡으로, 서사면은 북한강 상류로 각각 이어진다. 신라시대 말 마의태자가 금강산에 입산할 때 출가(出家)를 다짐하는 뜻으로 이곳에서 삭발했다 하여 단발령이라 했다. 금강산의 비경을 감상하기 좋은 곳이며, 일대는 수림이 울창하다.

단발령斷髮令 기슭에서 묵으며 김창협金昌協

영산 부근에서 날 저물었는데
고개 들어 망운령 바라본다네.
명승지 찾는 일 처음이 아닌데
경치 뛰어난 곳 벌써 알고 있다네.
이불 둘러쓰고 기발한 생각에 잠기고
베개 어루만지며 잠 못 이룬다네.
정신은 벌써 신선과 교제하는데
꿈속에 그와 더불어 하늘 날아다녔지.
뒤척이다 보니 이미 새벽인데
노복이 와서 날씨 맑다 알린다네.

夕宿近神山 석숙근신산
矯首望雲嶺 교수망운령
冥討匪今始 명토비금시
勝處心已領 승처심이령
虛衾擁奇想 허금옹기상
撫枕情耿耿 무침정경경

429

神有羽人交 신유우인교

夢與天路永 몽여천로영

輾轉遂已曙 전전수이서

僕夫告晴景 복부고청경

단발령斷髮令 이유원李裕元

단발령은, 곧 금성과 회양의 경계가 나뉘는 곳으로서 회양군 군소재지에서 서북쪽으로 120리 떨어진 지점에 있다.

천마산의 산맥은 길이 몹시 험준하다. 구불구불 감돌아서 마치 양의 창자와 같고 또는 서려 있는 뱀과도 같으며, 좌우에 우거진 숲들이 울창하며, 가운데 봉우리에 이르자 오량동(五兩洞)이 있고 신령한 샘물이 솟아오르는데, 물맛이 꽤나 맛있고 시원하다. 언덕을 타고 10리를 가면 비로소 그 정상에 오르는데, 갑자기 금강산의 여러 봉우리들이 나타났으니, 꽤나 또렷하게 보였다.

비로봉(毘盧峯) 이하 하얀 옥과 같은 일만 개의 여러 봉우리들이 공중에 첩첩이 쌓여 있었으니, 바라보면 모골이 송연하였다. 옛 기록에서 이르기를,

"신라의 태자가 여기 올라서서 바라보고 마음이 기쁜 나머지 머리를 깎았다. 그래서 마침내 단발령이라고 명명하였다."

하였다고 한다. 위에는 토단(土壇) 하나가 있으니, 우리 조선의 세조(世祖)가 잠시 머물렀던 곳이며, 토단 아래에는 손수 심은 두 그루의 전나무가 있다.

표훈사 앞에는 절하는 언덕이 있으니, 가정(稼亭) 이곡(李穀)의 《동유기(東遊記)》에 이르기를,

"금강산에 들어가려면 반드시 이 언덕을 넘어야 하는데, 언덕에 오르면 산이 보이고 산이 보이면 저절로 고개가 숙여진다. 그래서 '절재'라 한다." 하였다.

금강산으로 가는 길은 두 갈래가 있는데, 통구(通溝)를 건너면 단발령을 경유하게 되고, 화천으로 들어가면 마휘령(摩暉嶺)을 경유하게 된다. 요컨대 이 두 재의 정상에서는 일만이천봉의 신묘하고 기괴한 경관을 거의 다 바라볼 수 있는데, 다만 정면으로 대하고 비스듬히 대하는 것이 조금 다를 뿐이다. 그러나 전면을 보는 것과 반면을 보는 것에는 각기 나름대로의 자태가 있으니, 참으로 소동파(蘇東坡)가 말한,

"옆면으로 보면 재가 되고 측면으로 보면 봉우리가 된다."
라는 말씀과 같다.

단발령 소재蘇齋 노수신盧守愼

제일 봉우리 위에서 기갈(飢渴)을 풀었는데
인간에 별천지 있다는 것 믿겠네.
옥산이 무너져 가니 운근(雲根)²⁸²이 움직이는데
눈 고개 차가워지니 학의 날개 번득이네.
우뚝 솟은 봉우리는 어른이 되고
나열된 봉우리들은 아희와 같네.
인간의 영욕에 얽매임을 누가 비웃는가!
높이 오르니 올라와 승려가 된다네.

第一峯頭慰飢渴 제일봉두위기갈

人間信有別乾坤 인간신유별건곤

玉山頹去雲根動 옥산퇴거운근동

雪嶺寒來鶴翼翻 설령한래학익번

---

282 운근(雲根) : 산 위의 바위를 뜻하는 시어이다. 두보(杜甫)의 시에 "충주 고을은 삼협
의 안에 있는지라, 마을 인가가 운근 아래 모여 있네.〔忠州三峽內, 井邑聚雲根.〕"라
는 표현이 나오는데, 그 주(註)에 "오악(五岳)의 구름이 바위에 부딪쳐 일어나기 때
문에, 구름의 뿌리라고 한 것이다."라고 하였다. 《杜少陵詩集 卷14 題忠州龍興寺
所居院壁》

433

律崒孤撑爲長老 율줄고탱위장로

巑岏羅立似兒孫 찬완나립사아손

貪癡却笑何人意 탐치각소하인의

遏擧先須作晩髡 하거선수작만곤

단발령 서하西河 임춘林椿

괴로운 이 행차 어디를 가려는 것인가,
소나무 계수나무 숲속에 저문 비 내릴 때라네.
관문과 고개 서로 연하여 띠를 두른 듯한데
길은 일정하지 않아 뒤엉킨 실과 같다네.
일천 굽이 급류의 시냇물 말이 뜰 만큼 깊은데
한 봉우리 기이하게 반쯤 눈썹 드러냈다네.
이산 구경 옛날부터 품어 온 뜻이었으니
옷 젖는 것도 배고픈 것도 해롭지 않다네.

此行辛苦欲何之 차행신고욕하지
松桂叢中暮雨時 송계총중모우시
關嶺相連縈似帶 관령상련영사대
路岐無定亂如絲 노기무정란여사
千回急澗深浮馬 천회급간심부마
一面奇峯半露眉 일면기봉반로미
自是仙山存宿計 자시선산존숙계
不妨沾濕又長飢 불방첨습우장기

단발령 또 한 수의 시

이 고개 오르니 단발령인가 하는데
금강산이 정면으로 보인다네.
오늘 와서 갑자기 잃어버렸는가!
어디에서 장안사를 찾을까.

準擬登玆嶺 준의등자령
金剛對面看 금강대면간
今來忽相失 금래홀상실
何處覓長安 하처멱장안

단발령 또 한 수의 시

수림은 침침하고 시냇물은 급한데
젖은 구름 돌아오니 이슬비 되어 내린다네.
뭇 산봉이 갑자기 천 길 구렁으로 변하는데
동쪽 바닷가의 땅 점유하고 있다네.

山木陰陰溪水急 산목음음계수급
濕雲回合雨紛紛 습운회합우분분
群山忽變千尋壑 군산홀변천심학
滄海東邊占地分 창해동변점지분

단발령 서계西溪 박세당

서쪽 암벽 동쪽 산 합했다 다시 열렸는데
말 타고 다리 건너며 자주 바라본다네.
갑자기 지대 낮아져 다 보지를 못하는데
굽이굽이 돌아 다시 단발령 위로 오른다네.

西崖東嶂合還開 서애동장합환개
跋馬溪橋望幾回 발마계교망기회
却爲因低看不盡 각위인저간불진
盤盤更上嶺頭來 반반경상령두래

단발령 _{농암}農巖 김창협_{金昌協}

自我東遊還
자 아 동 유 환
내가 영동지방 유람하고 돌아와서

靈山在肺腑
영 산 재 폐 부
신령스러운 산이 폐부에 새겨져 있다네.

宛宛一紀餘
완 완 일 기 여
돌이켜보면 십여 년이 훌쩍 지나갔는데

不謂今再覩
불 위 금 재 도
오늘 다시 금강산을 보리라 생각 안 했다네.

淸晨躋崇嶺
청 신 제 숭 령
상쾌한 새벽에 높은 재에 올라가니

異彩滿空宇
이 채 만 공 우
이채로운 빛이 하늘에 가득하다네.

叢叢千萬峯
총 총 천 만 봉
총총히 서 있는 일만이천의 봉우리들

一一如翔舞
일 일 여 상 무
하나하나가 날개 치며 춤을 추는 것 같다네.

高扶天柱傾
고 부 천 주 경
기울어진 하늘 기둥 높이 떠받쳤는데

淸見地靈聚
청 견 지 령 취
청신한 땅의 영기 모인 것이 보인다네.

蔚蔥絳霞氣
울 총 강 하 기
붉은 노을 농후하게 끼어 있는데

森朗群玉府
삼 랑 군 옥 부
많은 신선의 마을 맑기만 하다네.

偉觀掩九有　우람한 장관은 구주(九州)를 덮었는데
위 관 엄 구 유

秀色竟千古　수려한 경치 천고에 으뜸이라네.
수 색 경 천 고

平生所見山　평생을 돌아다니며 보아온 산들
평 생 소 견 산

瑣細誰復數　세세하여 누가 다 셀 수 있겠는가!
쇄 세 수 부 수

行當上絶頂　잠시 후 꼭대기 올라가려 하는데
행 당 상 절 정

或可小東魯　혹시 우리 강토가 작아 보일 수 있을는지.
혹 가 소 동 로

단발령 구당久堂 박장원

일천 고개 중첩된 단발령에서
머리 돌리니 금강산 일만이천봉이라네.
통구의 오늘 밤 밝은 달이 떴는데
나를 비춰는 옛날의 달 모습이라네.

斷髮千重嶺 단발천중령
回頭萬二峯 회두만이봉
通溝今夜月 통구금야월
照我舊時容 조아구시용

단발령

만정당晩靜堂 서명균徐命均의 '통구通溝 도중에'

我坐黃堂裏
아 좌 황 당 리
나는 황당(黃堂)[283] 속에 앉아서

日飽列鼎几
일 포 열 정 궤
날마다 산해진미 포식한다네.

心雖念民飢
심 수 념 민 기
마음은 비록 백성의 굶주림 염려하지만

猶未若在己
유 미 약 재 기
오히려 내가 직접 겪은 것은 아니라네.

今出田野間
금 출 전 야 간
지금 전야(田野) 사이에 나가니

怛然不可視
달 연 불 가 시
애처로워서 볼 수가 없다네.

長峽莽回互
장 협 망 회 호
울창한 긴 산협이 서로 돌아보는데

蕭蕭數村里
소 소 수 촌 리
쓸쓸히 몇 마을이 그 가운데 있다네.

有田皆高巓
유 전 개 고 전
전토가 모두 산마루에 있는데

荒穀半無穗
황 곡 반 무 수
곡식 절반은 이삭이 없다네.

居民多鵠形
거 민 다 곡 형
살아가는 사람들 대부분 비쩍 말랐는데

---

283 황당(黃堂) : 고을 원이 근무하는 관사.

紛然羅拜跪
분 연 라 배 궤
어지러이 늘어서서 절을 하고 꿇어앉았다네.

上供與官稅
상 공 여 관 세
상공(上供)[284]과 관세 등으로

徵責多色類
징 책 다 색 류
독려하는 채무 너무도 많다네.

所食猶不贍
소 식 유 불 섬
나 먹기도 오히려 넉넉하지 못한데.

恐難免係纍
공 난 면 계 류
죄 면하기 어려울 것 염려한다네.

我欲與停減
아 욕 여 정 감
나는 세를 감해 주고 싶지만

亦難一任意
역 난 일 임 의
또한 마음대로 하기도 어렵다네.

徒然懷歎咨
도 연 회 탄 자
한갓 탄식하는 마음만을 품고 있으니

深愧古良吏
심 괴 고 량 리
옛 어진 관리에게 깊이 부끄러워한다네.

단발령 허원許源

처음으로 단발령에 오르니 하늘 잡을 수 있는데
동쪽으로 봉래산 바라보니 아득하기만 하다네.
잠시 후 해 솟으니 구름 걷히는데
찬란한 금강산 일만이천봉이 드러난다네.

髮嶺初登可捫天 발령초등가문천
蓬山東望杳無邊 봉산동망묘무변
須臾日出煙雲卷 수유일출연운권
露出崢嶸萬二千 노출쟁영만이천

원 상인元上人이 장차 풍악 楓嶽을 유람하러 간다기에 시로써 증별하다 권필權韠

사람들은 풍악이 바로 신선들이 노는 곳이라는데
만고에 가파른 바위 바닷가에 서 있다네.
매달린 폭포 끊어진 절벽에 빼어난 절경 많은데
불당과 선원은 머무를 수 있는 곳이라네.
석문에는 담쟁이덩굴 사이로 달빛 비취는데
아름다운 나무 홍엽의 가을 알지 못한다네.
속세에서 몇 년이나 수고롭게 몽상했는가!
유유히 떠나는 그대의 자취가 부럽다네.

人言楓嶽是丹丘 인언풍악시단구

萬古巉嵓碧海頭 만고참암벽해두

懸瀑斷崖多秀絶 현폭단애나수절

佛堂禪室可淹留 불당선실가엄류

石門長照綠蘿月 석문장조녹라월

琪樹不知紅葉秋 기수불지홍엽추

塵土幾年勞夢想 진토기년로몽상

羨君蹤跡去悠悠 선군종적거유유

도중에 자주 풍악楓岳이 어디쯤 있느냐고 물었더니 역졸驛
卒이 구름에 가려 보이지 않는다고 대답하고 손으로 왼쪽으
로 난 길을 가리키며 "여기가 산으로 들어가는 길입니다. 여
기서부터 통구通溝에 이르고, 이어 단발령斷髮嶺에 이르기
까지 백 리가 못 됩니다." 하였다. 이에 입으로 스스로 읊다.

이정구李廷龜

금강산이 어디쯤에 있는가!
구름 가리어 보이다 말다 한다네.
선승 찾아 단발령을 넘으려 하는데
길 물으니 이곳이 통구라 하네.
가기도 전에 마음은 벌써 상쾌한데
그 소리 들으니 병 이미 나았다네.
봉래산은 단지 그 내면을 보아야
신선을 보는 것 같다네.

楓嶽在何許 풍악재하허
雲遮山有無 운차산유무
尋禪欲斷髮 심선욕단발
問路是通溝 문로시통구
未去心先爽 미거심선상
聞來病已蘇 문래병이소
蓬萊只望裏 봉래지망리
彷彿見仙徒 방불견선도

446

성주암 聖住庵

철원의 보개산寶盖山에 있다

보개산 앞 나뭇잎 드문데
번쩍번쩍 빛나는 햇빛이 옷에 비췬다네.
애오라지 서울이 가까이 보임을 알아
먼저 서봉에 올라 푸른 산에 앉았노라.

寶盖山前木葉稀 보개산전목엽희
晶晶寒日滿征衣 정정한일만정의
聊知京國相望近 료지경국상망근
先上西峰坐翠微 선상서봉좌취미

우리 선현들의 명시 명문장

금강산 가는 길

초판 인쇄 2019년 7월 5일
초판 발행 2019년 7월 10일

편   저 | 전규호
발행자 | 김동구
디자인 | 이명숙·양철민
발행처 | 명문당(1923. 10. 1 창립)
주   소 | 서울시 종로구 윤보선길 61(안국동)
　　　　 우체국 010579-01-000682
전   화 | 02)733-3039, 734-4798(영), 733-4748(편)
팩   스 | 02)734-9209
Homepage | www.myungmundang.net
E-mail | mmdbook1@hanmail.net
등   록 | 1977. 11. 19. 제1~148호

ISBN 979-11-88020-99-7 (03810)
23,000원